画 / 梦禅

画 / 梦禅

画 / 梦禅

画 / 梦禅

童言趣语

葛少文　著

海豚出版社
DOLPHIN BOOKS
中国国际传播集团

图书在版编目（CIP）数据

童言趣语 / 葛少文著．— 北京：海豚出版社，
2023.1
ISBN 978-7-5110-6037-2

Ⅰ．①童… Ⅱ．①葛… Ⅲ．①随笔－作品集－中国－
当代 Ⅳ．① I267.1

中国版本图书馆 CIP 数据核字（2022）第 242047 号

出 版 人：王　磊

责任编辑： 张秀丽　杨　倩
图片来源： 梦　禅
责任印制： 于浩杰　蔡　丽
法律顾问： 中咨律师事务所　殷斌律师

出　　　版：海豚出版社
地　　　址：北京市西城区百万庄大街 24 号　邮编：100037
电　　　话：010-68996147（总编室）　010-68325006（销售）
传　　　真：010-68996147
印　　　刷：涿州军迪印刷有限公司
经　　　销：全国新华书店及各大网络书店
开　　　本：16 开（690mm×960mm）
印　　　张：17.5　插页：2
字　　　数：226 千
版　　　次：2023 年 1 月第 1 版　2023 年 1 月第 1 次印刷
标准书号：ISBN 978-7-5110-6037-2
定　　　价：79.80 元

自序

那天，我在餐厅里等人，寻了靠落地窗的位置，悠然地欣赏着窗外的风景。不一会儿，一个妈妈和抱着个小婴儿的姥姥（也可能是奶奶）走进了窗里的世界。姥姥慈爱地笑着，抱着婴儿在说着什么，妈妈神情天真烂漫地仰着头，用食指指着天上的什么让婴儿看，又不时地回头对着婴儿笑。我与她们隔着玻璃，虽不知其言语，但刹那间却感受到了她们的幸福与甜蜜。

那天黄昏，下班路上，路过幼儿园。高高的白墙里飘来阵阵孩童们的欢声笑语。笑的闹的吵的叫的，叽叽喳喳，好不热闹。那笑声叫声喊声纯真稚嫩，好像清脆欢畅的银铃在空中跳跃，又好似绚烂明亮的银河在眼前闪亮。一瞬间，身心的疲惫被这天籁之音洗涤一空，浑身轻松。

孩子，或许是这个世界上最好的疗愈大师。清澈的眼眸、柔嫩的脸颊、甜蜜蜜的声音、一身的奶香味儿，我想，没有人能拒绝一个孩子的亲近，他们的世界纯真无邪，快乐天真。当你拥抱她、陪伴她、了解她，你会不知不觉被她感染、被她牵引、被她改变，她就像一个小小魔法师，让你瞬间回到童年，和她共享这份天真烂漫，任何烦恼和痛苦都会被轻松治愈。

也许你不知道，原来的我，对以上的事并没有多少感觉。而今，这不禁让我感叹，人是会变的。现在，因为有了孩子，因为养育了孩子，我对生命、对世界有了更多的感知。所有的一切都是因为这个小家伙，我的宝贝——仔仔。

看着仔仔一天天长大，逗趣的事也越来越多。每每与新晋妈妈们聚在一起，大家都忍不住讲一讲自己家宝宝的趣事。后来我就在想，为什么不把这些都记录下来呢？

对呀，为什么不呢？我想告诉仔仔她小时候是什么样子。我想给她提供一些追溯生命源头的依据。我想让她知道我们所有人对她的爱。我想让这些爱成为她的精神底色，成为她人生路上披荆斩棘的力量。同时，我也想为那些温馨、相爱、难忘的时光留下些许痕迹，想与无情流逝的岁月之水做微弱的对抗，想给予平凡幸福生活的我最深情的回馈。所以，我又拿起了笔。

为什么说是又呢，你一定不知道，在此之前，我已经十年未动笔啦。少年时写的文字，除了试卷作文，大多便是日记。如今，我决定再次动笔，为了孩子，也为了自己！

万事开头难，十年未写，笔头生、速度慢，也是意料之中。当时微信公众号平台兴起，我以练笔和督促自己为目的，建立了公众号"葛少文的笔耕园"，闲时便在上面磨磨笔头。然而，问题又来了——没时间。白天上班，晚上带孩子，哪里有时间写呢？

可是，有什么会难住爱孩子的母亲和拥有强烈表达欲望的人呢？

没有。

鲁迅曾说："我只是把别人喝咖啡的工夫用在了工作上。"而我则想把别人消遣娱乐的时间都用在写作上。于是，我的家人、朋友、同事们看到了和以前不一样的我——抓紧时间创作的我。

早上洗漱、吃饭、去单位的路上，中午休息，晚上下班路上，这些零碎时间都可以用来构思文章，有了灵感就随时用手机记录下来。晚上闲暇时间放弃逛街、闲聊、看电视剧和小视频。孩子睡觉以后的时间，便是我畅游书海，挑灯写作之时。没想到几年下来，沉醉其中，不知不觉前前后后竟也发表了十万余字。

　　这本书如实记录了仔仔从咿呀学语到念小学前的趣事，这些趣事很多是家人们平日和仔仔相处时，留心记下后转述给我的。同时，养育孩子也给我带来了诸多文学灵感，"育儿遐思"部分是我成为母亲后的所思、所感、所得，都是近几年在报纸、杂志上发表过的文章。至于为什么给孩子起了别称"仔仔"，一来为了在网络时代保护孩子隐私，二来"仔"谐音"崽"，一个刚出生的幼崽，好生可爱。

　　最后，感谢可敬可爱的老师们对仔仔的培养与关爱，感谢家人们对仔仔的陪伴和付出以及对仔妈的理解与支持。感谢文学路上传授我写作技艺的老师、帮助过我的作家和编辑。也感谢支持我、鼓励我勇敢追梦的领导、同事、朋友。

　　深谢你们！

葛少文

辛丑年腊月二十九

目　录

第一章

天使降临

画／梦禅

仔仔一岁前

心有灵犀

仔仔出生第十二天，爸爸的陪产假休完了。早上，他穿好外衣，在卧室门口和妈妈道别。仔仔早已醒来，活泼好动的她来回蹬着小腿。爸爸依依不舍地又回到仔仔床前，弯下腰仔细地看着她，用大手抚摸仔仔柔软的小手，柔声细语地说："爸爸要上班啦，你乖乖听妈妈话哟。"

话音刚落，仔仔竟一下子用小手抓住了爸爸的食指，好像在说：爸爸，你不许走！

噢！

仔仔两个月第一天的早上，妈妈睡得迷迷糊糊，将醒未醒之时，忽的一声"噢——"彻底让她清醒了。妈妈诧异地睁开眼睛，卧室里只有她和仔仔，没有别人呀！她转身看看小家伙，只见粉嫩的小嘴摆成一个"O"形。天呀，仔仔刚两个月就会发声了？妈妈简直不敢相信自己的耳朵。

自那以后，白天仔仔躺在小床上对着天花板，一边不知疲倦地来回蹬着小肉腿，一边在那里自说自话地"哦哦呀呀，哦哦耶耶"。妈妈欣喜不已，赶忙奔走相告，与姥姥、姥爷、爷爷、奶奶分享内心的喜悦——她的小宝贝会"说话"啦！可还没等妈妈开心够，小家伙在第三个月、第四个月，乃至第五个月，竟然闭口不言了。

哄哄就好

早上，妈妈见仔仔已醒，便起身将她从小床上抱起。仔仔的小床紧挨着妈妈的大床，照顾起来很是方便。妈妈盘腿而坐把小家伙放在腿上，一只手托着她的小脑袋，另一只手给她换上干净的小背心。小家伙舒服极了，她的腿搭在妈妈的肚子上，好玩的游戏开始了：小淘气用腿一蹬妈妈的肚子，就像蹬在弹簧上，蹬一下又弹回来。反复几次，不亦乐乎。

可最后一次蹬得力度过大，小脑袋一下撞到了小床。可爱柔嫩的小五官瞬间扭打在了一起，灿烂甜美的小脸变成了"丑八怪"。眼看就要下起倾盆大雨，妈妈连忙把她抱起来，摸了摸小苦瓜的脑袋，对着磕碰的地方吹一吹，嘴里念叨着"不疼，不疼"，以示安慰。揪在一起的小苦瓜脸，又舒展开了。

叫爸爸

你家宝宝学说话时，第一个叫的是谁呢？是爸爸，还是妈妈？仔仔六个月，开始"说话"了，我们说汉语，她说"婴语"："ya ya wu wu……"

爸爸总喜欢和仔仔说话。

"你睡得好吗？"

"ya ya wu wu……"

"你做梦了吗，和爸爸讲讲吧。"

"ya ya wu wu……"

仔爸为了"拔得头筹"，每天下班不厌其烦且十分努力地陪着宝宝说话。他双手撑床，双膝跪着，把仔仔圈在"四根柱子"里面，大脸对小脸不断地重复着：爸爸，爸爸，爸爸，爸爸……

仔仔美滋滋地享受着爸爸的"洗脑"。过了一会儿，爸爸的手也不闲着，趁着"洗脑"的工夫，还给她做起了手足按摩。据医生说，经常给宝宝按摩手指头、脚指头，对宝宝的神经和大脑发育非常好呢。

看着爸爸如此努力，妈妈却不着急，要知道早在四个多月的时候，妈妈已经捕捉到了一次仔仔嘴里含糊不清的"ma"了。她觉得还是顺其自然比较好，先学会叫爸或者叫妈都是无所谓的事。

"你每天回来，都先给咱孩儿下跪啊。"妈妈忍不住取笑爸爸。

"哼，我乐意。"仔爸一脸志在必得的样子，说完又乐颠颠地跑去教仔仔发"ba ba"的音了。

皇天不负苦心人。一天，仔仔看着爸爸，突然说："b——a，ba！"

他简直不敢相信自己的耳朵，愣在那里，反复确认自己没听错后，跳下床飞奔出卧室，大喊道："妈妈，快！快过来！仔仔叫'爸爸'啦！"他兴高采烈、手舞足蹈地奔走相告，姥姥、姥爷、爷爷、奶奶得知消息后都纷纷祝贺，希望他再接再厉。妈妈也替爸爸高兴，大半个月的努力总算没有白费。但随即她心中有了一点点失落，只不过那失落转瞬便消失得无影无踪了，随之竟也生出了一丝丝窃喜。

果然，不出妈妈所料，当仔仔无聊、想找人抱、想玩耍时，无一例外地喊"爸爸"！

哄人绝技

仔仔六个月，正是痴迷母乳的时候。她每天都像只小考拉一般黏着妈妈，恨不得 24 小时挂在妈妈身上。一天，妈妈正抱着仔仔授乳，看着小婴儿闭着眼睛在自己怀里吮吸，小嘴像小鱼一样哑呀哑，真是可爱。妈妈正享受着温馨的亲子时光，可谁知，仔仔突然咬了妈妈一口，妈妈疼得龇牙咧嘴。

"嗯？！"妈妈低头看了看仔仔："不可以咬妈妈哟！"说完继续授乳。

小家伙见自己的举动竟引来妈妈如此大的反应，感到甚是有趣。她看看妈妈，开心地笑了，于是故技重施。

"哎呀！不可以咬妈妈，很疼的！"妈妈又皱着眉对她说。

可小家伙玩上了瘾，才不管哩！再一次假装乖乖吸奶，随之又偷袭了妈妈。

妈妈凶巴巴地端看着仔仔，对着浑身散发着奶香的小家伙严肃地说："不可以咬妈妈！"

可小家伙依旧笑意盈盈。妈妈生气地把仔仔放到了床上，自己跑到了床的另一边，不再理她。

爸爸闻声走进卧室，到床边弯下腰，看着仔仔，认真又温柔地对她说："仔仔不可以哟，妈妈很辛苦，很疼的。"

妈妈见爸爸来了，忙向他痛斥仔仔的淘气行径。他们原以为仔仔听不懂，没想到，妈妈诉苦的话音刚落，仔仔就慢慢地靠近妈妈，用半张着的嘴巴蹭了蹭妈妈的眼睛、鼻子和嘴巴，最后用肉乎乎的小手轻轻摸了摸妈妈的眼睛，妈妈心里泛起了像是吃了丝滑的牛奶巧克力般甜美。原来，仔仔是想说：妈妈，我错啦！别生气啦！

仔仔一岁

爱读书

妈妈没上学前跟着自己的姥姥、姥爷生活，她很喜欢看小人书，怎奈当时生活条件不好，只有几本方方正正、每页一幅小图、下面是几行字的小人书。而妈妈又不识字，姥姥姥爷又都在忙家务，没空给她讲故事。现在生活条件好了，家里能够帮忙带孩子的老人也多了，为了弥补童年没有书读的遗憾，她买来一大堆的书给仔仔看。每天下班后，第一件事就是给仔仔讲故事。虽然仔仔还不会说话，但妈妈相信，宝宝一定能听得懂。仔仔最喜欢听的故事是《小猫钓鱼》。每当妈妈读到"花儿都向小猫点头呢"，软糯的宝宝就在妈妈怀里自顾自地点起头来。当妈妈再读到"小猫哈哈大笑"，可爱的宝宝也会跟着哈哈大笑。

倔强

给宝宝洗头，怎么做呢？

爸爸接好两盆温水，一盆放在凳子上，一盆放在地上，凳子紧紧挨着床边。

妈妈负责坐在床边抱着仔仔，用双手托着仔仔的头放到水盆里。爸爸则站在妈妈对面，将仔仔的软发撩湿，打上婴儿洗发水泡沫，为她揉搓头发、按摩头皮，等等，最后再用地上的那盆清水冲洗干净。每次洗头，仔仔都舒舒服服的，高兴不已。洗完后，爸爸再依次端走两盆水和凳子。

仔仔害怕吹风机的声音，妈妈便用小纱布巾为仔仔轻轻揉干头发。她不厌其烦地在仔仔头上来回轻柔擦拭。婴儿的发量虽少，但想用纱布巾完全擦干却不是件容易的事，更何况小家伙决计不会老老实实坐在那里任你摆布。于是就会看到一个颇为滑稽的画面：一个顶着一头湿发的小家伙不时地扶着床头走来走去，偶尔还会跑到大床中间，妈妈则跟随着她来回挪动，手上的纱布巾在小家伙的头上不停地轻轻揉搓着。一个纱布巾擦潮湿了，就换下一个，再潮湿，再换……

这天，爸爸刚接好一盆水，放在凳子上，转身去接第二盆水了，仔仔快速爬到床边，用小手撩起水来，妈妈不忍心阻止，便随着她了。爸爸准备好一切后，妈妈对仔仔说："好啦，别玩了，我们要洗头了。"

仔仔充耳不闻，继续玩水。

"好了，好了，别玩了。"说完，妈妈使劲儿拽了拽仔仔的胳膊，小淘气还是不动，继续玩水。

"别玩了，该洗头了，不然水凉了，会感冒的。"妈妈有些着急了，"妈妈要生气了哟。"

仔仔依旧我行我素，小手像一只淘气的小鱼在水里游来游去。妈妈想把盆端走，可仔仔紧握盆边不肯撒手。母女俩僵在那里，气氛有些尴尬。妈妈有些生气了，用力一抬水盆，竟然没抬动，再使劲儿一拽，盆里的水晃出不少，正好浸湿了床单。妈妈怒不可遏，使劲儿拍了一下小家伙的手。小家伙好像知道自己错了，一改往日不满意就大哭的习惯，一声不吭。

贴心娃

奶奶气管不好，每到冬天总是咳嗽。奶奶一咳嗽，仔仔便跑来给奶奶拍拍胸脯，不管在哪儿、在干什么，只要听见奶奶咳嗽，她就嗖的一下跑到奶奶身边，拍一拍。

小小监督员

晚上，家庭聚会。一家人围坐在饭桌前享用美味。大家有说有笑，气氛达到高潮，纷纷举起手中的酒杯。

就在这时，仔仔伸出小胳膊，用小食指点点姥姥，发出"嗯！嗯！嗯！"的声音。原来，是姥姥没有举杯。仔仔想说：快点呀，就差你了。

心无旁骛的陪伴

冬日中午，妈妈请了半天年假在家照顾仔仔。到小家伙的午睡时间了，妈妈走到窗边刚想拉窗帘，不知怎的下意识回了头。

温热的阳光洒进来，热烈地拥抱着床单。仔仔张开小胳膊，正从床的另一头向她跑来。温暖明亮的阳光映在了小小的身板上，恰巧照亮了小家伙灿烂的笑脸。

妈妈不禁感叹：休产假时天天在家带娃儿，家里每天哭声、笑声、母乳、尿布满天飞，觉得那样的时光真是磨人啊！可回头的那一瞬，妈妈却恍然明白：那样全身心投入、心无旁骛地陪伴孩子的时光已经一去不复返。

这一辈子，也许只有那一次。

话题对了才开口

一个星期六的下午，仔仔睡醒后，蔫蔫的，情绪低落。为了赶走起床气，妈妈陪她坐在床上。停在窗前的鸽子来回跳跃，可仔仔的眼睛却直直盯着窗外，丝毫不为那些花式动作所动。为了能让她开心起来，妈妈逗她，和她说话，可仍没有反应。妈妈也不知道哪个话题会引起仔仔的兴趣，于是一个人絮絮叨叨地说了好久。

"今晚爸爸妈妈给你洗个澡吧。"妈妈低下头看着仔仔。

"好吧。"仔仔突然爽快地回答。

爱美

周末爸爸妈妈带仔仔到商场买东西。小家伙自己一个人走进了VERO MODA 女装店。她走来走去，看看这个，又看看那个，这里停留一会儿，那里又停留一会儿。逛了很久，爸爸喊她走，妈妈也牵着她的小手要离开，可她却不肯。

这时，售货员小姐姐走了出来，弯下腰，笑眯眯地对仔仔说："小宝宝，你还没逛够呀。"仔仔愣了一下，转身便扑到妈妈身上，害羞地把小脸深深地埋在妈妈两腿之间的缝隙里，待了好一会儿，才抬起头来再看看那个售货员小姐姐。

育儿遐思之一

曾经的你

深夜，女儿嘹亮的哭声划破了冬夜的寂静。

睡眼惺忪中，我迷迷糊糊地爬起来。其实，八个月的女儿早就醒了，她躺在小床里哼哼唧唧，渴望妈妈发现她的委屈。怎奈我实在太困，每天只睡三四个小时，睡梦根本听不见那些窸窸窣窣，逼得她大声啼哭不止。虽困意难耐，挥之不去，但我仍努力地让自己清醒，轻轻地抱起幼小的她。

女儿贴在我的胸口，紧紧地搂住我的脖子，仿佛一只受伤的小兔子跳进了母亲的怀抱。她温热的身体在微微颤抖，让我感受到她从头到脚的害怕和对母亲怀抱的渴求。

我喃喃地唱着儿歌哄她，来回抚摸她的后背，摇晃着她，拥抱着她，安慰着她。渐渐地，女儿平静下来，慢慢地睡着了。

漆黑的夜里，我怔怔地看着女儿可爱的睡脸。世界变得安静了，恍惚间，我的心像是被什么刺了一下。

我突然想到你，我亲爱的姥姥。

我突然想到，幼小的我曾经也必定经历过女儿的这些事！生病、噩梦、惊吓、断奶、分离……那些婴儿成长的必经之路、成长的痛，那些我养儿所经历的无数个焦急不安的夜晚、食不甘味的白天，原来你也曾经历过！

如今，我成为当年的你，才幡然醒悟。

我好像又感觉到了脸颊的滚烫。那年半夜，我高烧不退，在那个信息不畅的年代，年轻的父亲母亲束手无策，只能把我送到你和姥爷面前。你端水喂药，一次次更换我额头上的冰毛巾，给我擦身子，衣不解带地细心照顾。只要我病着，你就从未睡过。

我仿佛又看到了那些歪歪扭扭的字，在黑暗中蹦跳着鲜活起来。我坐在桌前，你环抱着我，那满是褶皱的大手握在我的小手上，教我执笔运力，教我写字。每当我学会写新的字，你就欣喜地抚摸着我的头，满脸温柔地不停夸赞我。

我仿佛又听到了你唱的儿歌。婴儿多梦，夜间常常被怪梦吓醒，我听着你熟悉温柔的哼唱，在你温暖的怀抱里慢慢再次入睡。

我仿佛又闻到了你熬夜煮粽的芳香。简陋的厨房里，你洗米、洗叶、包粽、煮粽，环节复杂，尤其煮粽所耗时间颇长。你伺候我和姥爷睡下，却独自一人守着灶台，将汗水洒满厨房的各个角落。年幼如我，只知清晨便可享用甜美的香粽，却不知你双眸里那些血丝是为何而生。

可姥姥，我才刚三十岁，正当青春年华，我有大把的时间可以挥霍，也有大把的精力可以消耗，更有取之不竭的体力去熬夜战斗。而你，却是在花甲之年扮演着年轻妈妈的角色。

你先后把我们带大，大姐、二姐、三姐和我，四个孩子宛如一根藤上的瓜，紧紧地缠绕着你。姥姥，你知道吗？那些操劳和照顾幼子的夜不能寐，你那孱弱的身体先后经历了四次，还是在接近花甲之年。

第一次，你五十三岁。你看那可爱的小孩儿独自一人坐在床头，心疼不忍，便和儿子儿媳商量要将幼儿接到身边照顾。你不顾旧疾疼痛，只要瞧着在你面前日益肥嘟嘟的小小脸颊，便满心欢喜。

第二次，你五十五岁。你的女儿远在千里之外，工作无法离身，万般无奈下便将幼儿托付给你。与母亲分离的痛苦总是那么强烈，孩子因想念母亲啼哭的一个个深夜，折磨着你、侵蚀着你已不再精力旺盛的年华，你咬着牙一次又一次挺了过去。

第三次，你五十八岁。另一个儿子找到你，你眉头都没皱一下便欣然接受了那一团可爱的小肉球。自此，你又变成了一个年轻母亲，把屎把尿，喂饭洗衣，一点一滴，从头做起。

最后一次，也是时间最长的一次，你六十岁。当你把我从母亲那儿抱过来的时候，这一抱便是七年不离手。那因断离母乳所带来的夜夜啼哭，那因思念母亲而不能入睡的折磨，你总是用温暖的怀抱和细心的呵护来安慰它。

你怀抱着我，安慰着我，爱怜着我，哪儿有你，哪儿便有我，我成了你的小尾巴。你总是满足我对爱的渴求，总是欣然接受我的黏人。分离、断奶、长牙、出疹……那些幼儿成长必须经历的痛，你不烦、不怨、不恨，在你的花甲之年，用那盈盈的爱将我陪伴。

姥姥，当你疲惫不堪的时候，当你熬夜到体力透支的时候，当你操持家务又要照看幼子的时候，当你身上病痛逐渐增多的时候，当你因工而伤的那条腿时不时隐隐作痛的时候，你是否曾为自己怨叹、为自己委屈、为自己不甘、为自己打算过？

当朝阳的微光洒在床边，多彩的晚霞映红孩子的笑脸；当眼前的初日从水光潋滟的海上升起，残阳又从浩瀚沉静的海边落下的时候，这一天又一天，一年又一年，循环往复的时候，在你的心里，只有你的孩子们，只有孩子们无忧快乐的童年。

是你，用盈盈的爱绘就了我们一生的精神底色。

而我，在经历了黑夜与挣扎之后，才知道你曾经的无私与付出，才知道一个生命成长的种种不易。

甜蜜的偷袭

某天傍晚，妈妈正要给仔仔冲奶粉，她把仔仔放在床上，嘱咐她不要下床。

妈妈走到厨房，拿着奶瓶，刚想接热水，就听见有轻轻的脚步声，回头一看：好家伙，仔仔已经美滋滋地爬下床了。妈妈刚想批评她，可她却张着稚嫩的小手臂，笑嘻嘻地向妈妈跑来。

妈妈连忙跑过去，蹲下来张开手抱她，责备地说："妈妈刚刚不是说，要你乖乖地在床上等着吗，你没穿鞋……"还没等妈妈说完，仔仔用双手紧紧环住妈妈的脖子，甜滋滋地吻住了妈妈的嘴唇，然后哈哈大笑起来。

举一反三

一天，奶奶教仔仔说话。

奶奶：妈咪，妈咪。

仔仔：妈咪，妈咪。

奶奶：爸比，爸比。

仔仔：爸比，爸比。

过了好几天，仔仔想要在饭前吃水果，妈妈担心影响吃饭，便没有答应。仔仔转身找奶奶求助，一时着急，喊道："奶咪！"

仔仔的亲吻

晚上睡觉前，妈妈在仔仔身边侧躺着。她看着小家伙可爱的侧脸，便淘气地用嘴唇来回地一张一合，发出清脆细小的"啵啵"声。

仔仔闻声，急急忙忙爬到妈妈的大枕头上，睁大眼睛认真地注视着妈妈，观察着声音的来源。突然，她用小手搂住妈妈的头，使劲儿地往自己怀里靠近，低下头给了妈妈一个大大的亲吻。

按摩

清晨，仔仔又爽快地喝掉了一瓶奶，然后无聊地爬上大床，赖在妈妈的枕头上，摆成了一个大字形。小家伙轻松霸占了妈妈的枕头，妈妈则高兴地坐到了仔仔对面，温柔地说："妈妈给你按摩腿吧。"

妈妈模仿着小时候姥姥给她按摩腿时的样子，从上至下慢慢地捋着仔仔的腿，嘴里念叨着："捋，捋，捋，长大个呀。捋，捋，捋，长大个呀。"

反复几次，仔仔被逗得咯咯笑个不停。捋得多了，仔仔的双腿变得温热了，妈妈便停了下来。她凝望着仔仔的双眸，突然发现，仔仔竟也在静静地凝望着自己。

妈妈从未见过这样的眼神，准确地说，是从未见过仔仔在看妈妈时流露出这样的眼神。清澈、纯真、水汪汪的眼睛里，竟有着深深的依赖与爱恋，或许还夹杂着深深的感谢。看着仔仔的双眸，妈妈有些恍惚，她有些不敢相信，这哪里是二十个月婴孩的眼睛里传达出的情感，这分明是一个情感丰富、敏感细腻的成年人啊！

最爱的睡前游戏（从小玩到大）

每晚睡觉前，仔仔很黏妈妈。她霸占着妈妈的枕头，躺在上面，举起小脚，不让妈妈把她抱回小床。

妈妈灵机一动，轻轻抓住她高举的小脚丫，把脸躲在后面，可是脚丫太小，只能勉强挡住妈妈的双眼。

"妈妈不见了？"妈妈声音轻扬。

仔仔愣住了。

停了几秒，妈妈像个大孩儿，突然把举起的两只小脚打开，放在自己耳边，露出一张大笑脸，喊道："妈妈出现啦！"

仔仔被逗得开怀大笑。如此游戏，乐此不疲，每晚都要缠着妈妈玩上几次。直到妈妈不停地说累了，仔仔才罢休。

后来，仔仔对这简单的游戏有些腻了，便突发奇想，发明了"捉妈妈游戏"。

她赖在妈妈的枕头上，妈妈则坐在她的对面。她用小腿夹住妈妈的脖子，把妈妈卡在她的两腿之间。妈妈闭上眼睛，要装作很难过的样子喊道："妈妈被抓住了……"说罢，她便把腿松开，放妈妈出来。妈妈则突然睁开眼睛，大声喊道："妈妈跑出来了！"

如此游戏，仔仔百玩不厌。

舒展皱眉

星期六下午，难得无事，妈妈陪着仔仔待在家里。在仔仔的眼里，万物皆可玩耍。这不，她看见妈妈坐在离卧室门不远的小板凳上，便想出了一个好玩的游戏。

她急急忙忙跑到卧室门口，拍了一下门，随即转身向妈妈跑去。看着笑靥如花的仔仔朝她跑来，两根小辫子随着小身板上下晃动，好不可爱。妈妈高兴地张开双手等待着。她嗖的一下扑到妈妈怀里，开心地大笑起来。如此游戏，仔仔来回反复，不知疲倦。

仔仔跑了很长时间，有些累了，在向卧室门口跑去的时候，脚底一滑，一个踉跄，往前冲了半步，小脑袋差点撞到门上。仔仔吓了一跳，她停住了，站在原地，琢磨这是怎么回事呢。妈妈也吓了一跳，赶紧跑过去安慰。

仔仔一脸委屈地看着妈妈，妈妈轻轻揉了揉她的小脑袋，有些后怕，皱着眉头却很温柔地说："仔仔慢点，万一头撞到门，妈妈会很心疼的。你磕疼了，妈妈也会很疼。"

仔仔认真地看着妈妈，她点点头，又贴近妈妈的脸颊亲了亲妈妈，最后用两根小拇指轻轻地在妈妈皱起的眉头上来回抚摸，那是在告诉妈妈：不要再皱眉啦！

向爸爸撒娇

深更半夜，仔仔被噩梦吓醒，号啕大哭起来，那哭声凄惨至极。仔爸心疼地抱起仔仔，安慰道："不哭不哭，不委屈，不委屈，爸爸保护你。"仔仔紧紧地搂住仔爸脖子，紧闭双眼，大声哭嚎："哇……哇……"

周末中午，仔仔刚刚睡醒，起床气很重，心情非常不好，一直吵闹。爸爸抱起仔仔安慰："不闹、不闹。"仔仔号啕大哭，一边哭一边喊："要闹……要闹……"

看电视

周末，妈妈带仔仔去奶奶家玩，刚进门，发现爷爷奶奶正在看电视剧《楚乔传》。甚少看电视的仔仔目不转睛地盯着屏幕。电视里，楚乔同敌人打杀得正猛，仔仔惊叹道："啊！好厉害！"

知道要干什么

盛夏的一天，仔仔要去大姑姥家串门。路上仔爸开车不小心颠了一下，坐在驾驶座后面的仔仔情不自禁地喊道："哎哟哟！"

车子开了好久。

仔仔想给大姑姥看看她新得的粉色发带，上面还有个非常漂亮的粉色花，这发带是妈妈给小家伙的光脑袋做装饰用的。小家伙一出门便美美地戴上，可长时间坐在车里，妈妈担心仔仔太热，便把它摘掉了。

过了好久，妈妈望向窗外，见快到大姑姥家了，随口说："呀，快到了。"

仔仔听了连忙拿起发带，戴到头上。

男人、娃和碗

周末，爸爸妈妈带仔仔逛商场，他们从上午一直玩到下午。仔仔困得瘫倒在爸爸的肩头，不一会儿就睡着了。可怜的爸爸只得就地停下来，幸好这个热闹的美食一条街是在商场地下，还有不少游客座椅。爸爸抱着仔仔在长条凳上坐下，为了让她睡得舒服一点，爸爸把自己的一只脚搭在另一条腿上，架起了仔仔的"摇篮"。

一个多小时过去了，爸爸没有换过腿，更不敢动，他深情地望着熟睡中的仔仔，自言自语地说："我这一身肌肉就是为你练的。"

"我看你现在就差一个摆在地上的碗了吧。"坐在一旁的妈妈取笑道。

接歌

星期天，一家三口吃过早饭，爸爸打算收拾屋子，他打开手机，随手放了一首零点乐队的老歌《你到底爱不爱我》，接着就跑到卫生间洗袜子去了，一旁的仔仔却听得认真。

"你到底爱不爱我，我不知该说些什么，你爱不爱我……"手机里浑厚磁性的嗓音激情澎湃地唱着。

"你到底爱不爱我……"零点乐队在嘶吼。

"爱！"小家伙对着手机直点头。

夸奖自己

清晨，闹钟"嗡嗡嗡"响起。妈妈正沉浸在甜美的梦乡中，迷迷糊糊地不想动弹。她睡眼惺忪，强打精神，眼睛撑开一条小缝隙，模模糊糊地看见仔仔悄悄地爬到床尾的被子前，一下子就摸到藏在里面的手机，利索地掏出来，小食指在屏幕上向右一划，闹钟顺利地被关掉了。小家伙笑呵呵地伸出大拇指说："棒！"

学叫卖

一天，仔仔在奶奶家玩耍，她扯着贵妃扇的扇穗，拖着扇子到处走，一边走一边大喊道："磨——剪——刀哦——！磨——剪——刀哦——！"

大家听了哈哈大笑。可她却面无表情，换了一只小手拿扇，继续喊道："卖鸡蛋嘞！"

胆小

仔仔害怕噼里啪啦的鞭炮声，除夕夜零点的鞭炮群响对仔仔来说是一个考验，这是她觉得最恐怖、最惊心动魄的时刻。

一到晚上，家家户户放鞭炮，仔仔会像吸盘一样黏在妈妈身上。只要鞭炮一响，她就像小鹿嗅到了危险一般，快速地跳到妈妈身上，两只小手紧紧勒住妈妈的脖子，把散发着奶香味儿但却凉冰冰的脸颊深深地埋在妈妈温热的颈间，整个身体蜷缩在妈妈温暖的怀里。看着怀里颤抖的仔仔，妈妈心疼极了，可内心深处竟也生出一丝丝幸福，因为此时此刻，仔仔是如此依恋妈妈，离不开妈妈呀！

育儿遐思之二

年的味道

快过年了，我带着女儿去采购年货。商场里挂满了红色喜庆的装饰物，女儿高兴地到处张望，但我却没有兴奋的感觉。我们生活水平提高了，物质越来越丰富了，对年的期盼也变淡了。

我出生于 80 年代中期，那时的年味儿，对小孩子来说是贴福字、贴对联，是穿新衣、戴新帽，是吃平时吃不到的美食。儿时贪吃，在姥姥家过年，我最期盼的就是除夕美食。

在东北，家家都喜欢在除夕这天做油炸食品——炸地瓜萝卜丝丸子、茄盒、虾片、大枣等。一大早刚起床，姥姥和妈妈就戴着帽子和口罩，开始给小孩子们炸吃的。她俩围着大铁锅，手拿长筷和漏勺，在烟熏火燎的厨房里炸着各种食物。

不一会儿，姥姥的喊声便从厨房里传来："大枣炸好啦！"我飞一般地扑进厨房，端出一大盘子金灿灿、红彤彤的炸枣。忍着烫，轻咬一口，又香又甜又脆，吃完唇齿留香，整个人都感觉甜蜜蜜的，一如这甜蜜幸福的日子。紧接着，萝卜丝丸子、地瓜丸子、虾片、茄盒也相继出锅。餐桌上很快就摆满各种好吃的，还有苹果、香蕉、橘子、瓜子、杏仁、榛子。

在兄弟姐妹中，我最小、个子也最矮，每次从桌上拿吃的都得踮起脚尖，如果坐下吃，等手里的吃完了又够不到其他食物，干脆就跟着姐姐们围着餐桌走来走去地吃。我嘴里嚼着一个松软香甜的炸大枣，手里捏着一颗香气扑鼻、金黄酥脆的地瓜丸，嘴里还叨咕着："真香，姐姐，我还要……"几圈吃下来，我的小脸和小手都变得油乎乎的，像极了一只偷吃东西的小花猫，姐姐们每每看到此种情形都忍不住笑话我。

除了各类炸物，饺子也是儿时过年美食里的重头戏，因为饺子里有"乾坤"。姥姥会在除夕夜的饺子里放入硬币、红枣、花生各十个。硬币预示着新一年财源滚滚，红枣预示红红火火，而花生则是早生贵子。姥姥不怕麻烦，她提前几天把硬币泡好洗净，又用牙膏细细地反复刷，再泡、再刷，直到干净得如新币一般。

因为对新的一年满怀期待和愿望，吃饺子是全家人在除夕夜的"压轴节目"。一盘盘热气腾腾的饺子上桌，预示着一年的红红火火，顺顺利利。大家摩拳擦掌，有的还眯着眼睛盯着饺子仔细端详，猜测里面到底有没有自己心仪的东西，仿佛抽奖一般。有的小心下口，生怕硌疼了牙齿；有的则爽快，大口"拦腰截断"，一眼就能辨出有无"内涵"；有的虽埋头"努力"，但听到别人的硬币清脆落碗的声音，也禁不住欢喜赞叹。我喜欢极了一年才一次的"吉祥饺子"，铆足了劲儿吃，直到肚皮好像快被撑破一般才肯罢休。每当吃到惊喜，就舍不得吃掉，喜滋滋地把硬币、红枣、花生当战利品摆放在碗里。

"哇——"女儿看见商场里为春节而准备的彩虹装饰屋，忍不住惊叹。

"妈妈，过年的时候，我们家也布置成这样好吗？"女儿稚嫩的声音把我从童年时光里拽了回来。

"好呀。"看着女儿渴求的目光，我不忍拒绝。

"我还要新衣服！我还要烟花！我还要……"女儿天真可爱地叫着。

我忽然明白了，年味儿在哪里呢？推开家里的门，年味儿就在父母忙着准备年夜饭的身影里，在孩子的新衣上，在轰隆隆的鞭炮声中。年味儿就在亲人们相互拜年的祝福中，在一家人团圆的饭桌上，在一盘盘热气腾腾的饺子里……

年味儿，就在家里，是团圆的味道。

仔仔两岁

贴身翻译

仔仔两岁，说话有些大舌头，吐字不清，别人都听不懂她在说什么。

"吞肖，吞咩不撅肖，嘟嘟温梯袅，谒来风与蹬，花蜗鸡多刀……"仔仔陶醉地说着。一旁的爸爸看得目瞪口呆，悄悄地问妈妈："她在说什么呢？"

"她在背《春晓》。"妈妈得意地揭晓答案。

就这样，妈妈又多了一项技能——仔仔的贴身翻译。你说奇不奇怪，妈妈就是能听懂自己孩子的"婴语"。

每当爸爸、爷爷、奶奶、姥姥、姥爷不明所以的时候，便会毫不犹豫地转头问妈妈："她说啥？"

每每这时，妈妈便会按捺住心中的得意，淡定自若地充当小家伙的翻译。

发自肺腑

周末休息，妈妈带仔仔去商场闲逛。路过一家围巾店，妈妈拉着仔仔进去欣赏。没想到遇到一位做过早教工作的女售货员，她很快得到了仔仔的信任和喜欢。

要离开时，仔仔恋恋不舍。妈妈喊了多次"走啦""给你买好吃的啦""我要走啦"，小淘气都充耳不闻。妈妈有些生气，但又想逗一逗她：
"妈妈要走了，你自己在这儿玩吧。"

"妈妈再见！"小家伙毫不犹豫地回答。

妈妈生气地扭头离开了围巾店，转身躲到了旁边的饰品店。她站在店铺门口，像躲猫猫一样，把自己藏起来，时不时地只探出一个脑袋，往隔壁围巾店的方向瞅瞅。

妈妈等啊等，等了好久，等到花儿都快谢了，也不见仔仔出来。妈妈生气地走出饰品店，站在门口，等仔仔出来。又过了好一会儿，仔仔才笑嘻嘻地走出围巾店，看见妈妈站在那儿，哈哈大笑起来，没等妈妈反应过来，她撒腿又跑回去了，继续赖在那里不走。妈妈一顿劝说，仔仔还是无动于衷，没办法，只能使出杀手锏——直接抱走。仔仔号啕大哭，甚是伤心难过。

晚上，本应是每天雷打不动的"故事时间"，被妈妈变成了"睡前教育"。什么出门要跟紧妈妈啦、不能松开妈妈的手啦、不能跟陌生人走啦，等等。仔仔"嗯嗯嗯"应付着，可妈妈却越说越来劲儿，她一想到白天仔仔离开她不知害怕的样子就生气，口气严厉又充满幽怨地说："你今天和陌生阿姨走了，是不要妈妈了吗？妈妈很伤心！"

仔仔听罢，立刻像小猴子一样，用小手臂紧紧地搂住妈妈的脖子，睁大眼睛，神情认真地看着妈妈，点点头，说："要！"

小猴子刚说完，就赶紧撅起小嘴亲了亲妈妈的嘴唇。

学会讨价还价

这天，仔仔正沉迷于饼干的香甜。妈妈见她吃得实在是太多了，悄悄拿走又怕她不高兴，于是蹲下来和她商量。

"仔仔，你吃得太多了，肚子会疼的。"

"不，无要（我要）！"仔仔寸步不让。

"那好吧，"妈妈有些心软，"那给你吃最后一个，然后和它们说再见。"妈妈边说边伸出食指示意只给她一块饼干。可仔仔却紧皱眉头，瞪起小眼睛，气哼哼地竖起五根手指头，说道："误（五）！"。

刚满两岁的仔仔竟然会讨价还价了。

给妈妈打气

仔仔两岁了，真的好沉，妈妈每次抱着小肉墩不到十分钟就吃不消了。有一次，妈妈独自领着仔仔回家，爬楼梯时被要求抱抱。她抱着"大石头"连续爬了几层楼梯后，气喘吁吁。怀里的小家伙端看着妈妈滑稽的表情，认真地说："妈妈，你加油啊！"

谦虚的句式

晚上，爸爸抱着仔仔看美国动作大片，小家伙觉得新鲜，目不转睛地盯着屏幕。爸爸看了看她，随口说："你能看懂吗？"

仔仔皱着眉头幽幽地说："不太懂……"

仔仔的觉悟

一天晚上，妈妈哄仔仔睡觉，一个多小时过去了，仔仔仍睡意全无。真是一场持久战啊，妈妈心想。突然，仔仔站了起来，从大床爬回了自己的小床，自言自语地说："宝宝要觉觉了，不淘气了。"

看反应

有一天，仔仔惹妈妈生气了。妈妈假装很生气的样子，表情严肃。仔仔连忙过来抱着妈妈，说："对不起。"然后摸摸妈妈的头，亲一亲。

玩游戏

一天，仔仔肚子不舒服，很烦躁，玩什么都提不起兴致。她慢悠悠走到爷爷身边，蹭蹭爷爷的腿，用小食指指着爷爷的手机，大声喊道："斗地主吧！"

实事求是

晚上，仔仔抱住妈妈的脸颊，用两个小食指在妈妈的脸上比量着，说："大了。"妈妈诧异地转头看看奶奶，奶奶随即心领神会，问她："那奶奶呢？"

"不大。"仔仔笑着答道。

过了一会儿，仔仔又在妈妈的脸上比量起来，说："太大了。"

妈妈惊呆，无语。

很多天后，仔仔又盯着妈妈，说："大了。"妈妈听后不死心，追问道："什么大了？"

"妈妈的脸大了！"仔仔大声喊道。

仔仔的杀手锏

有一次仔仔十分淘气，惹得妈妈眉头紧锁、表情严肃、一脸生气的样子。小家伙连忙走到妈妈身边，摸摸妈妈的脸颊，说："妈妈，你别生气了。"话音刚落，她又亲了亲妈妈的脸颊。

妈妈的怒火，被仔仔瞬间扑灭了。

自作主张

星期天，仔仔趁妈妈不备，偷偷翻开妈妈的化妆盒，用眉笔在眉毛上面画出大大的一道儿。那厚重的眉毛，像两条毛毛虫一般，盘踞在仔仔的眼睛上方，不一会儿，就被爸爸看见了。爸爸看见仔仔滑稽的样子，哭笑不得，却又不得不装出严肃的样子，说："那些东西危险，不能乱动。你喜欢妈妈化妆盒里的东西吗？"

"喜欢。"仔仔被逮个正着，便老老实实地点头，样子像一只小鸡在啄小米。

"这些东西漂亮吗？"爸爸又问。

"漂亮！"仔仔眼眸闪动。

"你去问问妈妈可不可以这样做！"爸爸生气地提高了嗓门。

"可以，可以，妈妈不生气。"仔仔奶声奶气地笑着说道。

站在一旁偷听的妈妈一时语塞。仔仔都这么说了，她要是再生气，还真有点儿不好意思呢！

妈妈灵机一动

周末，妈妈带仔仔到家门口的小广场溜达。她们逛了一会儿，看到小广场旁边的饭店门口有几台摇摇电动车。仔仔急急地吵着要坐，没办法，妈妈只得跟着她来到了摇摇车前。小家伙欣喜地坐到了摇摇车上，焦急地说："妈妈，快投币呀。"

"妈妈没带钱。"妈妈故意撒谎。因为她知道，只要坐上了摇摇车，仔仔一时半会儿绝不肯离开。她可不想没完没了地陪仔仔玩这个。

"啊？！那怎么办！"仔仔都急出哭腔了。

"没关系，妈妈给你唱。""大孩儿"灵机一动。

"啦啦啦，种太阳，啦啦，种太阳……我有一个美丽的愿望，长大以后能播种太阳……""大孩儿"陶醉地唱着。

谁知，仔仔竟也能自得其乐，假装摇摇车在摇动，自己在座位上摇来摇去，要求妈妈将会的儿歌全部唱一遍才肯罢休。

妈妈悄悄地摸了摸钱包，庆幸自己想出这么好的办法。

"妈妈牌摇摇车"

仔仔吵着要出门去坐摇摇车。可妈妈觉得，为了坐摇摇车而特意出门一趟很浪费时间。于是，她计上心来，对仔仔说："妈妈也有摇摇车。"

"在哪儿？"仔仔疑惑。

"在这儿。"妈妈坐在小板凳上，伸出自己的两条腿。她边说边把仔仔抱起放在右腿上。

"赶快投币呀。"妈妈催促。

仔仔假装投了一枚硬币，妈妈则负责发出"叮铃"的投币音。

"嗞——"妈妈即刻发出了机器启动的声音。随着声音，妈妈的右小腿慢慢由伸直切换到立起的状态。

"你是我的小呀小苹果儿，怎么爱你都不嫌多……"妈妈一边唱《小苹果》，一边载着仔仔颠来颠去，逗得她兴奋地哈哈大笑。

没唱几句，妈妈突然发出"嗞"的声音，随即伸直腿，把仔仔放下来。

"这么短啊！"仔仔意犹未尽。

"结束啦，但是可以换一换。"妈妈拍拍左腿说道。

仔仔兴奋地跳到了妈妈的左腿上。随着妈妈发出"嗞——"的一声，仔仔又坐上了"妈妈牌摇摇车"。

"苍茫的天涯是我的爱……"麦霸妈妈开始了《最炫民族风》。

仔仔在妈妈腿上颠得不亦乐乎，再也不吵着出去玩摇摇车了，她喜欢"妈妈牌摇摇车"，喜欢得不得了，早已忘记商场里那电动摇摇车了。

赖皮

仔仔太喜欢"妈妈牌摇摇车"了。她缠着妈妈，从左腿换到右腿，又从右腿换到左腿，不亦乐乎。妈妈可就惨了，一条腿要承受着二十多斤的重量，她精疲力竭，实在是太累了，说道："妈妈累了，让妈妈起来吧。"

"不力、不力（不累）！"话音还没落，仔仔就又爬到了妈妈的腿上……

要挟

仔仔二十七个月了，不知什么时候喜欢上了"打妈妈"。一天，仔仔淘气，被妈妈批评，竟然伸手就打了一下妈妈。妈妈生气地说："不可以打妈妈！打妈妈的孩子是坏孩子！"

仔仔歪着小脑袋，瞥了妈妈一眼，满脸不在乎的样子。

妈妈见到仔仔竟如此反应，非常生气，大声嚷道："你再打妈妈，妈妈就生气了，晚上不陪你睡觉了！"

仔仔愣住了，号啕大哭起来。这小娃娃的眼泪像六月的雨，说来就来，边哭边喊："妈妈——你别生气了——仔仔知道错了！"

奶香味儿的眼泪瞬间浇灭了妈妈的怒火。

被冤枉

一天，爷爷放了一个响屁，奶奶逗仔仔，是谁放的？爷爷抢先回答，是仔仔放的。小家伙涨红了脸，气哼哼地跑到爷爷面前，一手掐腰，一手指着爷爷，瞪着小眼睛，皱着眉头，生气地大声说："是你呀！"

好想你

奶奶回老家了，仔仔两个星期没见到奶奶，很想念奶奶。终于，奶奶回来了，仔仔第一时间跑去看望。她一进门，先是和奶奶抱了抱，然后一个人跑进奶奶的卧室，翻箱倒柜地找什么。

仔仔举着一个小盒子跑向奶奶，上面的牌子是：好想你。她用小食指仔细地点着上面的字，发出了"嗯、嗯、嗯"的声音，示意奶奶读一读。

奶奶不明所以，但仍按照她的意思读了出来："好——想——你。"

话音刚落，仔仔连忙用小胳膊搂紧奶奶的脖子，亲了亲奶奶的脸颊。

育儿遐思之三

老有所乐

闺蜜的公公生病住院了。听说她的公公一向健康硬朗，这次突然病倒可把他们全家人都担心坏了。医生除了开药、打吊瓶，还悄悄嘱咐闺蜜，不要让老人上火，要劝他放开怀抱，病好后多出去走走。闺蜜这才恍然大悟，明白这场突如其来的病因。原来是因为他公公刚退休，每天在家无所事事，心积郁闷。

听闺蜜说，她公公病好后，时常望着窗外发呆，又时不时地叹气。于是孝顺的闺蜜请一位老先生来家里做客，那是以前她上学时家里的老邻居，想让他来劝解开导公公。

两位老人年纪相仿，又都当过兵，话题自然多了起来。闲谈间，老先生分享了他的业余时间安排，他喜欢拉二胡，参加了三个文艺社团，时常出去表演节目。他也喜欢诗歌，经常在家埋头创作，在报纸杂志上发表了很多作品。不仅如此，他还擅长英语，闲时会在家教几个学生。最近他又迷上了评弹，每天都要抽出时间细细品味，然后写评论文章，有的已经在杂志发表。他说自己是个大忙人，出行都要看近期的计划，每天都过得很充实，自己还有那么多想要学习和研究的东西，总感觉时间过得太快，不够用。老先生神采奕奕，说话时神情中饱含满足、自得其乐。

后来，在这位老先生的影响下，闺蜜的公公翻箱倒柜，找出了很久以前的象棋。因为年轻时工作忙，家务事又多，即使喜欢，也不得不搁置下来。听闺蜜说，现在她的公公闲时喜欢自己和自己对弈，有时坐在那儿研究棋局，一坐就是好几个小时，偶尔会听见他突然说："对啊！应该这样走。"或是爽朗地哈哈大笑。天气好时，有时会拿着小板凳去找楼下的邻居们切磋棋艺，每当看到他哼着小曲，拿着小板凳回到家，脸上洋溢着得意自豪的神情，闺蜜便知道他定是赢了棋局。看着老人家自得其乐的样子，闺蜜那紧绷的心弦也终于放松了。

听了闺蜜公公的事，我由衷地感叹，这便是兴趣爱好的魔力。如果有了爱好，我们的闲暇时间便不会被自怨自艾所占据，也不会整天为生活的闲事所烦恼，更不会想方设法纠缠子女的陪伴，而是会自得其乐，悠闲自在地享受任意支配的闲暇时光。我们虽感叹秋之衰败的悲凉景色，但不会真心地感到落寞与凄凉；虽美慕他人的锦绣前程，但不会真的认为自己一无所有。我们会因为这些爱好而变得快乐、充实、自信。我们会容颜虽老，但魅力犹在。

一个自得其乐的心境与物质无关，与金钱无关，更与子女与配偶无关。躯体虽老，精神犹在。我们大可以爱好赏花养鸟，可以爱好爬山挖菜，可以爱好研究文玩字画，可以喜欢时常高歌一曲，也可以喜欢畅游书海，更可以喜欢呼朋唤友搓搓麻将。当然，如果喜爱含饴弄孙，顺带帮衬下忙碌的小两口，那真是年轻人的福气。所有的这些，各类种种，无论喜欢哪些、爱好哪些、擅长哪些，当我们沉迷其中、享受其中，有了这些爱好做伴并钻研其中，便会觉得世间很美好，就不会有时间去感叹岁月易老。

我想，拥有一个兴趣爱好是晚年自得其乐的开始。

偷听

周末，爸爸妈妈带着仔仔和姥姥姥爷在外面吃饭。吃完饭，妈妈打算让仔仔先去姥姥家玩一会儿。

回家的路上，姥爷高兴地对仔仔说："让姥爷抱抱吧。"

谁知，仔仔毫不犹豫且着急地说："不行，不行，你喝酒了，不能抱。"

想必是仔仔之前偷听到妈妈对姥姥的嘱咐，姥爷喝了酒，就不要让他抱孩子。

黏爸爸

爸爸陪着仔仔在床上玩耍，仔仔奶声奶气地问："爸爸，你在干什么呢？"

"爸爸在陪仔仔呢。"爸爸声音柔柔的。

"爸爸，你在干什么呢？"仔仔声音甜甜的。

"爸爸在陪仔仔呢。"爸爸声音也甜甜的。

"爸爸，你在干什么呢？"仔仔撒娇。

"陪仔仔呢。"爸爸也撒娇。

"干什么呢……"仔仔的甜度继续增加。

"陪仔仔呢……"爸爸声音更甜了。

如此反复，父女俩乐此不疲。

对仗句

有一天，书突然从桌子上掉下来，吓了妈妈一跳，妈妈大喊一声："我的天呀！"

仔仔闻声连忙从卧室跑出来，看看妈妈，又低头看看掉在地上的书，笑着对妈妈说："无（我）的天呀！无（我）的地呀！"

仔仔的夸奖

一天，奶奶做了仔仔最爱吃的红蘑炖鸡。她坐在餐椅里享受着奶奶一勺一勺地投喂，伸出小小的拇指，认真地说："奶奶，我给你点个赞。"

以退为进

晚上睡觉前，妈妈给仔仔按摩。小家伙舒舒服服地躺在床上享受着。可不一会儿，妈妈就按摩结束了。

"物（五）！"仔仔笑着向妈妈伸出五根稚嫩又柔软的小手指，示意妈妈给她捏五次。

妈妈摇摇头："不行，只能做一次。"

"按摩，妈妈，物（五）！"她皱着眉头，坚持说道。妈妈继续摇头说不行。谁知仔仔风向一转，狡黠地朝妈妈笑了笑，伸出了两根小指头："按摩，妈妈，两次。"妈妈瞬间妥协。

护食

星期六，爸爸同学一家三口来家里做客。同学的儿子比仔仔大一岁，彬彬有礼地坐在客厅的沙发上。不一会儿，他表示很想参观一番，妈妈便让仔仔充当向导。可是不管小哥哥走到哪间屋，仔仔就会立刻拉着他的胳膊说："别动，别动，别动。上内屋，上内屋，上内屋。"（内＝那，指客厅）。

耳聪目明

一天晚上，妈妈在卧室里哄仔仔睡觉，她用手机播放着优美的轻音乐，书房里却突然传来极其微弱的电视剧对话声，由于声音细小，妈妈便没有在意。

"爸爸呢？"仔仔认真地问。

"爸爸在学习呢。"妈妈故意这样回答。

仔仔皱皱眉，顿了一下，说："爸爸在看电视呢！"

妈妈瞬间"石化"，赶紧将卧室门关了起来。

有样学样

这天，仔仔学医生给爷爷检查身体。她见爷爷躺在床上，于是跑到他身边，掀开爷爷肚子上的衣服，用她那柔软稚嫩的左手扣在肚子上，右手又在左手上敲两下，边敲边移动两只手，俨然一个小大夫似的。她奶声奶气地对爷爷说："里面有水呀。"

"有水怎么办呢？"爷爷强忍笑意。

"去撒尿吧。"仔仔认真回答。

爷爷哈哈大笑。紧接着，她又让爷爷张开嘴，发出"啊——"的声音，又仔细端详了一下，说："没什么事。"

最后，她又撑开爷爷的眼皮看了看，摇了摇小脑袋，表情严肃地说："没事，没事。"

钓鱼

晚上，爸爸和仔仔在床上一起玩钓鱼游戏。爸爸坐在仔仔对面开心地说："爸爸钓墨斗鱼吧。"

"不要，不要。"仔仔朝爸爸挥着小手。

"那爸爸钓什么呢？"爸爸假装可怜。

"不要，不要，爸爸别动。"仔仔没抬头，又一次拒绝了爸爸。

"那爸爸钓仔仔吧。"说着，爸爸就拿着鱼竿要放在仔仔的头顶上。

"不要！不要！"仔仔急了，脸憋得有点红。

"那爸爸钓墨斗鱼吧。"爸爸坏笑。

"那好吧。"仔仔笑着答应了。

唠嗑

仔仔发烧，蔫头耷脑。爸爸放心不下，给奶奶打电话。仔仔抢过电话，爸爸心疼地问："仔仔今天乖不乖？"

"DUAI（乖）。"

"仔仔难不难受？"

"难斗（难受）！"

"仔仔乖乖听奶奶话，好好吃药。"

"我不怕次（吃）药。"

"仔仔乖乖，爸爸晚上回去陪你。"

"好的，爸爸你放心吧！"

爸爸身旁的同事诧异地问："你是在和闺女唠嗑？"

"是的。"爸爸眸中星辰闪烁，自豪无比。

方言的运用

晚上，仔仔摸着妈妈刚洗完的手，甜甜地说："妈妈，你的手好滑溜呀！"

吃菜的花招

仔仔不爱吃菜，妈妈使出各种办法，可她仍不肯吃。正当妈妈感到头疼时，突然灵光一闪，笑着说："多吃菜菜对皮肤好，会变得美美的。吃菜菜漂亮，你看妈妈就喜欢吃菜菜，妈妈要变漂亮啦！"妈妈边说边吃了一朵西蓝花。仔仔抬头认真地盯着妈妈，又摸了摸她的脸，说："妈妈白白的，我也要吃菜菜。"

一起要了

晚上，爸爸喂仔仔吃苹果。"爸爸，我还要！"仔仔急急地说。爸爸连忙又削了一片递给她。站在他们身旁的妈妈下意识地瞅了一眼苹果，爸爸顺手也削了一片递给妈妈。

"爸爸，我还要。"仔仔狼吞虎咽。

"这么快就吃完了呀。"爸爸连忙又削了两片，一片递给仔仔，一片递给妈妈。仔仔再次快速吃完，急急地说："爸爸，我还要，妈妈也还要。"

分别道谢

周日，爸爸妈妈带仔仔去市场买菜，爸爸买肉，妈妈买菜。回到家，妈妈给仔仔做了她爱吃的胡萝卜土豆蒸肉饭。仔仔吃完后，殷勤地向妈妈作揖："谢谢妈妈做的饭。"

妈妈听后，开心极了。

晚上，吃饭时仔仔又吃蒸肉饭，问爸爸："这是牛豆（牛肉）吗？"

"不是，这是猪肉，五花肉，香香的。"爸爸耐心解释着。

"那谢谢爸爸买的猪豆（猪肉）！谢谢妈妈做的饭！"仔仔大声喊道。

记仇

凌晨四点半。

仔仔醒来看见爸爸妈妈还在睡觉，突然边哭边喊："我要摊刀片（看照片），我要摊刀片（看照片）！"原来，平日里她很喜欢用妈妈的手机看自己的照片，可半夜醒来，竟然还想看。爸爸严肃地批评了仔仔，告诉她现在是晚上，要睡觉，不能看照片。小家伙哭得很伤心，后来爸爸生气地离开了卧室。见爸爸离开了，仔仔哭嚷的声音更大了。

妈妈睡得沉，迷迷糊糊地被她吵醒了，还没搞清楚怎么回事，只能先强撑精神，抱起仔仔，轻拍后背以示安慰。可仔仔却一直喊着"我要摊刀片（看照片）"，并用哭声逼迫妈妈投降。几个回合下来，妈妈才终于弄清楚了仔仔哭闹的原因。

那哭声在静谧的夜中，既刺耳又震天响，妈妈耳朵顿时鸣响起来，她头痛欲裂，火冒三丈，十分沮丧，心想：这个小孩儿哭声怎么这样大？她是我的孩子吗？要知道，仔仔刚出生时，她一哭，妈妈就紧张得不得了，除了额头直冒汗，连两只前臂也会跟着簌簌淌汗。现在可好，妈妈除了耳鸣就是怒气冲冲，全然不见初为人母时的焦急担心。

她气得狠狠地拍了一下仔仔的大腿。

结果，哭声更大了。

爸爸闻声连忙赶来，抱起仔仔安慰她，不一会儿就成功把她哄睡了。第二天早上，仔仔醒来后连忙爬到爸爸身上，指着自己的腿，奶声奶气地告状："爸爸，腿疼，腿疼，腿疼。"

我们是组合

晚上，爸爸在单位加班，妈妈在家哄仔仔睡觉。黑暗中，仔仔来回翻身。突然，她坐起来，看着妈妈，带着哭腔说："爸爸呢？"

"爸爸加班去了。"妈妈温柔地摸了摸仔仔柔软的头发。

"我们是组合，爸爸不在家，就剩妈妈一个人了，就剩两个人了，没有三个人，怎么办？"黑暗中，仔仔自言自语，又慢慢爬回了她的小床。

思念

一天上午，仔仔在奶奶家里玩。仔仔问："奶奶，爸爸呢？"

"爸爸上班了。"

"妈妈呢？"

"妈妈也上班了。"

"妈妈不来了？"

"妈妈下班就过来了。"

"我想妈妈了……"仔仔紧紧地攥着奶奶的食指。

爱故事

仔仔两岁半了，一天晚上，妈妈讲故事，仔仔听得津津有味。

"锵锵锵——喝奶啦。"爸爸快步走进卧室，把奶瓶递给仔仔。

"你先喝奶吧，妈妈一会儿再给你讲故事。"妈妈说。

"一边喝一边讲吧。"仔仔依依不舍地看着故事书。

给自己加油

仔仔生病了，不肯吃药。喂药的时候，不是死命抵抗就是问这问那，试图岔开吃药这件事儿。经过家人反复地和她斗争、做思想工作，仔仔为了不去医院打针，最后终于肯吃药了。喂药的时候，她特意抱着平日心爱的小猴，自言自语地说："嗯嗯，不怕次（吃）药。"

明察秋毫

仔仔生病，不爱吃药。早上醒来，妈妈趁仔仔还在床上，便把很少量、稍有一点点苦味的药混入了牛奶里，本想着浑水摸鱼就糊弄过去了，谁知仔仔喝完牛奶，皱着眉头对妈妈说："药在里面，不好喝啊。"

唯一的答案

仔仔两岁半的时候，喜欢在睡觉前把她熟悉的人都询问一遍。黑暗中，她躺在床上翻来覆去：

"妈妈，爸爸在干什么呢？"

"在睡觉呢。"妈妈答。

"妈妈，姥姥在干什么呢？"

"在睡觉呢。"

"姥爷呢？"

"奶奶呢？爷爷呢？"

"大姨奶呢？"

"另一个奶奶（邻居奶奶）呢？"

"阿姨呢？嘟嘟（叔叔）呢？"

她一个一个地问，妈妈耐心地一个个地答，但是无论问到谁，妈妈都会说："在睡觉呢！"

孤单

一天上午，姥姥陪仔仔到小广场玩。

天色灰蒙蒙的，空旷的小广场上没有玩耍的孩子们。仔仔无人陪伴，蔫蔫的，一个人无聊地骑着小滑板车。妈妈从视频里看见她一脸落寞的样子，突然回想起自己儿时没有玩伴的孤单。

育儿遐思之四

人生有梦书相伴

小时候，我常住在姥姥家。平日里，姥姥、姥爷喜欢读书看报，每当姥姥手握书本的时候，我总喜欢赖在姥姥的臂弯里，让她讲给我听。那些"三侠五义""梁山好汉""女娲补天""大禹治水"的故事，让我的童年变得绚烂多彩。

也许，是受到了姥姥、姥爷爱读书的影响，那读书的种子不知不觉深深扎根在我幼小的心灵里。上了小学，我时常津津有味地读语文课本，但让我真正对书感兴趣是小学五年级的时候。那天，我去同学家玩。同学家房子很大，我们几个在家里玩捉迷藏。疯跑的我无意间闯入了同学父亲的书房。一进门，我就被映入眼帘的书柜震撼住了，那是一个高到房顶、长得像走廊一样的书柜！我长这么大，第一次看到这么多的书，让人眼花缭乱。我欢喜地在书柜玻璃门外向里面张望着，慢慢地从一端走到另一端。后来，同学看到我这么喜欢她爸爸的书，便允许我时常去她家里玩，还把书借给我拿回家看。就这样，我借了一本又一本，在同学慷慨帮助下，我闯进了《聊斋志异》《镜花缘》《红楼梦》等斑斓的世界。

上了初中后，由于我喜欢看书，写作水平有了明显的提高。我的语文老师时常在课堂上朗读我的作文，也时常鼓励我多阅读、多写作。慢慢地，成为作家的梦想便在我心里生根发芽。

真正激发我多读书、读好书的愿望是在高中。高一时，一次语文课堂上，老师讲杜甫的诗。讲到动情处，老师一时兴起，当着大家的面读了他自己创作的诗词。后来，又在课堂上背了好多首杜甫的诗，听得我目瞪口呆，完全被语文老师的才华所折服。那一瞬间，老师背诵古诗所展现的博学与才华，深深触动了我的心灵，同时，我也清醒地看到自己知识的匮乏，意识到自己离梦想还有好长的一段路要走。

上大学后，学校的图书馆深深吸引了我，里面的书浩如烟海，没有课的时候，我经常一个人静静地坐在那里，翻看一本本文学名著，时常不知不觉便已到闭馆。大学四年，我一直是图书馆的常客，读书笔记更是做了满满的几大本，现在写作中用到的很多词汇和技巧都是在大学图书馆里积累起来的。

成家立业有孩子后，我常利用业余时间读书写作，习作也时有发表。每当自己灵感枯竭、词汇贫乏之时，我便会一头扎进书的海洋，与巨匠对话，同伟人交流，从他们那儿汲取源源不断的精神力量。

读书于我来说，是一辈子的事，是成就梦想的事。即使现在离开了学校，我仍然时时与书相伴，是书让我的人生梦想插上翅膀，扬帆远航。

满意

仔仔两岁半。除夕夜，大姨奶给了仔仔一个大红包，仔仔连忙接过来道谢："谢谢大姨奶！"她打开了红包。

大姨奶问："这里面是什么？"

"鸡（是）钱"。

"多少钱？"大姨奶逗她。只见她把钱一张张摊开来看看，虽然不知道是多少钱，但还是点点头满意地从小嘴里蹦出两个字："还行。"

不轻易上当

奶奶给了仔仔一个大红包，然后教她说"恭喜发财，红包拿来"。仔仔手拿红包，神情腼腆，依样画葫芦地跟着奶奶学着。大姨奶笑着逗她："仔仔，红包给我吧？"

"不行。这是给仔仔的。"仔仔神情认真，转身把红包拿走，自己收起来了。

移花接木

妈妈在看电视剧《恋爱先生》，仔仔跑过来拉着妈妈的胳膊："妈妈别探（看）手机了，陪我玩儿吧。"于是妈妈收起手机，放到一边。仔仔伸手想要没收，说："恭喜发财，手机拿来。"

依恋

仔仔害怕鞭炮声。每每鞭炮一响，妈妈赶快把仔仔紧紧地抱在怀里。看着战栗的仔仔像一只受伤的小兔子，妈妈既心疼又觉得很幸福，因为这是她们紧紧相拥又相互依恋的短暂甜蜜时刻。

大年初一的晚上，妈妈正在厨房，突然窗外鞭炮声大作，仔仔在卧室里大喊："妈妈快来呀！有鞭炮响，就我一个人啊！"

勇气

鞭炮声震耳欲聋，妈妈不在身边，仔仔就蜷缩到爸爸怀里去了。不一会儿，鞭炮声变小，她从爸爸怀里站起来，朝着窗户摆摆手说："你放吧，我不害怕了。"

转移矛盾

大年初二，仔仔很早就起床了。她趁着爸爸妈妈还在熟睡，一会儿把衣服从柜子里都掏出来，一会儿跑到客厅把玩具积木全都倒在地上，一会儿又在那儿踢正步。爸爸批评了仔仔几次，让她乖一点。仔仔撇撇嘴，说："爸爸你别管我了，你去管妈妈！"

什么都是六点半

大年初三，妈妈带仔仔回姥姥家。早上，他们在爷爷家吃完饭，打算出门。临别时爷爷依依不舍地对仔仔说："仔仔，你什么时候回来和爷爷玩呀？爷爷等着你呢。"

"嗯……六点半吧。"仔仔看着爷爷认真地说道。

道歉

夜晚，仔仔贪玩，怎么哄都不肯睡，也不肯乖乖地躺着。八点半熄灯，可快到十点了，还是没结束哄睡战斗。妈妈的好脾气被磨没了，朝仔仔机关枪似的嚷嚷起来："你呀，还不睡觉啊，你想干吗？折磨我吗？为了多陪你一会儿，我都没洗漱，我还得洗衣服……"一旁的仔仔抹着眼泪道："妈妈，对不起，你别生气了。"

有样学样的安慰

妈妈正在给仔仔洗澡。天有些冷，她担心仔仔着凉，就和爸爸把澡盆搬到卧室，打开电暖气，让仔仔舒舒服服洗个热水澡。仔仔正洗得开心，突然想起自己的塑料小鸭子没在盆里，焦急地对妈妈说："妈妈，鸭鸭，我的鸭鸭！"妈妈只能起身去拿，她把仔仔一个人留在卧室，为了保持温度，便关上了门。可她又担心仔仔一个人泡在澡盆里会不安全，于是一路小跑到卫生间，快速找到鸭鸭，又飞奔回来，全程好似拿到了接力棒要冲刺一般。可就在进门时，她担心会有冷风吹进，不敢把门开得太大，一时急着冲进去，脑门一下子撞在了门上，疼得她龇牙咧嘴。

妈妈给仔仔搓澡的时候，时不时地揉揉自己脑门，一直哭丧着个脸，高兴不起来。经过一番折腾，终于洗完了，妈妈仔细地给仔仔擦身。仔仔见妈妈不开心，大声喊道："妈妈，大拥抱！"说完就扑进妈妈的怀里。妈妈的心情顿时好了不少，额头也不那么疼了。仔仔在妈妈温暖的怀里抬头看妈妈，皱着眉头，学着妈妈哄她的样子说：

"摸摸毛，吓不捣（着），"边说边摸了摸妈妈的头，"拽拽耳，吓一堆儿（一会儿）。"又揪了揪妈妈的耳朵。

迷恋妈妈

每次出门前妈妈换衣服，仔仔都要抢上前去亲吻一番。

"妈妈妈妈，别端衣嘟（别穿衣服），别端衣嘟！"她跑到妈妈面前焦急地喊着。妈妈只得蹲下来，让她抱抱。只见她左亲亲，右亲亲，上亲亲，下亲亲。亲亲乳房，亲亲肩膀，又亲亲脖子。

"亲肚！"仔仔要求道，她像摸宝贝一样，轻轻地摸着妈妈的肚皮，低下头亲了亲，一副恋恋不舍的样子。

"那是你曾经住过的地方。"妈妈笑眯眯地说，仔仔认真地听着。

有一天，当一系列亲吻完毕，妈妈又说到仔仔曾经住过的地方时，仔仔突然摸了摸妈妈的肚子奶声奶气地说："这是我以前的家呀！"柔软的小食指勾来勾去，"蹬，蹬，蹬，出来了，看见妈妈了！"

踮脚

奶奶说仔仔最近长高了，于是妈妈回家后，连忙带着仔仔在卧室门上的测量身高贴纸上量身高。仔仔兴奋地在那儿站好。

"站好了吗？你别乱动，不然不准了。"妈妈焦急地看着仔仔身后的测量贴纸。站定后的仔仔神情有些紧张。

"好。"妈妈定睛一看长了那么多，但是突然发现仔仔脚后跟离地面高出那么大一截，她正踮着脚呢！

"你不能踮脚，那样测量的结果是不准确的。来，把腿伸直。"妈妈用手择着仔仔肉乎乎的小腿。

"身体紧贴门，挺胸抬头！好了。"妈妈将一本书放在她的头顶，仔细地看着测量结果。

"你也没长高呀！"妈妈皱眉，失落地说。

"长高了，长高了。"仔仔又踮起脚，皱着眉头说。

见缝插针的指导

妈妈用密码开手机，一不小心输错了，自言自语地说："怎么开不开了呢。"

"用子纹（指纹）开。"仔仔幽幽地说。

仔仔的安慰

晚上，爸爸在卫生间剃胡子。他突然跑出来大声对妈妈说："完了，我是不是老了，你看，我都有白胡子了！"妈妈捏着爸爸的下巴，仔细端详了一会儿，故作镇定："你是缺少黑色素了。"

"仔仔，快看爸爸，是不是老了，都有白胡子了！"爸爸向仔仔撒娇，并摆出一副伤心的神情。仔仔皱着眉头，仔细地看着爸爸的下巴，然后在爸爸面前摇摇头，挥舞着小手说："不老，不老。"

听话

奶奶家楼上的邻居在装修，噪音很大，吵得仔仔烦躁不安。她大声喊道："吵死了，烦死了。快停下来！"这时，恰巧楼上装修停工了一下。她惊讶得瞪大眼睛，摇着奶奶说："呀，你看，它停了！"

假读

周末，妈妈躺在床边看《海燕》杂志，躺在一旁的仔仔缠着她，非要她讲故事。妈妈选出一篇散文，刚读几句，书就被仔仔抢走了。仔仔拿着书坐在床边，翻了一页，大声说道："有一天，#@&*^$%……"，翻了一页，"有一天，%# ￥#&*……"，又翻了一页，"有一天，% ￥……&*……，哈哈哈哈哈……"最后，仔仔笑倒在床上。

一旁的妈妈愣在那里，气也不是，不气也不是。

怕生

这天，中国移动公司的师傅上门安装宽带，妈妈和仔仔正在卧室床上玩耍。仔仔听见客厅有陌生人的声音，皱着小眉头问："什么灯音（声音）？"

"是叔叔的声音。"妈妈摸着仔仔柔软的头发。

"嘟嘟（叔叔）在干什么呢？"

"叔叔是来给我们家安装宽带的。"

"嘟嘟别进来，嘟嘟别进来！"她朝着门，挥舞着小手焦急地说道。

怼

一天，仔仔饭后吵闹着要吃饼干，但是家里的饼干已经吃完。妈妈敷衍她："家里没有饼干了，我们吃个芋头吧，怎么样？"

仔仔失落地瞥了妈妈一眼："哼，不怎么样。"

绞尽脑汁的回答

奶奶正在和大姨奶通电话，仔仔闻声连忙把电话抢走，对着电话情真意切地说："大姨奶，我想你了！"

"我也想你了，我就在楼下呢。"大姨奶说。

仔仔吃惊地喊："大姨奶，你上来啊！"

"仔仔，你下来接我吧。"大姨奶知道仔仔不会下楼梯，故意逗她。

仔仔愣在那里，闷头使劲儿想了一会儿，一脸为难地朝电话里喊："还是你上来吧！"

美滋滋

星期天早上，一家三口在餐桌前吃早餐。爸爸喂仔仔，妈妈就赶紧吃几口。妈妈喂仔仔，爸爸便匆忙吃几口。在爸爸妈妈的配合下，仔仔吃完早饭，心满意足地看着爸爸妈妈。她把左手塞进爸爸的大手里，右手也伸到妈妈的手里，执意让妈妈也握着。妈妈正纳闷她想干什么，只见仔仔坐在儿童餐椅里美美地仰着头，自言自语地说道："好甜蜜呀！"

联想

两岁半的仔仔吵着要吃糖炒栗子，可是之前买的栗子已吃完了，妈妈安慰她答应仔仔隔天会买。第二天妈妈刚一进家门，仔仔一眼就瞄见了糖炒栗子的纸袋子，兴奋得开心大笑，喊道："美味冬朵（美味中国）！"

叫号

晚上，奶奶喂仔仔吃饭。仔仔才吃了平时饭量的一半，就不肯再吃了。爸爸说："仔仔乖乖吃饭呀，吃完饭我们才能吃栗子。"

"我就不吃，我要吃栗鸡（子）！"仔仔摇着头，神气地看着爸爸。

依依不舍

晚上，仔仔沉迷于栗子的香甜，刷完牙齿还想再吃栗子，被妈妈阻止。可她哭着喊着还要再吃最后一个。

"你已经刷牙了，不能再吃了。"妈妈苦口婆心。

"最后一个。"仔仔嬉皮笑脸地伸出小食指。

"不行。刷完牙不能吃东西，爸爸妈妈刷完牙都不吃东西。快和栗子说'再见'吧。我们明天吃。"妈妈坚持，一脸严肃。

"那好吧……栗鸡（子），再见，我明天再吃你哦。"小可爱向妈妈手里的栗子摆摆手，还依依不舍地亲吻了那可爱的小栗子。

不能忽略我

晚上，一家人在一起吃饭，热气腾腾的饺子一盘盘地摆在桌上。爷爷问爸爸："你要蒜吗？"

"不要。"爸爸说。

"我要段（蒜）。"仔仔向爷爷伸出手，眼睛却一直盯着碗里的饺子。

回笼觉

下午，仔仔正在午睡，迷迷糊糊醒了，回头看了奶奶一眼，然后笑眯眯又转过头去。奶奶刚想和她说话，可她又没动静了。过了一个小时，仔仔转过身对奶奶说："哈哈，我偷偷地又睡了一觉！"

仔仔的安排

晚饭后，爷爷在厨房收拾碗筷。奶奶拉开厨房门，心疼地说："厨房那么冷，你把碗筷泡好放那儿，快点儿进来吧。"过了一会儿，仔仔也走过去拉开厨房门，探着头认真地对爷爷说："你把碗刷了就行了啊。"

对发型的评价

一天，妈妈正在给洗完澡的仔仔擦头发，被小纱布巾摩挲过的短发全都立了起来。妈妈拉着仔仔来到镜子前："快看，你的发型酷不酷，头发都竖起来了。"

"是啊，都爆大（爆炸）了。"仔仔笑道。

我有安排

星期天早上，奶奶给爸爸打电话。恰巧爸爸在卫生间，只听他说："今天有没有什么安排……我们没有什么安排啊。"在卧室里玩耍的仔仔恰巧听到了，着急得大喊："有，我要出去！"

明察秋毫

冬天的清晨，妈妈感到有些冷，下了床走到衣柜前，打算找双袜子穿。仔仔赶紧尾随其后，悄悄观察。妈妈随手穿上一只，发现上面有稀疏的通气孔就脱了下来，又换了一双厚的。仔仔看着妈妈皱起又舒展的眉头，笑着对妈妈说道："刚刚的袜子有点薄呀。"

不愿回家

晚上，一家三口从奶奶家离开准备回家。可不远处正在施工，爸爸拉着仔仔说："今天我们不从这儿走了，爸爸带你走别的路。"

"太好了，不回家！"仔仔兴奋地说道。

育儿遐思之五

别样尽孝

前几天，小梅愁眉苦脸向我诉苦。

小梅的父亲今年六十岁，光荣地从奋斗一生的工作岗位退休了。小梅担心父亲心情低落，打算报旅游团让他去散心。让她欣慰的是，父亲对自己的退休生活有着很好的规划。他每天上午约老同学钓鱼、种菜、爬山，下午就在家午睡、看书，晚上给全家人做饭。看着父亲神采奕奕的样子，小梅知道自己之前的担心是多余的。

"叮！"微信响了。正在开会的小梅低头看手机，一条信息闯进视野："这种东西千万不能吃！不看后悔一辈子！"小梅正纳闷，原来是父亲发来的养生链接，忙于工作的她没有点开。

"叮，叮……"又是微信声。

"快来看，特大新闻！"

"央视曝光！你朋友圈里的这8个人，赶紧拉黑！"

"脾虚原来这么可怕……"

一天下来，小梅竟然收到父亲发给她的四五条微信链接。随便点开一看，里面的内容真真假假，还有不少是没有科学依据的。

接下来的日子，她总能收到父亲的微信链接，有时她会回复一个笑脸，有时看到骇人的题目，实在是不想打开。后来，父亲竟然建了家庭微信群，把她母亲、先生和他的兄弟姐妹都拽进群里，然后每天分享他的养生、时政、新闻消息。时不时，她的父亲在电话里还会提问："我上次发的那个吃水果的链接，你看了吗？"电话那头的她立刻翻聊天记录。有时在饭桌上，小梅的父亲会兴奋地说："我上次在家庭微信群发的那个视频你们看了吗？特别有意思！"她和先生互相对视，看到了彼此眼中的尴尬，不约而同地连忙附和着。

不仅如此，小梅父亲出游的照片也时常发到朋友圈里，时不时地让她来点赞。每到这时，她便很不耐烦，认为这是沉迷于"外在形象"的塑造。虽心里不太认同这种做法，但父亲的指示还是要遵守的。

后来，小梅的父亲过生日，她和先生买了一个很高档的电动水洗剃须刀作礼物，本以为老人家会爱不释手，没想到反应很冷淡。

听了小梅的事，让我突然间想起前些日子，我母亲在家拿着手机数点赞时的兴奋神情。我突然明白了：原来，现在生活条件好了，父母们并不缺衣少食，他们需要的是精神上的支持和认同呀！小梅的退休父亲是希望通过微信来了解世界，通过微信与时俱进、获得赞赏！我们作为女儿，不能时常陪伴，又没读懂老人家的情感需求，只是按照自己的想法，粗糙地爱着他们。看父亲母亲发的链接，关注他们的朋友圈，时常点赞加油，我想，这也是一种"别样尽孝"。

毕竟，爱一个人，不是给他最好的，而是给他需要的，不是吗？

感叹

爸爸受伤了，仔仔连忙跑过去看。

"爸爸你怎么了？"仔仔关心地问。

"爸爸胳膊蹭破皮流血了，你给爸爸吹吹吧。"爸爸一脸苦相。仔仔看着皮肤渗血的地方，瞪大眼睛诧异道："我的妈呀！"

肠子都悔青了

仔仔爱吃干果，趁妈妈不在客厅的工夫，动作敏捷地脚踩椅子爬到餐桌，用她两岁的小手掌从干果桶里狠狠地抓出一大把。她摊开手掌一看，哇！里面有杏仁、腰果、开心果、碧根果……都是仔仔平日爱吃的。小家伙沉迷于美味之中，久久无法自拔。

可妈妈担心她吃太多肚子会不舒服，于是趁她在吃"战利品"时，快速地把干果桶藏了起来。小家伙一转身，发现干果桶不见了，非常懊恼，满脸沮丧，带着哭腔跑到妈妈身边，抱着妈妈的大腿，喊道："木（没）有了！我没看住啊！"

小演员

仔仔正在一个人玩耍，爬上又爬下。一不小心摔倒了，她皱起小眉头，眼睛开始泛红，刚想大哭，妈妈一个箭步冲过去，扶起她，蹲下来急切地问有没有事。

仔仔看见妈妈抱着自己一脸心疼的样子，顺势一头栽进妈妈的臂弯里，紧闭双眼，假装昏迷不醒。妈妈忍不住想笑，却故作紧张地轻轻摇晃着，摸摸她柔软的头发，说："你没事吧？要不要紧？"

仔仔的眼睛眯成一条缝，瞄了妈妈一眼，随即双腿一蹬地板，小脑袋顺势便往妈妈的臂弯里沉去，继续紧闭双眼，假装昏迷。妈妈见状挠她的胳肢窝喊道："你哪疼，你哪疼，哪疼？"仔仔痒得忍不住哈哈大笑起来。

可笑完，她故技重施，又闭上眼睛倒在妈妈怀里。妈妈急中生智，抱起仔仔，边轻拍她的小屁股，边唱起了哄睡时才会唱的儿歌。小家伙吓得一个激灵猛地睁开眼睛，急忙挣脱妈妈的怀抱，一溜烟地跑远了……

说不完的话

一天，爷爷要出门办事。仔仔跑到门口相送："爷爷，你早点回来！""好，爷爷办完事儿就回来和你玩。"说完，爷爷转身走了。

仔仔还有话没来得及说，失落地走到奶奶身边，生气地皱着小眉头，两手一摊："真没办法，我话还没说完呢。"

淘气的理由

大姨奶来奶奶家串门，玩了一上午，很快就到了仔仔的午睡时间。小家伙恋恋不舍，非要大姨奶来哄睡。

奶奶得出空隙便到厨房忙着和面包饺子。仔仔看见奶奶和面，非吵着要玩面团。大姨奶拗不过她，只得去厨房扯下一块小面团塞给她。仔仔乐坏了，哈哈大笑地说："我睡觉，手里不拿点东西，能行吗！"

淘气包

一天，仔仔和奶奶在一起玩耍。突然，奶奶想起要去阳台拿东西，可仔仔不让，用小手捂住自己的双眼，又把头深深地埋在沙发里，生气且小声地说："我生气了，我再也不跟你好了。"

"奶奶就是去阳台拿东西，马上就回来。"奶奶连忙哄她。

仔仔突然起身看着奶奶，一脸坏笑地说："奶奶，我逗你呢。"

安排得明明白白

早上，仔仔不让妈妈去上班。

"妈妈得去班班。"妈妈耐心地解释着。

"妈妈不去班班！"仔仔摇摇头。

"妈妈班班挣钱，给你买栗子吃呀。"妈妈看看时间，有点着急了。

"爸爸挣钱买吧，妈妈在家陪仔仔。"仔仔认真地看着妈妈。

口哨

爸爸坐在床上吹口哨，仔仔连忙跑过去听。不一会儿，小家伙便一脸失落。她皱着小眉头，一脸生气的样子，双臂环抱着自己，躲到床的另一边去了。爸爸正纳闷，连忙关心地问怎么了。小家伙看着爸爸，嘴里突然发出"突突突"往外吹气的声音。爸爸恍然大悟，哈哈大笑："等仔仔长大就会了。"

仔仔蹙起的小眉毛瞬间舒展，由悲转喜，说："我现在小，长大就会啦！"

上瘾了

仔仔晚上跟着爸爸妈妈去饭店吃饭。每当众人喝酒碰杯，仔仔就在一旁热场，制造热闹的欢快氛围，她会大声喊"新年快乐！"或是"森（生）日快乐！"众人大笑，她也很开心。

第二天早上，爸爸把仔仔送到奶奶家，临别前仔仔对爸爸说："我还要去饭店，爸爸晚上还带我去饭店吃饭吧！"

明知故问

仔仔玩耍的时候翻出了以前夏天扎头发用的头绳。她拿着头绳问一旁陪着她的爷爷："技（这）是什么呀？"

"这是什么呀？"爷爷笑着反问。

"技是扎小辫的！"仔仔神气地看着爷爷。

要当观众

星期天，妈妈在家陪仔仔。仔仔抱着火火兔（会讲故事的玩具）来到了客厅。小家伙打开火火兔，按下自己收藏的儿歌《小小饼干》，一边跟着火火兔唱歌，一边跳了起来。只见她一只小手掐腰，另一只小手在空中轻柔地摆动着。不一会儿，妈妈也闻声加入进来。

"妈妈别荡（唱）！"仔仔严肃地制止妈妈，小手掌急着要捂住妈妈的嘴。妈妈摆出一脸失落的样子，但仍跟着仔仔一起跳舞。

"妈妈别掉（跳）！别扭屁肚（屁股）！"仔仔又伸出手掌在妈妈面

前晃动，示意妈妈停止。

"妈妈拍斗（手）。"仔仔淡淡地说。

一曲完毕，站在一边的妈妈赶紧给仔仔鼓掌。只见仔仔竖起小食指神气地说道："还有！（下一个）"

用心良苦

仔仔最近不吃青菜，一口都不吃，妈妈心里着急。

一天，她陪着仔仔疯闹玩耍。小家伙用柔软的小手比画出一支小手枪向她打去。

"啊——"妈妈顺势在床上躺下。

"妈妈起来！再来一次。"仔仔跑到妈妈身边使劲儿地拽着。这时，妈妈突然灵光一闪，假装没有力气地对仔仔说道："快喂妈妈吃菜菜，吃了菜菜才有力气。"

仔仔犹豫地看着妈妈："妈妈吃幼（肉），吃幼，"她假想手里有肉喂给妈妈吃，"吃小米兜（粥），吃小米兜！"妈妈发出假装咀嚼东西的声音。

"妈妈起来！"仔仔有些不耐烦。

"妈妈得吃菜，不吃菜没力气，仔仔也得吃菜菜，不然没有力气玩了。"妈妈假装虚弱地说。

"吃菜！吃菜！"仔仔终于不再犹豫，快速地喂"菜菜"。

"锵锵锵锵——体力满格！""大孩儿"摆出超人的飞翔姿势，迅速地从床上弹了起来。

"哈哈哈哈！"小孩儿黯淡的双眸瞬间被点亮了。

菜宝宝

周末的中午，妈妈和仔仔两个人一起吃午饭。在"体力满格"的游戏中，仔仔开始吃菜了，但仍旧挑挑拣拣。妈妈考虑到可能是菜太硬，宝宝咬不断，所以不爱吃。

"妈妈给你找一个菜宝宝吃吧。"她找到了一个小嫩芽，喂给仔仔。

仔仔乖乖地吃下，妈妈很满意，她继续努力地寻找菜宝宝，然后喂给仔仔。可小嫩芽本来就少，几口就吃完了，怎么办呢。妈妈灵机一动，说："妈妈再给你找一个菜姐姐吃吧。"说完，妈妈随口吃了一个大菜叶。

"技（这）是什么呀？"仔仔指了指妈妈已经塞进嘴的菜叶。

看着仔仔天真的表情，妈妈感觉要被她萌化了，忍住笑说："这是菜妈妈。我再找找菜宝宝吧。"妈妈在菜盘里翻来翻去，却怎么也找不到。

"妈妈别找了，没有菜宝宝，都是菜姐姐和菜妈妈。"仔仔皱着眉头，看着那盘凌乱的油菜。

我也行

早上，妈妈去上班，仔仔不肯让妈妈离开。

"妈妈要去班班，挣钱给仔仔买好吃的。"妈妈在尽力安抚着仔仔。

"我也要去班班。"仔仔神情认真。

"你也要挣钱呀？"妈妈诧异道。

"嗯，给妈妈买好吃的，大家一起分享。"仔仔说完，开怀大笑起来。

表白

晚上，妈妈用腿架起了"人肉凳子"，一只脚踩在坐便器盖子上，再把仔仔抱上来刷牙，笑眯眯地说："又到妈妈怀里了。"

仔仔开始撒娇，依偎着妈妈，故意细声细语，奶声奶气地说："妈妈我爱你……"

殃及无辜

这天，淘气的仔仔被妈妈狠狠批评了。小淘气气哼哼地转身走开，想到客厅找个安静的地方躲开妈妈。可是爸爸正坐在过道的正中央，挡住了她的去路。

"我要过去，你躲开！"仔仔皱着眉头，对爸爸厉声说道。

照顾情绪

妈妈刚刚文眉回到家，仔细端详着新纹的眉毛，她抱着仔仔打趣道："妈妈眉毛好看吗？"

"不好探（看）！"仔仔摇头。

妈妈皱眉。

"好探，好探。"仔仔把小手伸到妈妈的额头上，使劲儿地展开妈妈的皱眉。

小棉袄

晚上，妈妈倒开水，一不小心被溅出的小水花烫到了手背。"哎哟！"妈妈大叫一声，连忙甩手。仔仔闻声跑过来，神色紧张地问："妈妈你怎么了？"

"没事儿，刚刚手被烫了一下。"妈妈抚摸着仔仔柔软的头发。

"我吹吹，不烫，不烫，有我在。"小家伙说完使劲儿吹了吹妈妈受伤的手背。

意外之喜

一天中午，奶奶刚要喂仔仔吃午饭，大姨奶突然来了。见到了大姨奶，仔仔兴奋不已，哈哈笑道："你怎么过来了，我正想你呢！"

黏人

傍晚，姥姥在厨房给仔仔做晚饭。仔仔从卧室走出来，穿过漆黑的客厅，来到姥姥身边，看姥姥在忙就又独自回到卧室了。除了卧室，外面都黑黑的，她向姥姥大喊："姥姥！你快来呀！就我一个人，我好孤单呀！"

育儿遐思之六

剪不掉的爱

每年"二月二"的日子里，大街小巷的理发店里总是挤满了人。我也不例外，打算在"二月二"找一家理发店修剪头发。从小到大，我都有在"二月二"理发的习惯。

小时候每年过完春节，最让我难忘的就是二月二龙剃头。那天，姥姥起床前会念叨："二月二，龙抬头，龙不抬头我抬头。"老李家四个外孙女也都会到姥姥家来，求姥姥给"剃龙头"，以盼一年的健康好运。

姥姥有一双巧手，不仅绣花缝被的功夫了得，就连理发的手艺活也堪称一绝，姥爷从不去外面剪头发，长年让姥姥帮忙修剪。

姥姥家的衣柜上有一面长长的衣帽镜，她把一张大大的透明塑料布铺在镜子前，中间放上一个木板凳。我们围着理发器具，打开一看，好家伙！一把锃亮的理发专用平剪刀，还有一侧刀刃为锯齿状的牙剪、手动推子、海绵擦、发卡等，装备丝毫不比外面的理发店逊色。

我们姐妹四人用"石头剪刀布"来决定谁先剪谁后剪。记得那一次，二姐第一个剪头发，她身上披着透明的防水布，坐在高高的木板凳上静静地看着姥姥，而我们其他姐妹藏在姥姥身后，一个个龇牙咧嘴、挤眉弄眼做鬼脸逗二姐笑。姥姥很认真地用手来回比量着发型，时不时温柔地回过头对我们说："别淘气，不然剪坏了。"

我们四姐妹虽然剪的都是板凳头，但姥姥会根据我们脸型、发质、头发厚度的不同来修剪。大姐头发厚，姥姥会多用牙剪，让大姐的头发变得轻柔一些。二姐喜欢刘海，姥姥便用小平剪给她修整刘海。三姐喜欢层次分明的发型，姥姥就用平剪刀给她打理层次。而我脖子后面碎发多，姥姥则用手推子把它们都修剪干净。我们四姐妹只有过年才有机会聚在一起剪头发，幼小的我们互相看着彼此的新发型，美到不行。

当姥姥看着叽叽喳喳如同离巢小鸟一般的我们，看着那四张肉嘟嘟的可爱的小脸颊，和她亲手给我们理过的发，弯腰那么久竟也不觉得劳累，她心中只想着借龙抬头之吉时，保佑我们健康成长。

岁月弹指一挥间，三十多年过去了，老李家的四个小外孙女早已长大，而姥姥却已然老去，老到看不清我们长长的头发。每年的二月二，龙抬头的日子里，我都会忆起曾经姥姥给我们剪头发的场景，都会忆起当年姥姥手持剪刀站在那儿温暖的身影。我想，那剪刀剪掉的是儿时欢快的旧时光，却怎么也剪不掉姥姥对我们深深的爱。

惦记

傍晚，奶奶临时被请到家里照看仔仔。临走前，仔仔对奶奶依依不舍，奶奶便答应明天给她带砂糖橘吃。第二天傍晚，奶奶如约而至。

"奶奶，我的橘技（子）呢？"

"我给你带来啦！"奶奶说话算话。

只见仔仔快速剥皮，狼吞虎咽地吃了起来。小家伙在奶奶"慢点吃"的声音中丝毫没有放慢速度，吃完又笑眯眯地看着奶奶，问："还有吗？"

"等着你呢。"奶奶把早就剥好的橘子递给了仔仔。

想念

仔仔在奶奶家客厅转来转去，却没了平日里开心的笑容，奶奶便问仔仔怎么了。

"哼，哼，我有点不开心。"

"你为什么不开心呀？"奶奶追问。

"因为我有点想妈妈了。"仔仔垂下眼皮，情绪低落地说道。

思考为什么

仔仔不知道吃了什么东西，一天都在放屁。她皱着眉头，很是烦躁，小手紧紧握着奶奶的食指，疑惑地问："奶奶，你说我今天怎么总放屁呢？"

没听过

爷爷突然间连续打了两个大喷嚏，仔仔闻声跑来，两手张开放在脸上，从手指缝里偷偷露出小眼睛看着爷爷，张大嘴巴做惊恐状，大声喊道："我太惊讶了！"

安排任务

奶奶正在厨房做饭，仔仔不知从哪里翻出一本袖珍食谱。她拉开厨房门，把书递给奶奶："你照着食谱做哈。"

不留宿

下了一天的大雪，晚上，奶奶抱着仔仔在窗户边向外望去。

"今天下大雪，外面路不好走，你晚上留在这儿住吧。"奶奶说。

"不行啊！"仔仔急忙说道。

"为什么不行啊？"奶奶问。

"都一天了，我还没看见爸爸妈妈呢。"

"那你看完爸爸妈妈，再留在这儿住吧。"奶奶逗她。

"嗯……我还是回去吧。"仔仔一脸为难。

自己的理解

"鸡（这）是什么呀？"出租车上，仔仔坐在后排中间，她用小手指着前方。

"这是红绿灯，它能指挥交通。红灯停，绿灯行。"妈妈耐心地解释给仔仔听。

"红灯停，绿灯跑！"仔仔大声地强调那个"跑"字。说"跑"的时候，自己还往前颠了一下。

相互表白

仔仔有个习惯，晚上爸爸妈妈下班回来后，看见妈妈爸爸第一眼，会惊叫做兴奋状。只见她张开双手，摆在小脸的两边，然后大声尖叫："啊——"声音响彻天际，震耳欲聋。

尖叫过后，她会赶紧弯下腰来给爸爸妈妈拿鞋子。如果只见妈妈回来，仔仔会向妈妈身后看去，问："爸爸呢？"如果是爸爸回来，仔仔也同样会问妈妈呢。接着，她抱住妈妈或爸爸的双腿，用委屈的语调奶声奶气地说："妈妈，我想你了！"

近来仔仔情感需求又到了高峰期，和妈妈说话时总是带着哭腔，反复说："妈妈我想你了……"

妈妈每次见仔仔如此表白，都会忍不住亲亲那又软又嫩的小脸颊，说："妈妈也想你了，你是妈妈的小心肝儿呀！"

道别

早上，妈妈已经穿好鞋子，背上包，准备出门上班。她对着卧室大喊："妈妈要走了！快和妈妈说'再见'。"

"妈妈等等我！"仔仔闻声，丢下手里的玩具，从卧室里跑出来。

"再见！仔仔，妈妈去班班了。"妈妈挥手。

"亲斗（手）。"仔仔伸出左手手背，示意妈妈亲亲。妈妈亲吻仔仔柔软的小手背。

"鸡（这）个。"仔仔又伸出右手手背。

"亲脸。"仔仔又伸出左脸。

"鸡边。"仔仔又伸出右脸。一番亲吻过后，仔仔爽快地和妈妈道别："妈妈拜拜！"

每日如此。

栗子趣事

妈妈答应了仔仔，晚上会给她买糖炒栗子吃。妈妈一进家门，仔仔便到处找，念念叨叨东张西望："栗鸡（子）呢，栗鸡呢？"妈妈告诉她栗子太凉需要加热，让她耐心等待。

微波炉加热了三十秒后，干瘪冷硬的糖炒栗子变得烫手而饱满。妈妈赶紧把碗放到了餐桌上。

"我探探（看看），我探探。"仔仔踮起脚探头要看，妈妈把碗拿下来让她轻摸一下，结果烫得小家伙直咧嘴。

"栗子太烫了，我们等一会儿吧。"妈妈安慰她。可仔仔却两手扒桌，使劲儿地抻着脖子想看看让她垂涎三尺的栗子。听到还要再等一会儿，她就变得极不开心，立刻启动了闹人模式：脸颊急得通红，小五官也扭在了一起，闭着眼睛号啕大哭。妈妈心想，这个娃子哭声怎么这样刺耳，但又哭笑不得，开始了角色扮演。

"仔仔别哭呀，你问问栗子怎么这么烫呀。"妈妈柔声地说道。

"栗鸡（子），你那么烫是为什么呀？"仔仔呜咽地说。

"因为我被微波炉加热了三十秒呀，你等会儿再吃我可以吗？"妈妈栗子说道。

"好吧。"仔仔开心地笑了，不再急迫地使劲儿扒桌子了。

很快，栗子就凉了，妈妈剥了一颗栗子放在桌子上，仔仔一把夺走，狼吞虎咽地吃了起来。可是吃到第二个，仔仔就开始慢悠悠地，还顺手拿起了妈妈的手机。

"你怎么吃栗子还看上手机了？"妈妈不满地说。仔仔连忙摆手辩解："我给奶奶回微信呢。"

一个都不能少

晚上，妈妈正在客厅给仔仔洗脚。仔仔坐在小板凳上，向前面张望着。

妈妈不解地问道："你看什么呢？"

"我在看小猪佩奇呢。"仔仔神情喜悦。

"好吧，你假装看吧。"妈妈忍住笑。

"没、没。"仔仔摇摇头。

妈妈凭着印象，开始学电视机里小猪佩奇说话："我是小猪佩奇，今年两岁啦，这是我的弟弟乔治，这是我的妈妈……"

"不对，不对。"仔仔摇头。

"那应该是什么？"妈妈纳闷。

"我是佩奇，这是我弟弟乔治，这是我的妈妈，呼噜！这是我的爸爸，呼噜！"她边说边做鬼脸，两只小拳头还来回摆动，给"呼噜"使劲儿呢。

角色反转

周日，妈妈在电脑前工作。仔仔在一旁捣乱，非要妈妈抱。其实她是想借机看一会儿电脑，顺便敲打键盘。妈妈拗不过，只好把她抱在怀里。

仔仔不顾妈妈的反对和叫喊，拼命地在键盘上敲打。

"你别动啊，我在工作呢！"妈妈有些生气，放下仔仔，让她到一边去玩耍。小家伙一脸不甘地离开了。

到了晚上，仔仔悄悄独自一个人爬到了书桌前的凳子上，坐好后大喊："妈妈快来呀！"

妈妈闻声赶来，只见仔仔拉开键盘，在上面按来按去。

"妈妈你按这个。"细小的食指正指着字母 A。妈妈听命，按了一下。

"你别动，我在东多（工作）呢！"仔仔神情严肃地说。

什么都知道

晚上临睡前，仔仔喝完牛奶，抱着奶瓶，望着天花板，神情满足地说："东夺梦。"

"什么？"妈妈满脸疑惑。

"东，夺，梦！"仔仔大声喊了一遍。

"啊！中国梦？"妈妈恍然大悟。仔仔连连点头。

"嗯，奶奶教我的。"仔仔得意地说道。

只能妥协

一天晚上，仔仔和爸爸窝在沙发里看篮球。

"爸爸，我要看好看的节目！"仔仔嚷嚷道。

"什么是好看的节目？"爸爸逗她。

仔仔挠挠头，想了半天，艰难地吐出一句："嗯……嗯……嗯……那，那就这样吧。"

知道感谢

星期天下午，阳光温暖明媚，妈妈和仔仔坐在桌前吃糖炒栗子。

"妈妈，谢谢你呀。"仔仔点点头，又用小手摸摸妈妈的胳膊。

"为什么谢我呀？"妈妈感到奇怪。

"因为你给我剥栗子呀。"仔仔笑。

贴心小棉袄

一天，爸爸和仔仔正在一起看电视。突然，爸爸猛地咳嗽了几下。躺在爸爸怀里的仔仔，立刻起来帮爸爸拍了拍胸脯，又皱着眉头说："快喝点儿水吧。"说完，就把自己怀里的小水壶递了过去。

自问自答

晚上，爸爸用手机在家里放音乐。其中一首曲子风格怪异，唱音间歇停顿。仔仔听见了，急忙从卧室里跑出来："鸡（这）是怎么了？"她皱着眉头，小手指着餐桌上的手机。

还没等爸爸解释，她便大声喊道："是网络不好，有点卡呀！"

困惑

睡觉前，仔仔抱着妈妈，亲昵无比。她柔柔地说道："我喜欢妈妈！"

"那爸爸呢？"妈妈开心地问。

"我不喜欢爸爸和姥姥。"仔仔摇头。

"为什么呀？"妈妈纳闷。

"他们是大灰狼！爸爸和姥姥总吼我。"仔仔幽幽地说。

"他们吼你是因为你不听话呀！不好好吃饭睡觉！他们是为你好。"妈妈着急地解释着。

仔仔皱着眉头说："可我不明白呀。"

按兵不动

冬季，是仔仔不爱睡觉的季节。

从晚上八点，妈妈就开始哄睡，可快到十点半了，仔仔仍没睡着。

黑暗之中，仔仔很长时间没有动一下，妈妈高兴地以为终于解脱了。

突然，手机震了一下。

"来微信了。"仔仔幽幽地说。

妈妈瞬间欲哭无泪。

当面表达

一天，仔仔和奶奶在聊天。

奶奶问："爷爷出差这么长时间，你想他吗？"

仔仔一脸不高兴，不语。

"你说，我想爷爷了。"奶奶教她。

"我不，我才不想他呢。"仔仔皱着眉头说。

第二天，爷爷出差回来了。晚上，仔仔跑去奶奶家玩，一进门，她看到了好久不见的爷爷，兴奋得高声尖叫，笑得像朵盛开的牡丹花儿。

"爷爷，我想你了。"仔仔撒着娇，奶声奶气地说。一整天，她都缠着爷爷，跟在爷爷的后面，像一个小尾巴。

育儿遐思之七

缝在针脚里的爱

那天我在家整理衣服，突然发现一件心爱的裙子不知什么时候开了线。我知道母亲的手工深得姥姥真传，便求助母亲。看着母亲在灯光下一针一线地缝补，不由得让我想起姥姥的缝纫机。

姥姥家有一台老式的兄弟牌缝纫机。小时候，我在姥姥家常住，姥姥用缝纫机缝制衣服的时候，我总喜欢在一旁观看。那黑色机身灵巧挺拔地站在光亮洁净的台面上，宛如一匹骄傲的小骏马。随着脚踏板的节奏，细长的银色针头锋利地、不停地上下穿梭，速度快极了，布料在姥姥干枯粗糙的手指的推动下来回游走。这神奇的家伙竟能缝制出衣衫，幼小的我对它充满了好奇。我总央求姥姥让我也试试，我不管是否能在布料上缝出针脚，只是想感受那踩踏的驰骋。可我个子小，坐在凳子上，脚都够不到踏板。

　　趁着姥姥在用缝纫机的时候，我总在一旁捣乱，不断地央求她让我蹬一会儿，最后她拗不过我，允许我和她一起踩脚踏板。姥姥给我拿了小板凳，让我老老实实坐在她腿边，为了我的安全，不允许我把手放在缝纫机台面上。这可把我美坏了，欣喜地把脚放在缝纫机的脚踏板上，静静地随着姥姥的节奏，两只小脚一起一伏，仿佛那便是我的游乐场。

　　姥姥疼爱我，不用缝纫机的时候，便把缝纫机侧面传送轮上的皮带摘下来，这样缝纫机就可以绕空圈，脚踏板能够踩得动，随我踩踏。我坐在缝纫机前，两脚一前一后，颇有节奏地踩着脚踏板，感受它的劲道，听着它"嘎哒嘎哒"的声音，仿佛骑在欢快的小马儿身上。有时，我还天真地大喊"驾！驾！驾！"，姥姥乐得合不拢嘴，还用温柔却粗糙的手掌来回摸摸我的头，嘱咐我慢点儿，慢点儿。

　　缝纫机虽是我童年的玩伴，但更是姥姥的好帮手。家里的窗帘、被套、枕套、姥爷姥姥的衣服，还有我的新衣，都是在姥姥的一双巧手下，在那四"小黑骏马"飞速的奔跑中完成的。每逢过年，姥姥会去市场买来新布，为我们量体裁衣，然后在布上画画剪剪，拿到缝纫机上，伴随着"嘎哒嘎哒"的声音，不一会儿就做好了。邻居们都知道姥姥手巧，时常过来请教，有的邻居也拿着布料请求姥姥帮忙做件衣服。无论多忙，姥姥从不推辞，人家给的手工钱也从来不收，邻居们觉得不好意思，便时常给我送来些好吃的。

如今，姥姥已经走了。但是她的缝纫机仍安详地坐在家里的角落里，母亲不舍得扔掉。每当我看见这台缝纫机就仿佛看到了姥姥，仿佛听到童年欢快的笑声，仿佛感受到她抚摸我头时的温柔，那些快乐温暖的童年记忆便会扑面而来，它让我沉醉其中，忘记斗转星移，沧桑变幻。

仔仔第一次去幼儿园

仔仔两岁半啦，爸爸妈妈想送仔仔去幼儿园。2018 年 3 月 19 日，是仔仔第一天去大连实验幼儿园的日子。爸爸妈妈向单位请了半天假，陪她办理入园手续。早上，一家三口先去奶奶家，打算和奶奶会合后，四人一起去幼儿园。

去奶奶家的路上，爸爸牵着仔仔的左手，妈妈牵着她的右手。妈妈心里忐忑，步伐沉重，为了尽量显得开心愉悦，她强装快乐，高兴地对仔仔说："仔仔长大啦，要去幼儿园啦！"忽然，妈妈感到有些词穷，她还没准备好开启上幼儿园引导模式。

"妈妈，我爱你。"仔仔小声说，这次她没有抬头看妈妈，声音也不如平时那般响亮。

妈妈愣住了，她握紧仔仔的小手，柔声说："妈妈也爱你。"

第一次分离

到了幼儿园，当爸爸妈妈还在为仔仔办理手续的时候，仔仔已经跟着园长妈妈去了教室。

办完了入园手续，爸爸妈妈隔着门玻璃，悄悄地看着仔仔，她正开心地吃着小饼干，眼眸中充满了对周围新环境的好奇与渴求。妈妈心头的乌云瞬间消失了，那些未曾说出口的安慰和怕仔仔入园不适应的担忧，瞬间都烟消云散了。

看着仔仔的背影随着关门变得越来越小，最后只剩门缝里窄窄的一小条后逐渐消失，妈妈欣慰之中竟有一丝丝失落，但又为自己的女儿感到高兴和自豪，因为在她人生第一次与父母分离，独自面对这个世界的时候，有充满爱心的艳艳老师、贝贝老师、小刘老师、大刘老师在安慰她，帮助她渡过第一次与爸爸妈妈分离的焦虑。

在她们耐心帮助下，仔仔竟然一次都没有哭，坚强面对陌生的幼儿园。放学时，她仍对幼儿园和老师们恋恋不舍。老师们的细心、耐心、责任心以及她们对仔仔的喜爱和认可，是仔仔终生宝贵且难得的经历啊。

给小朋友点赞

仔仔第一天去幼儿园，办理了入园手续，比别的小朋友到教室要晚，到教室后她开始享用美味的课间点心，而小朋友们已经陆陆续续地吃完啦，就要开始念儿歌了。

仔仔边吃着美味的小饼干，边听着小朋友们念着儿歌，她看着小朋友们乖乖地跟着贝贝老师念着好听的儿歌，也很想加入进来，她情不自禁地用柔柔的小拇指给大家点了一个大大的赞。

花样喝水

仔仔在家不爱喝水，每次喝水都要妈妈变着花样哄很多次。可是到了幼儿园的第一天，在老师们的关怀照顾下，小家伙乖乖地、积极地和小朋友们一起站在教室地上可爱的小脚印里喝水，而且全部都喝完啦。

仔仔的期待

第二天去幼儿园的早上，仔仔看似还在沉睡，妈妈洗漱完毕蹑手蹑脚地走进卧室。她一转头，突然看见仔仔已经悄悄地坐起，正笑眯眯地盯着妈妈。

"仔仔，你醒啦。"妈妈开心地和仔仔打招呼。

"妈妈抱！"仔仔笑着张开双手。妈妈温柔地抱起仔仔说："仔仔长大了，今天还要去幼儿园，是不是？"

"是，"仔仔认真地看着妈妈说，"我一个人，不用妈妈陪！"

妈妈惊喜地睁大眼睛，紧紧地抱住仔仔，把她捧在胸前，开心地对她说："妈妈给你点两个大大的赞。"

"仔仔现在长大了，可以去幼儿园了，等仔仔再长大一点，就可以去学校了。"听到妈妈的话，仔仔的双眸瞬间亮了。

妈妈抱着仔仔摇来摇去，继续说："我们去小学、初中、高中、最后上大学，等仔仔长大，就可以像妈妈一样背着包包去班班啦！"

"哈哈哈……"仔仔开心地在床上打起滚来。

大转折

上幼儿园的第三天早上醒来，仔仔对爸爸地说："去幼儿园，我很期待……"爸爸听后欣喜若狂。"可是爷爷奶奶不在，我很孤单。"仔仔失落地垂下眼帘。

鬼机灵

晚上，妈妈给仔仔洗脚。妈妈想知道仔仔在幼儿园里的情况，不停地问东问西。可仔仔当作没听见，什么都不回答。

"你看着妈妈。今天开心吗？"妈妈双手握住仔仔的胳膊。

"开心。"仔仔幽幽地说。

"那你想不想妈妈？"妈妈明知故问。

"不想。"仔仔小眼睛滴溜地来回转着。

"哼。"妈妈故作伤心。

"想！想！"仔仔开心地笑着。妈妈紧皱地眉头也笑开了。

"妈妈，你高兴吗？"仔仔认真地问妈妈。

"高兴呀。"妈妈笑着说。

"我也高兴呀，幼园（幼儿园）里的淘气包（堡）也高兴！"仔仔哈哈地笑了起来。

"妈妈，淘气包（堡）为什么叫淘气呢？"仔仔迷惑地问。

"因为它是可以让你们淘气的地方呀！"妈妈握着仔仔柔软的小手认真地答道。

我也行

晚上，妈妈给仔仔讲故事。

当讲到小鹰学习飞翔时一次一次地摔倒，仍自己爬起来坚持练习飞翔，妈妈趁机引导仔仔："小鹰是不是很勇敢？"

"嗯。"仔仔使劲儿点了点头。

"小鹰是不是自己坚强地一次又一次学习飞翔，即使摔得很疼，也没有放弃？"

"嗯，嗯。"仔仔不停地点头，像小鸡在啄小米。

"仔仔是不是也应该向小鹰学习，自己勇敢坚强地去幼儿园呢？"

"嗯嗯，仔仔自己也行，去幼园（幼儿园）！妈妈自己一个人也行，去班班！"仔仔看着妈妈认真地说。

尴尬笑

"贝贝老师，这是什么声音啊？"幼儿园里，胆小的仔仔握着贝贝老师的手，不肯松开，紧张地问。

"嗯？什么声音？我没有听到呀。"贝贝老师觉得很奇怪，这个小朋友对声音太敏感了，她没有听到孩子们吵闹的玩耍声中有什么异样。

"哦……"仔仔萌萌地看着贝贝老师，尴尬地笑了。

镜头感

幼儿园里，仔仔正和小朋友们一起玩又软又大的布制积木。她搬了两个大积木制作成沙发，悠然地坐在上面，享受着娱乐时光。

艳艳老师看到仔仔漂亮的积木沙发，便对她说："你笑一个，我给你拍张照片吧！"

仔仔说着"好呀"便赶紧摆好姿势，咧着嘴笑，可这笑容像咧嘴的木偶娃娃一般，呆板而生硬。

"你还是正常笑吧！"艳艳老师哭笑不得。

"哈哈哈……"仔仔放松自己，欢快地笑倒在了积木沙发里。

迫不及待

周日下午，愉快的玩耍就要结束时，妈妈问仔仔："我们明天去幼儿园好不好？"

"不好。"仔仔低头小声说道。妈妈心里一紧，赶紧问仔仔为什么不好。

她突然换了一张笑脸："哈哈，现在就去吧！"

想办法

"你的好朋友今天是不是没来幼儿园呀？"妈妈明知故问。

"是呀。"仔仔点头。

"她可能生病了。"妈妈解释道。

"那她赶紧吃点药吧！"仔仔有些着急地说。

害羞

早上，奶奶来家里接仔仔去幼儿园。妈妈嘱咐她想尿尿的时候要及时和老师说，别再尿裤子了。

"啊？！你尿裤子了？尿尿怎么不和老师说呢！"奶奶十分惊讶。

"嗯，吓死我了。"仔仔低下头，不好意思地说。

"没事，没事，仔仔不是故意的。"妈妈安慰仔仔，来回抚摸她的软发。

站起来挠头

晚上妈妈拿着照片问仔仔："人家上课都认真听讲，你怎么站起来了？还双手挠头呢？是在认真思考吗？"

"哈哈哈……"仔仔乐得合不拢嘴。

"你怎么还站起来了？"妈妈不满地问。

"那个小朋友也站起来了呀。"仔仔小手指着照片中站在她身后的小朋友。

"那是因为你站起来挡住了别人的视线，人家看不到才站起来的。"妈妈解释。

"哦，这么回事啊！"仔仔张大了嘴，恍然大悟的样子。

"以后你坐第一排不要站起来，会挡着别人的。"妈妈认真地说。

"好的，我知道了。"仔仔明白地点头。

谁淘气

"今天幼儿园小朋友们出去玩滑梯，我怎么找不到你的身影呢？"妈妈问。

仔仔不语。

"告诉妈妈，你为什么不和小朋友们一起玩呢？"妈妈蹲下来，握着仔仔的手温柔地说。

"因为……因为他们太淘气了！"仔仔眉飞色舞地说。

请假

晚上，妈妈给仔仔换睡衣。

"听说你今天在幼儿园哭了？"妈妈一边给仔仔脱衣服，一边假装不经意地问道。

"嗯，是啊。"仔仔点点头。

"为什么哭了？"妈妈不看她，继续换裤子。

"因为，因为，天瑞拽我裙子。"仔仔皱着眉头气愤地说。

"天瑞是不是喜欢你的小裙子呀？你和人家说过你不喜欢被她拽吗？"妈妈弯下腰环抱着仔仔，看着她的眼睛。

"没呀。"现在轮到仔仔开始漫不经心了，她转身要去拿玩具。

"你看着妈妈。"妈妈用双手握住仔仔的小肩膀，继续说道："你不喜欢，要用语言告诉人家，不要动不动就哭，或者乱发脾气。"

"给天瑞请假，明天别来了！"仔仔皱着眉头，尖声喊道。

"我看给你请假得了！动不动给别人请假，还让人家别来了。你想干啥？！"妈妈语气严厉，强忍笑意，使劲儿白了她一眼。

不按套路出牌

妈妈带仔仔出去玩，出租车飞快地驶过幼儿园。她大声喊道："看，我的幼园（幼儿园）！"她又突然想起幼儿园里，老师教她的儿歌，于是在出租车上开始了朗诵，一边拍手一边说："幼儿园，是我家，老师爱我我爱她，老师说我是好娃娃，我说老师像妈妈。"

妈妈逗她："那你说，幼儿园里，艳艳老师、贝贝老师、大刘老师、小刘老师，哪个老师最像妈妈呀？"

仔仔眨眨眼，铿锵有力地回答道："你最像我的妈妈！"

挑肥拣瘦

午饭，姥姥做了仔仔爱吃的萝卜条，可是仔仔瞥了一眼盘子，失望地说道："又是萝卜条呀！"

第二天，晚饭前，姥姥正准备把饭菜端上来，仔仔气哼哼地对姥姥说："还是萝卜条吗？！"

育儿遐思之八

舌尖上的祖孙情

小时候，家住海边，姥爷姥姥很爱吃鱼，姥姥做鱼的手艺一流，各类煎炒烹炸，全不在话下。每周一的清晨，姥爷会去买鱼。他买过很多种类的鱼，鲅鱼、老板鱼、刀鱼、小黄花鱼……但每次只买一种鱼，而且只买一小包。各种鱼中，我最爱吃小黄花鱼，姥爷即便知道我爱吃此鱼，也并不多买。

小黄花鱼鳞色呈黄，体态扁长。姥姥手持剪刀，握住通身金黄的鱼，划开肚囊，取出秽物，在清水中涮洗干净，扔入盆中沥水。金黄色的豆油倒入大铁锅中，放入调料和五花肉翻炒，最后倒入洗好的小黄花鱼，添水慢炖。不一会儿，锅沿钻出袅袅鱼香，慢慢四溢开来，馋得我直流口水，真是香啊！

姥姥做的小黄花鱼金黄艳丽，鲜香扑鼻。轻夹一筷，一个个雪白的小"蒜瓣"便滚落出来，轻尝一口，细腻丝滑，软嫩鲜美。盘底还有些许姜黄色的鱼汤，而最上面几朵可爱翠绿的香菜叶，让整盘金黄色变得更加明媚。

姥爷吃鱼很有章法。他会夹离自己最近的一条小黄花鱼，轻放碗中。每次先从鱼头吃起，再细细地把鱼脊、鱼腹的毛刺去掉，夹掉尾巴，最后再慢慢地品尝没有鱼刺的鱼身。吃完一面，再划过来吃另一面，最后剩一架完整的鱼骨。（海边人吃鱼不说翻，而说划。）

而姥姥却只顾着"打扫外围"——没有肉的鱼头、鱼尾和夹杂着鱼刺的碎肉。姥爷时不时地给她碗里夹上一整条鱼，让她别只顾着边角余料。

姥姥怕我被鱼刺卡住喉咙，便教我如何吃鱼，告诉我哪儿的鱼刺多，哪儿可以放心大胆地吃，教我如何用舌头尖儿剔出嘴里的鱼刺儿，每每挑到大块无刺的鱼肉，都会舍不得吃，夹到我碗里。每次我都吃得意犹未尽，直抹嘴巴。

除了吃鱼肉，我还很喜欢盘底的鱼汤。撕一块馒头，蘸上鱼汤，反复咀嚼，所有精华都在此，香极了。最后这一口，油沁香腻，让我心满意足又期待着下次。后来我才明白，姥爷每次只买一小包鱼，为的是让我知道"适宜方见其好"。

如今，生活条件变好了，我吃过很多家常饭菜，也吃过很多昂贵的宴席，但每每回忆起姥姥为我做的小黄花鱼，依旧是我忘不掉的味道。

小红花

最近，仔仔在幼儿园吃饭表现非常不好。吃饭时东张西望，吃得很慢，最后饭菜凉了才肯下肚。几次都没有做到光盘，贝贝老师心疼仔仔，总喂她饭菜。

妈妈批评教育了她很多次，都没什么效果。正愁该怎么办的时候，妈妈灵机一动，想出一个办法："仔仔，你每天中午在幼儿园吃饭，如果快点吃、光盘、不用老师喂，妈妈就奖励一个小红花！集齐五个小红花就奖励一个奶油蛋糕哟！"妈妈伸出五个手指头向仔仔比画着。

"奶油蛋刀（糕）！"仔仔的眼睛瞬间亮了。

"对，满足三个条件：快吃、做到光盘、不用老师喂，奖励一朵小红花，集齐……"为了仔仔能听懂并且能记住，妈妈开启了简洁版唐僧模式。

"哈哈，太好了，我要红（色）的，奶油蛋刀！"仔仔手舞足蹈。

"好的，就这么说定了，拉钩钩！"妈妈主动和仔仔拉起了钩钩，最后一大一小的拇指按在了一起。

妈妈期待着仔仔的改变，一周的前几天，仔仔会隔一天得一朵小红花，没得到小红花的日子，妈妈没有批评仔仔，而是简单地告诉她吃饭表现不好，不能得小红花。有时告诉她现在有两朵，还差三朵小红花就可以吃到奶油蛋糕了。

在妈妈不断鼓励下，到周四周五吃饭时，仔仔竟然主动和老师说："不用老师喂，我自己能吃！"

仔仔又光荣地变成了"光盘宝宝"。

软肋

早上，仔仔淘气，非要赖在床上不肯穿衣服。妈妈又哄又劝很多次都没有效果，最后妈妈生气地说："你再不听话，妈妈要把你的小红花扣掉了！"仔仔听完立刻皱起眉头，带着哭腔道："别扣我的小红花……"

光盘风波

最近，仔仔在幼儿园吃饭又开始不乖了，不爱吃饭，总东张西望，好久没有做"光盘宝宝"了。妈妈心里着急，便许诺，如果能够做到光盘，便奖励一朵小红花。一朵小红花可以换一块巧克力或者一根棒棒糖，五朵小红花可以换一个奶油蛋糕，由仔仔自己选择。

第一天晚上。

"妈妈，我要吃巧克力。"仔仔摇着妈妈的手，奶声奶气地说道。

"你今天中午在幼儿园做到光盘了吗？"妈妈问。

"嗯……做到光盘了。"仔仔没看妈妈，声音小小的，神情怯懦。

"哈哈哈，一看她回答那样儿，就知道没光盘。"爸爸在一旁取笑道。

"你做到光盘了吗？"妈妈严肃地问。

"没……"仔仔低下头。

"以后不许撒谎！今天没有巧克力。""警察妈妈"严肃宣布。

仔仔非常想要巧克力，她哭闹了一会儿，但很快发现哭闹无用，悻悻地走开了。

第二天晚上。

晚饭，仔仔吃了好多，做到光盘了，妈妈很开心。

"妈妈，可以吃巧克力吗？"仔仔奶声奶气撒娇。"妈妈，可以吃棒棒糖吗？"还没等妈妈回答，仔仔又追加条件。

"可以，但一天只能选一样。"妈妈笑着看着仔仔。

"我太开心了！"仔仔哈哈大笑。

"虽然中午没有做到光盘，但晚饭吃得特别棒，所以妈妈特别奖励你。"妈妈边说边拿出巧克力，递给她。小家伙接过巧克力，开心得蹦蹦跳跳起来。妈妈继续鼓励："如果明天在幼儿园吃午饭也做到光盘，妈妈还会奖励你一块巧克力哟。"

"好啊！太棒了！"仔仔盯着手里的战利品，嘴里嚼着美味，含糊不清地说。

第三天晚上。

妈妈刚进家门，仔仔就连忙汇报："妈妈我做到光盘了！"那说话的语气坚定无比，小小的眼眸中闪烁着光芒。

"是吗，你这么棒呀！"妈妈看着她，有些相信了。但妈妈想着还是先和老师确认一下。

"妈妈，我做到光盘了，你快点给我拿巧克力吃吧。"仔仔催促着，她拉着妈妈的手走到了食品柜前。

"好，仔仔耐心等会儿，妈妈先给老师发个微信，一会儿给你拿。"妈妈还是想先等老师的回复。

过了一会儿，艳艳老师发来微信："这是个美好的愿望。"

"仔仔！你今天没有做到光盘！！你竟然说谎！！！今天没有巧克力了！"妈妈气急败坏。

眼看着要到嘴的巧克力就这么飞了，仔仔无法接受现实，哇哇大哭起来。她含糊不清地哭喊："妈妈，我不撒谎了，我要吃巧克力！"

"不行！你没有做到光盘，不能吃巧克力。另外，你撒谎！惩罚你今晚不可以和鸭鸭香皂一起玩耍。""法官妈妈"严肃地宣布。

仔仔哭闹了好一会儿。妈妈给她擦干了眼泪，陪她玩了好久的贴纸书，情绪才一点一点稳定下来。

"妈妈，我能吃巧克力吗？"仔仔奶声奶气撒娇。

"不行，不过，明天中午如果做到光盘了，就可以吃。"妈妈抱着仔仔认真地说。

第四天晚上。

妈妈刚进家门，还没来得及问仔仔是否光盘，手机微信就响了，看着艳艳老师发来的微信，上面写道："今天光盘。"

妈妈高兴地笑了。

妈妈也淘气

幼儿园快要举办运动会了，老师给班级想好了口号，让小朋友们每天晚上回家练习。仔仔很听老师的话，每天晚上睡觉前都会躺在小床里，朝着黑暗的夜空大声喊道：托一托一，勇争第一！

这天，黑暗之中，妈妈听了仔仔喊的口号，突发奇想地随口说："托二托二，永远第二！"说完，"大孩儿"哈哈大笑起来，"你别和老师说哈！妈妈是开玩笑的。"

"托二托二，独————一————无——二——！是独一无二，妈妈！"仔仔生气地纠正。

牙齿涂氟

一天，幼儿园安排医生来给小朋友做牙齿涂氟。小朋友们排排队，一个接一个地躺在桌子上等医生涂氟。仔仔有些紧张，躺下后，她看着医生说："嘟嘟（叔叔），你丁点（你轻点），你丁点。"叔叔一愣，没有明白仔仔在说什么。幸亏艳艳老师在旁边，连忙翻译："宝贝是让叔叔轻点儿。"医生叔叔笑着说道："这个小孩真有意思啊！叔叔会轻轻涂氟的。"

假装得很认真

幼儿园里，艳艳老师带着仔仔玩角色扮演游戏。

艳艳老师躺在地上，假装生病了，仔仔在一旁照顾她。

"老师生病了……"艳艳老师装作虚弱地说。

"那用体温计测测体温吧。"仔仔一脸着急。

她们假装测了一会儿，艳艳老师把"体温计"递给仔仔问："多少度？"

"我探探（看看）。"仔仔走到窗边，假装手里拿着体温计认真地看着。

大被小被的故事

仔仔从出生到两岁半，睡觉一直很不老实。妈妈担心她着凉，只能在半夜的时候给她反复盖被子。可每次当妈妈抽出被她压在身底的被子时，小家伙都会惊醒，之后哭闹一番。

后来，妈妈换了小薄毯子来对付这个睡觉喜欢把被子抱在怀里或压在身下的小淘气。等她把被子"没收"了，妈妈便给她盖上薄薄一层毯子，几个小时后，再被"没收"，再盖一层……于是，一个夜晚下来，仔仔的小床里便堆满了大大小小的毯子。

时间长了，仔仔也知道它们是她晚上要盖的。于是"大被小被"便诞生了。

每到睡前，仔仔会向妈妈喊道："大被小被！"或"我的大被小被呢？"

妈妈会快速地把大大小小的薄毯子递给她，她美滋滋地抱着它们进入美梦了。

一天晚上，刚熄灯，仔仔就依偎在妈妈怀里，还抱着她的"大被小被"。紧接着，小家伙开启了磨人模式。

"妈妈你当（唱），兑（睡）吧，兑吧，我亲爱的宝贝。"仔仔奶声奶气地要求。

妈妈立刻唱了起来："睡——吧——睡——吧——我亲爱的——宝——贝——妈妈——永远——永远守护你——"

"妈妈你当（唱）大被小被歌。"仔仔萌萌的调调含糖量很高。

"什么？"妈妈诧异道。

"大被小被——歌——"仔仔撒娇坚持。

"大被大被大被，仔仔的——大被！小被小被小被，仔仔的——小被！"妈妈灵机一动，模仿起《舒克贝塔》的旋律唱了起来。妈妈换了口气，继续唱道，"不管是大被—还是小被——都是仔仔喜爱的被——"

"哈哈哈哈——"仔仔的笑声响彻屋子。

后来每晚睡觉前，仔仔又把手绢加入了陪睡团。她会问妈妈："我的大被呢？小被呢？手绢呢？"妈妈赶紧一样一样递给她，她抱着一大堆"大被小被和手绢"便会安然入梦。突然有一天，仔仔抱着它们，幽幽地对妈妈说："妈妈，唱手绢歌！"

心有灵犀

有的时候仔仔总缠着妈妈，让妈妈说"那个故事"。

"妈妈讲，妈妈讲——"小家伙在妈妈面前，来回摆动着小手跳来跳去，像一只小麻雀，她紧紧地抱着妈妈的腿撒起娇来。

"讲什么？"妈妈纳闷。

"讲那个。"仔仔把小食指举起来轻轻地弯了一下。

妈妈心领神会，便讲起怀孕时和仔仔心有灵犀的故事。

"仔仔在妈妈肚子里的时候呀，有一阵好长时间都不动，妈妈很担心，就在心里默念：仔仔，仔仔，你在吗？妈妈好担心你呀，你如果在的话，就动一动，让妈妈知道。"妈妈绘声绘色地说着。

"然后呢，仔仔每次都会用小指头轻轻地划一下妈妈的肚子。"妈妈边讲还边举起食指弯了一下。

"我——还——要——！"仔仔大声喊道，乐得哈哈大笑。

小目标

一天，仔仔突然打了个喷嚏。

"阿嚏！"

"一百岁。"奶奶一脸宠溺，温柔地摸了摸仔仔的头。

"一千岁。"仔仔瞥了一眼奶奶。

附和

晚上，妈妈给仔仔洗脚。妈妈脱掉仔仔的袜子一看，脚脖子有些许被袜子皮筋勒出的痕迹，心疼地说："这个新袜子这么紧啊，都勒出印儿了。"仔仔听到妈妈这样说，也赶紧一脸委屈："那么紧，那么勒呀，妈妈再去买新袜子吧。"

买买买

一天，仔仔趁姥姥不注意，把桌子上的老花镜拿走了。她摆弄来摆弄去，"咔嚓"一下把姥姥的眼镜腿掰断了。姥姥看见，生气地质问仔仔："你怎么把它弄坏了？"

仔仔瞥了一眼坏了的眼镜，摆摆手说道："让妈妈给你买个新的！"

育儿遐思之九

姥姥的"金戒指"

那年，姥姥过生日，我给她准备生日礼物。这些年，生活条件变好了，姥姥在家人的照顾下，吃穿用一应俱全，什么都不缺，可我想给她买一个有纪念意义的东西，突然想到姥姥一辈子操劳忙碌，少有首饰，不如买一枚金戒指送给她作为贺寿礼物，她一定会喜欢。

姥姥过生日的那天早上，我宝贝般地拿出金戒指给她看。谁知她笑着对我说："我还有一枚金戒指。"我一愣，只见姥姥缓慢地走回卧室去翻抽屉，不一会儿，她的手掌心里多了一个"金戒指"。

原来是姥姥的金色顶针。从我记事起，这枚顶针就一直陪着姥姥，几十年过去了，这枚顶针经过岁月沉积，在姥姥手指的摩挲下变得圆润且熠熠闪光。

母亲小时候家里贫穷，而且孩子多，总穿哥哥姐姐穿小了的旧衣服，为此母亲没少和姥姥闹别扭。后来，家里稍稍宽裕了点儿，姥姥就去买一些颜色各异的布料，想办法自己动手给母亲和姨妈舅舅们做衣服。白天，姥姥上班，只能晚上缝制衣服，皮尺量尺寸，粉笔画草图，长剪裁布料，最后带着顶针，一针一线连夜缝制。母亲说，午夜睡眼惺忪时，她总能看到姥姥坐在她的身边，在油灯下一针一线地缝制衣物，而姥姥手上的顶针也在黑暗之中折射出微弱的光亮。

有一年，母亲上小学，看见同学穿了一条漂亮的花裙子，羡慕得不得了。于是回家就和姥姥要裙子，让姥姥给她也买一条漂亮的花裙子。这可把姥姥难住了，家里连吃饭都饥一顿饱一顿，又哪里有钱买裙子呢？母亲失落极了，难过得哭了一个晚上，第二天眼睛红肿，早饭也没吃就去上学了。姥姥在门口把母亲喊住，冲上前来什么也没说，悄悄地往她手里塞了一大把花生。母亲当时惊呆了，在那个艰苦的岁月，花生是极好的东西，那是姥姥在家里囤了一小袋，防灾用的。晚上，母亲放学回到家，看见姥姥带着顶针，在做针线活。仔细一看，是一条漂亮的花裙子。原来姥姥为了母亲，到隔壁邻居家临时借了一块花布给她做裙子。那条裙子母亲穿了好久，也美了好久，后来都洗得泛白也舍不得扔掉。

姥姥不仅会缝制家人们的衣服、鞋子、手套，就连缝被、绣花也非常在行。姥姥手艺好，久而久之便在邻里之间传开了，时常有邻居过来请教，偶尔也会有人拜托帮忙做些针线活，姥姥都会欣然答应。

如今几十年过去了，我们搬了好几次家，姥姥的顶针却一直留在她身边。现在姥姥年纪大了，眼睛也花了，生活条件日益变好，需要做的针线活少之又少，顶针自然也就没有用武之地，可姥姥却把它当作宝贝珍藏起来。姥姥说，每每看到这个顶针，她就会忆起曾经为子女们做的一件件新衣，就会忆起曾经的艰苦岁月。姥姥也说，如今虽生活富足，但却无碍我们忆苦思甜。闲时，姥姥总会拉着我这个外孙女，告诉我在曾经清苦的日子里，这枚"金戒指"给她带来的幸福与温暖。

转变快

晚上，又到了睡觉时间，可仔仔却想玩积木。妈妈起身关灯，仔仔见积木玩不成了，便大哭起来。

妈妈不忍心，连忙抱起仔仔哄一哄。可那哭声一浪高过一浪，仿佛在逼迫人投降。妈妈灵机一动，随手抓起身边的乖乖兔，扮演兔子说起话来："仔仔，你为什么哭呀？为什么不睡觉呀？爱哭的孩子不乖哟。"乖乖兔在妈妈手里跳来跳去。

仔仔顿了顿，晶莹的泪珠还挂在脸上，小声地说："因为我不好意思，我就吐（哭）了。"说完，她用小手一抹脸，直接乖乖躺下了。

"喝完奶要漱口。"妈妈松了一口气，把装了清水的奶瓶递给她。

"嗯，谢谢妈妈，我要睡觉了。"仔仔柔声说道。

反杀

晚上，仔仔贪玩不肯洗漱，躲着妈妈。妈妈便在屋里到处追仔仔。

"你这个小魔头！快点过来，我们要洗漱了。"妈妈有些生气。

仔仔跑，妈妈追，最后仔仔还是被妈妈抓住了。仔仔抱着妈妈胳膊，用她的软发来回蹭着，然后哈哈大笑地说："小魔头的妈妈！"

角色变换

早上醒来，妈妈给仔仔穿衣服。小家伙缠着妈妈，抱着不肯松手，又把头埋在妈妈温暖的怀里，喃喃自语："妈妈，我想你了……"

明明天天见，还这么腻歪，妈妈突然不知该说点儿什么好，有些发蒙地说："妈妈也想你……"

"妈妈你白天都不在家。"柔柔软软的小声音撞击着妈妈的心。

爸爸走进卧室，神情复杂地望着这对母女，缓缓地说："仔仔是个磨人精。"说"磨"的时候，嘴巴摆成一个 O 形。

"嗯，晚上是魔头，早上是磨人。"妈妈点头肯定。

看得开

节日，妈妈带仔仔去商场游玩，仔仔得了一个红色气球，爱不释手。回到家，爸爸逗她玩儿，教她拍气球。可仔仔却气呼呼地大声对爸爸喊道："这是我的气球！你别打坏了！"爸爸无语，只得不再碰那个红色气球。

第二天，妈妈带着仔仔回家，走到客厅一看，那气球竟然漏气了，变小了很多。才一天时间，气球竟然漏这么多气，妈妈心疼地说："怎么会这样啊！"

"就这样吧。"仔仔连忙用手摸摸妈妈，安慰道。

"好吧，那就这样玩吧。"妈妈见仔仔如此反应便松了一口气。

小勤快

下午，奶奶发现客厅地上散落着些许大米，感到很奇怪，自言自语道："这大米怎么撒了一地呢？"

仔仔突然从屋里蹿出来，抢在奶奶前面摇摇手说："没事没事，我捡，我捡。"

哪儿跟哪儿？

一天，仔仔对妈妈说："爸爸和妈妈坐火车去买礼物吧。"

"买什么礼物呀？"妈妈纳闷，其实她还想问，为什么是坐火车呢。

"买好看的礼物，漂亮的礼物，买红色的礼物！"

"为什么要买礼物呀？"

"因为我长大了！"仔仔眼眸闪烁。

妈妈却满脑疑惑。

抢镜头

晚上，仔仔哭闹要找爸爸妈妈。姥姥没有办法，只得把电视打开哄她。不一会儿，姥爷发来微信视频。姥姥对着手机说："我吃过了，你自己弄点儿吃吧。"仔仔连忙抢在镜头前："我也吃过了，我在看电视呢。"

"没有呀！"

晚上，妈妈给仔仔洗脚。妈妈看着仔仔的眼睛，奇怪地问："你的眼睛怎么变得那么小了？是睡觉睡的吗？"仔仔连忙使劲儿且频繁地来回眨眼，然后用力地睁大，做呆萌状看着妈妈说道："没有呀！"

认定了

一天，姥姥和仔仔在家。

"姥姥现在是不是不吼你了？"姥姥温柔地对仔仔说。

"嗯。"仔仔点头。

"姥姥不是吼你，姥姥是嗓门大呀。"姥姥解释。

"你就是在发脾气！"仔仔执拗地大喊。

满足

周末，仔仔去奶奶家玩儿，爷爷问仔仔想吃什么。

"整点肉吧。"仔仔坏笑。于是，午饭爷爷给仔仔做了她爱吃的红烧肉。仔仔吃了不少，吃完一抹嘴，又叹了口气，说："有点肥啊！"

腻歪

周日的早晨，妈妈和爸爸想要出门买东西，打算把仔仔放奶奶家。妈妈正在整理床铺，只见仔仔从客厅外跑进来，紧紧地抱住妈妈大腿。

妈妈连忙蹲下看着仔仔，问她怎么了。小家伙声音里带着哭腔："妈妈，我想你了！"仔仔紧紧地搂着妈妈的脖子，柔软的小脸颊紧贴在妈妈的颈间，失落地说，"一会儿又要分开了。"

有趣的联想

休息日，仔仔在床上听点读笔，她一个人听了好长时间。妈妈走进屋，想看她听得怎么样。可仔仔看见妈妈便立刻将点读笔关掉，把手边的小人书打开包在脚上，指着它大声对妈妈说："妈妈看！包脚子（饺子）。"

小破孩儿

奶奶打算带仔仔出去溜达，给仔仔穿衣服时随口念叨："家里的人都围着你转，你不幸福吗？"

"我幸福吗？"仔仔迷惑。

"哈哈，这个小破孩儿啥都懂……"爷爷拍腿笑道。

"我不是小破孩儿！"仔仔连忙反驳，皱着小眉头一脸严肃。

觉悟

星期日的晚上，爸爸妈妈带着仔仔回家。楼道里，爸爸步子大，已经到三楼了，仔仔还在二楼。妈妈拉着仔仔的小手，慢慢爬楼。仔仔着急地对妈妈说："我们去追爸爸，我吃太多了，得走走了。"

判断准确

晚上，吃完饭后，妈妈坐在餐桌前用手机给朋友发语音信息。一旁的仔仔则左扭右扭地蹭到妈妈身边，握住妈妈的胳膊，奶声奶气地说："妈妈你别玩微信了，对眼睛不好，陪我玩吧。"

花式撒娇

仔仔撒娇无处不在。

有一次，她张开小手臂朝着妈妈奶声奶气地说："妈妈，抱抱——"说"抱"字的时候，还刻意把小嘴儿噘成一个O形。妈妈哭笑不得地抱起了她。"谢谢妈妈！我们是一家人。"仔仔嬉皮笑脸地说道。

拒绝

仔仔正在吃橘子，妈妈喊她："仔仔，仔仔快过来！看看这个！"

"你别叫我，我正在剥橘子呢，走开！"仔仔皱着小眉头，举起小手示意妈妈停止喊叫。

神补刀

仔仔洗手的时候特别痴迷玩香皂泡泡，香皂停留在手上的时间每次都特别长。任凭妈妈怎么说"快冲冲水"，她都不听。

妈妈无奈只能唠唠叨叨："香皂在手上时间太长会烧皮肤的。把你手烧坏了怎么办？你还小，皮肤都嫩嫩的，妈妈的手都……妈妈的手都……"妈妈的话卡在嘴边不知道该怎么说，她一时想不出什么词可以形容自己手上的皮肤状态，说老吧，好像不恰当。

"都老了。"仔仔幽幽地补充。

时刻盯着最爱

周日，爸爸妈妈带仔仔去购物中心吃午饭，饭店在购物中心的顶层，于是一家三口一层一层地坐着扶梯。

"哎咦？！"仔仔突然发出清脆的惊讶声。

"小火的（小火车）！我要坐小火的！"仔仔兴奋地大叫。

"现在是吃饭时间，我们先吃饭，然后再带你去坐小火车。"爸爸严肃地告诉仔仔。爸爸妈妈带着仔仔在购物中心的顶层寻找饭店，可仔仔却不依不饶，嘴里一直嘟囔："小火的呢？我的小火的怎么不见了？"

"我们吃完饭再去找小火车。"妈妈见仔仔着急，连忙摸摸她的头，柔声地安慰着。一家三口一直走着，突然，仔仔带着哭腔："完了，迷路了！找不到小火的了！"

尝试

初春的周末，爸爸妈妈带着仔仔出去玩。正好路过麦当劳，爸爸有些累，提议到里面吃点东西，休息一会儿。

爸爸给妈妈买了咖啡和芝士蛋糕，妈妈给仔仔拿出了事先准备好的砂糖橘和儿童小蛋糕，一家人开心地吃着。

仔仔尽情地享用着自己的小食物，对爸爸后来买回来的那支甜筒冰激凌丝毫不感兴趣。妈妈提议让仔仔尝一下，可仔仔却直摇头。

妈妈开始表演般地吃了起来，她每舔一次冰凉爽滑的甜筒，便假装享受美味的样子："好甜呀""好香呀""凉凉的呢"，小家伙看看甜筒又看看妈妈，仍旧摇头，妈妈示范了几次，又把冰激凌递给仔仔几次，都被她拒绝了。

虽然她紧紧鼻子，面露胆怯，但眼神中却对甜筒冰激凌透露着一丝丝渴望。爸爸从妈妈手中接过甜筒冰激凌，也给仔仔做着好吃的示范。仔仔看着爸爸吃得很美味的样子，终于决定尝试一下。

"我先喝点热水在底下垫垫。"仔仔怯怯地说。喝完热水，爸爸把甜筒递给她。她刚想尝试，却把手缩了回去。

"我再喝点热水！"仔仔为了给自己壮胆，又喝了一口热水。她鼓起勇气，轻轻地舔了一下甜筒，白色丝滑的冰激凌黏住了她嫩嫩的舌尖，敏感的味蕾瞬间感受到了它的冰凉与香甜，她瞪大眼睛，神情严肃地愣在那里，显然是被这新奇的美味震惊到了，紧接着，她笑成了一朵小花："哈哈哈哈——这么好吃呀！"

小家伙尝到了甜头，胆子变大了，舔得一次比一次多。妈妈担心太凉，想让她少吃一点，就抢过甜筒咬了一口。可仔仔拽着妈妈拿甜筒的胳膊，使劲儿地让美味远离妈妈的嘴边，着急地说："好了，好了，妈妈，你吃得够多了，快给我吃吧！"

放风

元宵节的晚上，一家人准备带两岁半的仔仔去人民广场看花灯。小家伙知道后高兴坏了，出发后一路上蹦蹦跳跳。远处一只宠物小狗迎面跑来，仔仔却不像平常那样跑过去和小狗玩一会儿，而是淡淡地对它挥手，并认真地说："小斗斗（狗狗），我要去看灯啦！我可开心啦！再见吧！"

大家打算围绕着人民广场草坪走一圈就回家，可是一圈还没走完，刚走到回家方向的半圈时，仔仔异常警惕地拽着妈妈大腿往回使劲儿，大声喊道："我不回家！我不回家！！"

育儿遐思之十

怀念儿时汤圆香

儿时的元宵节，我总在姥姥家度过。

那天，姥姥带着我早早起床。她把事先剥好的花生仁放入油锅炒香，然后待凉后去皮，用蒜臼子把花生碾碎，再把白糖炒化加入猪油与花生末混合在一起。姥姥一人在灶台前忙碌着，而我就像她的小尾巴一样黏在她的后面，央求着让自己也加入进来。

我学着姥姥干活的样子，她干什么，我便干什么。姥姥炒花生，我就在一旁观看，趁她调整火的大小时，我便踮起脚尖用铲子来回翻动花生。姥姥剥掉花生的红外衣，我便抢着一起剥。姥姥耐心地教我捣花生时要少放，要用手捂住蒜臼子，不然捣的过程中花生会飞溅出来。我得到了姥姥指派的任务，高兴极了，一丝不苟地蹲在那儿捣花生，想象着做出的汤圆一定丝滑香甜。捣了许久，花生被我捣得细细碎碎的，姥姥见了直夸我是得力的小帮手。

等姥姥拌馅儿时，我在一旁看着。只见她粗糙有力的大手握着筷子在碗里来回地搅拌，挑出点馅儿舔了舔，摇摇头自言自语地说不甜，便慢慢起身去拿糖。我也学着姥姥的样子，用筷子拌一拌，舔了一下，摇摇头。姥姥和面揉面时，我在一旁仔细观看，趁她接水时，便赶紧学着姥姥的样子揉几下面团。这些天真无邪的小举动让姥姥乐得合不拢嘴。包汤圆不像包饺子那样平常，姥姥家一年只包一次汤圆。每次我都学不会，只能眼巴巴瞅着姥姥，看她一个人坐在炕沿儿，小心翼翼地包着一个个白宝宝，可爱极了。

每次包完后姥姥总是会先下几个给我解馋。那汤圆晶莹剔透中隐约带着晕黄，想必是里面香甜的花生映出的颜色。咬一口，香气扑鼻，软糯爽滑，甜蜜无穷。

现如今市场上的汤圆花样繁多，但我却想念极了姥姥包的那软糯香甜的汤圆，更想念对我百般宠爱的姥姥。

会哄人

夜晚，仔仔喝完牛奶开始捧着装了清水的奶瓶漱口，可是盖子没拧紧，水都流到睡衣上了。直到仔仔喝完，妈妈无意间摸到她的衣服才发现。

"水淌出来了，衣服都湿透了，你怎么不和妈妈说呢？！"妈妈生气地质问仔仔。仔仔无语，妈妈只能快速地下床，找出干净的衣裤。

可冬天衣服太凉，妈妈便把小衣服翻过来，塞到自己衣服里，用肚子的温度把它们焐热。仔仔从后面抱住妈妈，奶声奶气地说："妈妈，你辛苦了。"

妈妈头顶上的乌云瞬间消散啦。

要一起

周日，爸爸带着仔仔在家里健身。他们父女俩在客厅的瑜伽垫上锻炼得热火朝天，妈妈则在卧室里收拾着东西。只听见仔仔连声大喊："妈妈快来呀，妈妈快来呀，妈妈快来呀！"

妈妈只得放下手里的衣服，跑到客厅，看看到底发生了什么事。

"妈妈你也来锻炼。"仔仔说着向妈妈伸出小手。

"妈妈在收拾衣服呢，你和爸爸锻炼吧。"妈妈转身要走。

"不嘛，你来呀，来呀！你站这儿！"她指着身边的一条小空隙。

"瑜伽垫没地方了，只能站下你和爸爸。"妈妈诧异地看着仔仔指的那一点儿空。

"能，能！"仔仔走下来，坚持把妈妈领到瑜伽垫上。

看着瑜伽垫上整整齐齐的三个人，仔仔开心地仰天大笑："哈哈！我们是一家人，我们一起锻炼！"

一阵风一阵雨

初春的一个周日，暖气已经停了，外面的天也阴阴的不见阳光。妈妈在家整理衣服，找到了之前给仔仔买的两条夏天穿的裙子。酷爱裙子的仔仔见了便兴奋地大叫，吵着要试穿，妈妈拗不过只能随她。

妈妈把连衣裙套在了小家伙睡衣外面，随后又把半身裙套在了裤子上。仔仔高兴极了，在镜子前面跳来跳去。后来趁吃饭的机会，妈妈把裙子都脱了下来。

下午，外面的天更阴了，家里也更冷了。仔仔醒来坚持要穿那两条裙子，妈妈苦口婆心地劝说，仔仔却不为所动，紧紧地扒着衣柜的门，嘴里喊着："妈妈，妈妈，我要裙子……"

"家里太冷了，你不能穿连衣裙了，妈妈把半身裙给你套上吧。"妈妈耐心地劝说着。

虽然套上了漂亮的半身裙，可是仔仔仍不开心，不顾妈妈劝阻，开始脱睡衣和棉背心。妈妈反复劝说，仔仔仍旧坚持。最后，妈妈只能用手按住仔仔，阻止她脱掉衣服。可仔仔还是甩开妈妈的大手，把棉背心脱掉了。

"你太不听话了！这么冷的天还把身上的棉背心脱了，连衣裙是夏天穿的，现在不能穿！"妈妈生气地嚷嚷，要求仔仔穿上背心，以免感冒。可仔仔却不管不顾，仍心心念念漂亮裙子。母女俩僵持在那儿，一场战争爆发在即。

"呜……呜……，我要，我要，我就要穿——"仔仔泪如雨下。

"你，你……"妈妈被仔仔气得一时竟说不出话来，她把仔仔带到镜子前："你看看你，都有漂亮的裙子穿了，还是蓝色的。妈妈有什么？妈妈什么都没有！灰灰的上衣、灰灰的裤子，妈妈都没有裙子穿！"一时情急，妈妈如同小孩儿一样和仔仔抱怨。

"嗯……好吧，我这个裙子还是挺漂亮的。"仔仔说完，便蹦蹦跳跳到客厅玩玩具去了，留下妈妈一个人在那儿。

妈妈站在镜子前发愣，自言自语地说："这就解决了？"

惊叹

晚上，爸爸妈妈和仔仔一起回家，爬楼梯的时候，听见隔壁楼有人吹笛子，仔仔高兴地对妈妈说："太好听了。"

到了家，爸爸把家里的瓷笛翻出来给仔仔玩。妈妈好奇，就拿着瓷笛照着笛谱吹奏起来。可妈妈没有乐理基础，也没接触过乐器，吹得断断续续，很是糟糕。

"我来吧，这个我在行。"爸爸自告奋勇。

果然，爸爸的笛子吹得比妈妈连贯多了，也好听多了。

"爸爸吹得怎么样？"爸爸得意地问仔仔。

"厉害，厉害！太快了！"仔仔瞪大眼睛惊叹道。

即兴演员

晚上睡觉前，妈妈搂着仔仔给她提裤子。可仔仔并不老实，她很快发现妈妈的睡衣上面有很多可爱又柔软的小球。她敏捷地伸出小手，盯着妈妈胳膊上的球球，一个、两个、三个、四个……把它们都拽了下来。

"你别拽妈妈衣服上的球，都拽坏了！"妈妈严肃地说。

"我好难豆（受）……"仔仔立刻瘫倒在妈妈怀里，带着哭腔道。

"你拽妈妈衣服上的球儿就不难受了？"妈妈瞥了仔仔一眼。

"嗯。"仔仔马上恢复正常，起身继续奋战在小球里，不停地拽着，像发现了宝贝一样。

盯得紧紧的

晚上，一家三口在奶奶家吃完饭正打算回家。

"拿一些山楂糕和葡萄回去吧。"奶奶把吃的放在桌子上。

"葡萄就不拿了，仔仔晚上没肚子吃了，明天过来再吃吧。"妈妈把山楂糕放进了包里。

仔仔闻声连忙跑到妈妈身边，不停地摇晃着妈妈的胳膊，说："拿吧，拿吧，这两样是我最爱吃的。"

一家三口穿好衣服、鞋子，正准备出门。仔仔突然看见桌子上的葡萄没拿，惊讶地大声喊道："哎呀妈呀！幸亏我没走，快拿葡萄！"

"海"不是海，海也是海

周末，爸爸妈妈带仔仔去串门。一家三口坐在电车里，仔仔隔着车窗玻璃，看到了马栏河水，惊讶地大声喊道："妈妈快看，是海！"

"那不是海，那是马栏河里的河水。"妈妈纠正。

"不，是海！"仔仔不相信。

"大海是蓝色的，广阔无边……"妈妈形容着。

"不，不，是海，是海！"仔仔打断了妈妈。

妈妈无奈地看着仔仔，心里盘算着，等回家找大海的照片给仔仔看，她就明白了。

他们下车后，走着走着，看见不远处有一个大水坑。

"妈妈快看！海！"仔仔惊喜地叫着。

"这怎么又是海了？这是一个水坑，孩子。"妈妈哭笑不得。

"哦，又不是海呀？"仔仔有些失望了。

"你不能看见水就说它是海呀，你不是已经去海边见过海吗？等妈妈再带你去看看吧。"妈妈摸着仔仔柔软的细头发，温柔地说着，边说边领着仔仔走进了朋友家小区的大门。刚一进门，仔仔就焦急地喊道："妈妈！海！"

"又是海？海在哪里？我看看。"妈妈觉得很奇怪，东张西望，在地上没有发现任何水。

"海哎！"仔仔边说边指着小区门口正中央的石碑，原来上面写着：中海南苑。"哈哈！原来海在这儿呀，这次仔仔说对了。"妈妈见仔仔认识"海"字，兴奋不已。

我也是这样的

星期天，爸爸在翻箱倒柜找一本书。轰隆一声，他不小心碰倒了桌子上的一摞书。仔仔闻声连忙赶来："爸爸，什么声音呀？"

"爸爸不小心把书碰倒了。"爸爸有些沮丧。

"爸爸你害怕吗？"仔仔一脸心疼地问。

"嗯，爸爸害怕了，吓了一跳。"爸爸耸耸肩，一脸委屈。

"爸爸你害怕了，赶快让姥爷抱抱吧！"仔仔认真地点头说道。

安慰

一天，姥姥喝水不小心呛到了，一直咳嗽。仔仔闻声连忙跑来安慰姥姥，她一边给姥姥拍拍胸脯，一边奶声奶声地说："姥姥，你吃个香蕉压压就好了。"

道别

傍晚，姥姥带着仔仔在家门口的小学操场上玩耍。不一会儿，爸爸妈妈就出现在操场上了，他们下班接仔仔回家。仔仔高兴极了，她快速地从滑梯上下来，然后回头和伙伴们挥手道别，大声喊道："我的朋友们，再见了，我要回家啦！"

十万个为什么

"弟几堆（弟子规），登人训（圣人训）。斗孝悌（首孝悌），气谨信（次谨信）。泛爱动（泛爱众），而亲 lun（而亲仁）。有余力，得学文（则学文）！"一天，仔仔突然认真地背着妈妈曾经教给她的《弟子规》总则。

"妈妈，而亲 lun（而亲仁），为什么是亲呢？"仔仔皱着眉头颇为迷惑。

"因为……因为……"妈妈抓耳挠腮，她担心根据自己的理解会给仔仔解释错了。

"妈妈去看看原著怎么解释的再告诉你吧！"妈妈尴尬地看看爸爸。

"十万个为什么即将开启……"爸爸幽幽地说道。

指向明确

晚上，妈妈哄仔仔睡觉，黑暗中，仔仔紧紧地腻在妈妈怀里。妈妈逗她："妈妈给你生个小妹妹陪你玩儿，好不好？"

"好！"仔仔爽快答应。

"那如果有小妹妹的话，妈妈就不能总陪你了，得先去照顾小妹妹，行吗？"

仔仔立刻拒绝："我不要小妹妹，我要妹妹！"

迫不及待

一家三口在奶奶家吃完晚饭准备回家。奶奶说她买了好多香瓜，让我们拿一些回去。说完奶奶便去了厨房，找到一个塑料袋，她正打算往里面装香瓜，仔仔也跟了过去，对奶奶说："奶奶，我帮你撑着。"奶奶就一个一个地装香瓜，装了半袋子，仔仔在一旁大呼："够了，够了。"仔仔看着塑料袋里的香瓜直点头，"我来帮你拿。"说完就抢着把香瓜袋子拎走了，留下奶奶愣在原地。

夸赞

一天，姥姥正在厨房为仔仔做饭。仔仔跑到厨房认真地对姥姥说："姥姥你太厉害了。"

"姥姥怎么厉害了？"姥姥纳闷。

"姥姥会给我做饭，切菜、炒菜，动作好快呀！"仔仔惊叹道。

"姥姥做给谁吃？"姥姥一脸宠溺地问。

"做给我吃啊！"仔仔认真地说。

育儿遐思之十一

端午粽祖孙情

临近端午，大街小巷弥漫着端午节的气息。远处几个妇人，手持一袋粽子，匆匆忙忙往家走。远远看着塑料袋里模糊的那抹绿色离我越来越远，味觉的想念突然扯起一阵盈盈的情绪，心里强烈地渴望拥有曾经的美味。

小时候，我住在姥姥家，姥姥知道我爱吃粽子，每到端午前夕，就会给我包好多。新鲜的芦苇叶买回家，顺着纹路洗净，用清水煮一刻钟，放入水里浸泡。拿起一片碧绿，贴在鼻尖儿上，气味芳香，好似一下子回归了大自然。奶白色的糯米放入水中，来回搓洗，好似沙子，浪潮过后，瘫软在那里，随意抓取一把，黏在手上，用水一涮，又回归集体，于是这便成了小孩子的游戏，反反复复，不肯离去。姥姥喜欢搬一个小板凳，坐在清爽明亮的厨房里，仔细地拿出两片粽叶，叠搭在一起，卷成一个圆锥状，在椎尖儿上，塞上一颗干红枣，再投入些许乳白糯米，然后如同裹褯褓似的，上上下下缠紧，待仔细包好，再打一个十字形"丝带"蝴蝶结，像是要送予他人的精美礼物。

蒸屉铺了碧绿的芦苇叶，三角粽子摆上去，要蒸好几个小时。忙碌了一天的姥姥会照顾我和姥爷先睡下，她自己则一个人守在灶台前，看着大锅，计算着时辰。榻上没有姥姥的温度，夜半时分，我多是会醒的，惺忪的睡眼依稀看见厨房里微弱的光，姥姥疲惫又忙碌的身影在微光中晃动着。

清晨，粽子只需加热十几分钟，蒸汽落下去的时候，就可以起锅了。那是满眼绿的欣喜和惊艳，裹挟着清香，每一个都在热情地看着你，每一个都在向你招手，每一个都在向你微笑。在姥姥慈祥的目光中，香粽袅袅腾起的热气里，一种相伴生命的亲情与温暖，从脚底不由自主地缓缓升到了头顶。

"吃粽喽！"这是姥姥吃粽时常说的话。我摸下这个，又摸下那个，每一个都让人爱不释手，它们可爱、机灵，我又有些不舍，手停在空中片刻，选中一个便抽开"丝带"，打开墨绿粽叶，现出一整颗肥白粽子，露出一点"红妆"。白粽油润如玉、明艳照人，咬上一口，糯韧绵软、唇齿留香。奶白色香粽尖儿上的"一点红"，想必早已脱胎换骨，红红的枣肉，被糯米包裹，蒸了些许时辰，变得酱红松软，又带着糯米的清香，甜滋滋的。如果再略蘸砂糖，更是香糯甜蜜。留在粽叶上的糯米粒儿也是极好的美味。通常我会用筷子一点一点地将剩余的糯米粒儿从粽叶上剔下，让舌尖完全包裹住一颗颗糯米，慢慢品味香味儿。从粽子入口的那一刻，糯米香、枣香、带着大自然芬芳的芦苇香，便在齿颊脾胃之间环绕扩散开来。这是最纯的端午的味道。

如今，北方的粽子再也不拘泥于红枣白粽，还有馅料花样繁多的咸粽——肉粽、蛋黄粽、松仁粽、火腿粽，甚至还有干贝海鲜粽，总之，千千万万的想象，都可以包容于香粽之中。每年的端午，姥姥都要蒸上满满的一大锅香粽，除了端午节那天和家人一起品尝美味，每天早上姥姥会剥好放在碗里，给我作加餐，等到粽子快吃完时，就把香粽切片放入油中煎炸，糯韧绵软瞬间变成了脆甜黏香。我从未吃过这样香脆的粽子，每次都意犹未尽，这新颖的吃法让我每天早上都眼巴巴地瞅着起锅，期待锅里响起油花嗞嗞跳跃的声音。

二十多年过去了，儿时记忆如风湮灭在浩瀚的人生长河里，但每年快到端午时，我的舌尖上，还是任性地留存"姥姥牌"香粽的味道，我的脑海中仍不断闪现姥姥为我包端午粽时忙碌的身影，仍能忆起儿时深夜，从厨房里透出的那一丝晕黄的光亮。我想，这是我魂牵梦萦的温暖，一直盈溢在我的生命里，它们总会铁马冰河般进入我的梦中，任凭前世今生，物是人非，沧桑变幻。

张冠李戴

"大孩儿"今天扎了一个麻花辫，小孩儿看见了漂亮的"麻花"惊呆了，脱口而出："黄姐姐妈妈！（黄姐姐是仔仔喜欢的姐姐，也扎着一个麻花辫。）"

肚子疼但脑子好使

仔仔近来一周都没有好好吃菜，导致便便时肚子非常疼，她坐在坐便器"鸭鸭"上号啕大哭，时不时地喊妈妈。

妈妈正在洗漱，听见仔仔叫喊，连忙从厕所里冲出来，她蹲在仔仔身边，双手握着柔嫩的小手，连声安慰着仔仔。仔爸默默地给妈妈拿来了小板凳。

"妈妈，肚儿（肚子）疼……"仔仔满头大汗，有气无力地说。

"仔仔坚强，妈妈便便的时候也肚肚疼，爸爸便便的时候也肚肚疼。和妈妈一使劲儿吧。"妈妈耐心地说着。

"一，二，三！和妈妈一起使劲儿。嗯咦——嗯咦——"妈妈坐在仔仔对面，拉着她的小手，嘴里不断发出用力的声音，假装和仔仔一起便便。"妈妈，你别拉，会拉到凳子上的。"仔仔担心地看着妈妈。

"我……"妈妈瞬间无语。心想：自己疼得要命，还操心别人。

"你别管我了，来，和妈妈一起使劲儿。"妈妈焦急地说道。

仔仔和妈妈一起龇牙咧嘴，由于使劲儿时间太久，仔仔满头大汗，妈妈也有些缺氧。仔仔出了太多汗，干爽柔软的细发变成一绺一绺，湿塌塌的，还露出了头皮，细细的、闪闪的汗珠在慢慢滑落。看着仔仔遭罪又狼狈的小模样，妈妈心疼起来，她来回地抚摸着小家伙柔弱稚嫩的小肩膀，告诉她要坚强。

仔仔又坚持了一会儿，但还是因为疼痛大哭起来。

"妈妈有的时候便便也可疼了，妈妈都忍住了，最后臭臭就出来了，因为妈妈坚强；妈妈生你的时候，也可疼了，妈妈都忍住了，最后你就出来了，因为妈妈坚强。你也像妈妈一样，要坚强！"妈妈鼓励着仔仔。

可妈妈话语刚落，仔仔就尴尬地瞥了她一眼，有气无力地摇摇手说："那不一样啊！"

彼此的对策

一天，爸爸下班刚回到家接着又要出门办事。可谁知仔仔见了爸爸就不让他再出门了。她缠着爸爸，一会儿要爸爸给她讲故事，一会儿要爸爸陪她玩积木。爸爸使出浑身解数解释给仔仔听，可仔仔就是不肯让他离开。

爸爸灵机一动："举高高，好不好？"

"好呀！好呀！"仔仔开心地笑着跳着，像一朵粉色的小花。

"那举十下高高，放你下来，爸爸就得出门了。"他耐心地和仔仔商量。

"好。"仔仔爽快答应。

"一，二，三……"很快，仔仔便享受完了十个"上天入地"的举高高。

"二十！"仔仔笑眯眯地伸出两个小指头，示意爸爸举二十次。看着仔仔渴望的眼神，爸爸不忍心拒绝，再一次开始了举高高游戏。

"一，二，……"仔仔笑嘻嘻地数着。

"啊？不对呀，刚刚已经是十个了，应该从十一、十二开始数。"爸爸哭笑不得。

仔仔不理会他，自顾自地数着。可怜的爸爸没办法，只能依着仔仔从头数起了。

想办法

一日，爸爸和仔仔在床上疯打疯闹。几个回合下来，爸爸仍然如泰山般屹立不倒，仔仔却明显有些疲累。爸爸笑着说："仔仔，使劲儿！使劲儿打，使劲儿拍！"

仔仔也真不客气，使出了吃奶的劲儿，向爸爸的后背、胳膊打去，自己却疼得直甩手。爸爸见状哈哈大笑，仔仔则有些失落。她气哼哼地盯着爸爸看了几秒，突然改变了攻击方式，用食指和拇指的小指甲细细地夹住爸爸胳膊上的肉，宛如一只小螃蟹的螯。

最后，爸爸当然疼得大呼求饶。

有主意

仔仔近来头发长长了，奶奶与妈妈商量是否要给小家伙再修剪下头发。

"天热了，仔仔头发用不用动呀？"奶奶拿不定主意，问妈妈。

一旁的仔仔听到了，立刻站在妈妈和奶奶中间，认真地说："不动，不动，就这样好探（看）。"

好眼力

天黑了，爸爸和妈妈带着仔仔回家。刚走到家门口，一个老奶奶从一家三口跟前走过。

"老奶奶，你好！"仔仔声音愉悦轻快。老奶奶没有回头，慢慢地走了。

"仔仔，你别闲聊，好好走路。"爸爸认真地说。

谁知那老奶奶竟走了回来，向仔仔喊道："小朋友，你是在和我说话吗？我耳朵背，今天没有戴助听器。"

"你好，你好！"仔仔蹦蹦跳跳地向老奶奶不停挥手。

"你好呀，小朋友。"老奶奶开心地笑了起来。

"广场舞奶奶，你是要去跳广场舞吗？"仔仔也开心说。

妈妈定睛一看，这才发现，原来眼前这个老奶奶身上穿着家楼下广场舞蹈队的服装。

现学现卖

晚上饭桌前，仔仔自己吃掉了一颗大菜花，她高兴地让爸爸观看，用小手指着爸爸，兴奋地大喊："爸爸探（看），爸爸探（看）！"

"哎，你这样不好，不能用手指头指着别人。"爸爸皱着眉头。

"那样不礼貌。"妈妈在一旁补充。

"你应该用手，这样，说，这是我的爸爸。"爸爸手指并拢，手心向上，耐心地教仔仔。

"哦！仄样儿四呀（这样事儿啊）！"仔仔点点头。

随后，仔仔开始了"表演"。她坐在餐椅里，左手背在身后，右手小手指并拢，手心向上，大声地介绍起来："这是我的爸爸。""这是我的妈妈。""这是爷爷。""这是奶奶。""这是我。"

爸爸笑了，表扬仔仔："对，这样才乖，有礼貌。"

仔仔瞥了一眼爸爸，用小手冲着自己的碗："这是菜！"

模仿

星期天，妈妈在卫生间洗了一会儿衣服，等出来一看，我的天！这还是客厅吗？玩具散落得到处都是，沙发上也是一团糟。

"仔仔！你看你把客厅祸祸的！！"妈妈气急败坏地喊道。

"Patience..."爸爸向妈妈喊去，并给她使了一个眼色。

妈妈平复了一下心情，耐心地蹲下来看着仔仔："好吧，我们一起收拾一下好吗？"

仔仔用小嘴急急地向妈妈喷着，吐字发音跟吐口水一样。"呸四（patience），呸四！"

妈妈愣住了，半天才反应过来。

即使不冲奶，也可以要抱

晚上，仔仔抱着奶瓶，将里面的奶粉一饮而尽。她拿起手绢擦了擦嘴，认真地问："爸爸，这奶粉是你冲的吗？"

"不是，是妈妈冲的。"爸爸如实回答。

仔仔一愣，一脸害羞地说："那也要爸爸抱一抱。"

爸爸温柔地抱起仔仔，小家伙开心地用夸张的语调喊："我最喜欢爸爸了！""爸爸抱一抱我！""爸爸亲一下！"仔仔的撒娇一浪高过一浪。

妈妈在一旁甚是无语，转身到厨房刷奶瓶去了。

知女莫若父

这天晚上，酒过三巡，爸爸和姥爷正聊得开心。妈妈正坐在饭桌前沉迷于菜肴的美味。卧室里时不时地发出喷水的"呲呲"声和给水壶打气的"咚咚"声，那是仔仔一个人在卧室里给花浇水呢。

这时，爸爸和姥爷正聊到仔仔平时淘气的事儿，一件件如数家珍。他们聊了好久，妈妈和爸爸突然发现卧室里静悄悄的，一点儿动静都没有。

"这小家伙知道我在说她，一定是在竖着耳朵偷听咱们说话呢。"爸爸话音刚落，喷水的"呲呲"声和给水壶打气的"咚咚"声又此起彼伏。

看动物趣事

仔仔一岁时，家里有很多动物卡片。闲时，妈妈会拿出一些教仔仔认识动物。"这是狮子""这是老虎""这是鳄鱼"，妈妈耐心地告诉仔仔，仔仔也不断地点头，每当看到小猫、小狗，仔仔都会高兴地笑一笑。可不知为什么，每次看完动物卡片，仔仔的头上都有很多汗，起初妈妈以为是天气太热的缘故。

后来，仔仔两岁了，妈妈想着仔仔一直都没去过动物园，就吵着要带她去。可是爸爸觉得动物园空气太差，动物身上有很多细菌，不适宜带仔仔去。最后，他们想看看仔仔是否喜欢动物园，如果很喜欢就去。可仔仔压根不知道动物园是什么样子的，怎么办？妈妈打开电脑，上网找了一些动物的照片，给仔仔欣赏，小家伙看了几眼狮子、老虎、大象后，一下子满头大汗，妈妈恍然大悟，原来之前不是太热，而是害怕啊！

后来，有一天，小家伙正在玩点读笔，妈妈发现她不喜欢点狮子。

"你点下狮子，听听。"妈妈指着书上的图片。

"不点不点，太凶猛了！"仔仔连忙摇手说道。

学得快

姥姥照顾了仔仔一天，晚上要回家了。

"再见，美女宝宝。"姥姥逗仔仔。

"再见，美女姥姥。"仔仔开心地回答。

送走了姥姥，仔仔又开始缠着妈妈了。"美女妈妈，我们玩积木吧。"仔仔奶声奶气地说。

爱操心

幼儿园放学后，姥姥带着仔仔在家附近的酒店里看金鱼。看了好久，姥姥和仔仔商量着回家，然后抱着她朝酒店大门走去。

"包呢？包呢？"仔仔在姥姥怀里东张西望，焦急地问。

"放心吧，在我身上呢。"姥姥回答道。

"吓死我了。"仔仔紧张的小脸放松了下来。

爽快

一天，姥姥带着仔仔到市场买菜。仔仔看到大枣不肯离开，执意要姥姥买一些回去。

"买，买，买！"仔仔坚持。

"再买就太沉了，拿不动啊。"姥姥摇头。

"姥姥拿！"仔仔严肃地说。

"家里还有很多没吃完呢，再买回去就坏了。"姥姥耐心地解释。

"好。"仔仔说完转身就走了。

育儿遐思之十二

"懒"姥姥

星期天，我搀着八十多岁的姥姥在小区晒太阳。正值晌午，艳阳高照，我扶着姥姥慢慢坐下，邻居老人们也正围坐在一起聊天。

"我那儿媳妇，晚上吃完饭，根本不收拾家，都是我儿子收拾。"一位白发老人抱怨道。另一位老人当即附和："我们家那个也是，都说现在年轻人工作忙，压力大，但是每天晚上都不收拾，时间长了那不成狗窝了吗？""我儿子给孩子报特长班，也不和我商量一下，我就觉得没有必要去学那么多课。"另一位也加入了进来。"我儿子，现在健身，天天吃什么减肥餐，我总劝他不要减肥，他还不爱听。"一位气力十足的老头把他那拐杖敲得地面哪哪响。

我们听得无聊，也插不上话，正想离开。一位看着有七十来岁的老人突然问姥姥："李大姐，你家谁做饭呀？"

"我女儿和女婿都做饭。"姥姥如实回答。

"你女儿女婿真勤快！家里一定很和睦吧？"老人赞叹道。

"他们也有劳累的时候，也有吵闹争执的时候，但我基本不管。"姥姥笑。

"啊？他们小两口吵架你都不管啊？"老人惊讶。

"我为什么要管？那是人家夫妻间的事。我老了，俗事、烦心事、累心的事，能不想则不想，能不管则不管。"姥姥笑着说，顿了顿，又说，"这样心才会静，才能长寿啊！"姥姥笑。

的确，姥姥这些年住在我们家，除非我拉着她，让她帮我出谋划策，否则老太太绝不多言语。家里大大小小的事，姥姥基本都不过问，从不倚老卖老，给我们足够的自由空间，全家人在一起相处融洽。

偶尔，也会有远房亲戚前来向姥姥取经，想知道她的长寿秘诀是什么。姥姥一般先是好吃好喝地招待着，然而关于长寿的秘诀，她老人家只伸出三根手指头，告诉他们三个字：别管事！

我们听了都哈哈大笑，却又不得不佩服她老人家的智慧与豁达。

肉麻的对话

下了班，像往常一样，妈妈去奶奶家接仔仔。回家的路上，妈妈问仔仔："想不想妈妈？"妈妈学仔仔奶声奶气的声音。

"想——"仔仔撒娇。

"那你知道妈妈最爱做什么吗？"妈妈也撒娇。

仔仔突然停下脚步，俯身抱住妈妈的小腿，奶声奶气撒娇道："妈妈最爱陪我呀！"

抢先拒绝

傍晚，奶奶带着仔仔在门口溜达，路过一个卖樱桃的摊位。

"买斤樱桃吧！"摊主招呼奶奶。

"我们家有樱桃，可甜了！拜拜！"仔仔抢在奶奶前面说道。

熟练操作

晚上，妈妈陪仔仔读《小猪佩奇》图画书，没过多久，妈妈想去厕所，一时着急，手机落在了床上。

两分钟后，妈妈回到卧室。

只见仔仔背对着门蜷缩着坐在床上，正开心地玩手机呢。

"我就出去这么一会儿，就开始玩手机了？"妈妈有些生气，她拿起手机，看了一下发现有些不对，"你看，你又把屏幕调到最亮，我的护眼模式也被你关掉了！"妈妈更生气了。

仔仔一把夺过妈妈的手机说："我给你弄。"她用稚嫩的小食指在屏幕上轻轻一拉，打开了下拉菜单，干净利落地点开了护眼模式，然后又把亮度调低。

"以后不允许这样了，太亮了，对眼睛不好。"妈妈假装生气地看着仔仔，内心却很高兴。

欲擒故纵

星期天，爷爷奶奶带仔仔去劳动公园玩。刚进入公园，仔仔就看见一个老爷爷在摆摊售卖，有气球、泡泡枪、风筝之类的儿童玩具。

仔仔走到摊位前，看看这个又看看那个，她笑着对老爷爷摇摇手说："我不买，我家里有泡泡。"

说罢，小家伙蹦蹦跳跳地拉着爷爷奶奶的手转身去坐摇摇马了。奶奶和爷爷背地里相视一笑，谁都没有说什么。

他们玩了好久，往回走的时候，仔仔又看见那个卖玩具的老爷爷了。

"咱们去问问卖多少钱吧。"仔仔小声和奶奶说。

"不是说不买吗？"奶奶看着仔仔，想看她打算怎么办。

"买一个吧，我就喜欢那个红色的。"仔仔央求奶奶。

"我可没带钱。"奶奶说。

仔仔小眼珠一转，想到了解决办法："爷爷呢？"

仔仔撒娇磨人一番，爷爷投降，最后给她买了心仪的红色泡泡枪。

回到家，玩累的仔仔倒头就睡着了。睡醒后她大笑，第一句话便是："哈哈！爷爷有钱！"

夸赞

晚上临睡前，妈妈和仔仔躺在床上。为了让仔仔感到舒服安心，妈妈一边唱着儿歌，一边用手轻轻地来回抚摸仔仔的后背。

"妈妈，你的手太柔软了，我太舒服了。"仔仔开心地笑起来。

不等妈妈说话，仔仔仰天感叹："好柔软的妈妈呀！"

妈妈呢？

星期天，一家人带着仔仔去樱桃园摘樱桃。走了好久，也摘了好久，大家打算休息一下。爷爷奶奶已经在一棵硕大的樱桃树下铺好报纸，爸爸也在一旁准备坐下休息一会儿。

仔仔拎着装樱桃的小水桶东张西望，嘴里不停地嘟囔着："妈妈呢？妈妈呢？妈妈呢？"

妈妈正在不远处的大树下摘樱桃呢。樱桃树太大了，挡住了仔仔的视线。

"妈妈！妈妈！！妈妈！！！"仔仔焦急地大声喊道。

"哎——妈妈在你们后面，马上就出来了！仔仔别着急！"妈妈正埋头摘樱桃呢，可她担心仔仔着急，只摘了几个，便快速地从树丛里出来了。仔仔看见了妈妈，又焦急又欣喜地说："我过去接你！"小家伙小心翼翼地在碎石满地的路面上走着，一只手拎着小水桶，另一只小胳膊在空中摆来摆去寻求平衡，跟跟跄跄地向妈妈走去。

臭美

妈妈给仔仔换上了一条漂亮的新裙子，准备去幼儿园。仔仔开心坏了，对着镜子哈哈大笑，欣喜不已。穿好后，她连忙下床，跑到爸爸面前，开心地说："爸爸，我漂亮吗？我是小东堵（小公主）！"

第二章

软萌娃娃甜蜜蜜

画／梦禅

仔仔三岁

小粉猫

中午，仔仔在奶奶家吃午饭。她吃饭磨磨蹭蹭，不肯自己吃，就等着奶奶喂。这时，隔壁邻居家的狗叫了。

"奶奶，斗斗（狗狗）为什么叫？"仔仔不解。

"狗狗饿了，你快吃吧，不然狗狗要把你的饭给吃掉了。"奶奶吓唬她。

仔仔刚吃了几口，突然狗狗停止了吼叫。

"奶奶，斗斗为什么不叫了？"

"邻居奶奶喂它吃饭了。"

"你确定？"仔仔不相信。

"当然了！邻居奶奶喂小狗，我也喂小狗啊！咱家谁是小狗呀？"奶奶笑眯眯地说。

"我还是小猫吧，"仔仔不高兴地瞥了一眼奶奶。"我假装小粉猫！"仔仔又开心地笑了。

随心对唱

一天，妈妈心情很好，随口唱道："月亮——在白莲花般的云朵里穿行——"

仔仔在一旁也学着妈妈的曲调大声唱："海肠——我喜欢摸海肠我没有吃过——"

心知肚明

一天，仔仔缠着妈妈问道："妈妈，你惯我吗？爸爸惯我吗？"

"惯呀。"妈妈笑眯眯地看着仔仔。

"那爷爷奶奶呢？姥爷姥姥、大姨奶呢？"仔仔迷惑的小眼眸一闪一闪地发亮。

"也惯你呀。"妈妈哄她。

"爸爸妈妈不惯我！姥姥姥爷、爷爷奶奶、大姨奶惯我。"仔仔生气地说。

妈妈欲言又止，心想：你倒挺明白的。

五花肉

一天，爷爷给仔仔做了香香的五花肉。仔仔埋着头，狼吞虎咽地吃着。美味享用过后，她感叹道："这肉真香啊！"

妈妈对仔仔说："这是五花肉。"

仔仔兴奋地盯着五花肉，眼睛亮了，开心地"侃侃而谈"："鱼，是小猫的最爱；骨头，是小狗的最爱；五花又（五花肉），是我的最爱。"

我太大了

一天，妈妈抚摸着仔仔柔软的细发，感叹她竟然都三岁了，忍不住逗她："你回到妈妈肚子里吧。"

"不行，我太大了。"仔仔皱着眉头摆手拒绝。

肚子要爆大了

晚饭，仔仔吃了好多饺子，又喝了一碗稀粥，接着她又沉迷于西瓜的香甜。终于，她决定放下勺子从餐椅里出来，溜达一会儿。

妈妈把她从餐椅里抱了出来，小家伙双脚刚一落地，就打了一个大嗝。只见她胸脯以下都鼓起来了，小肚子更是圆滚滚的。她看看自己的大肚子，感叹道："肚子要爆大（爆炸）了！"

盯梢

晚上，哄睡又进入了"睡眠—斗争"模式。

仔仔的嘴巴不停地说着、唱着，妈妈都不予理会。半个小时过去了，渐渐地，仔仔说话声小了，频率也低了，小腿也不再蹬来蹬去了。大约又过了半个小时，她安静地躺在小床上，一动不动。妈妈觉得仔仔应该是睡着了，欣喜不已。便轻轻起身下床，蹑手蹑脚地拉开房门，可身后却传来幽幽的小声音："妈妈，你要去哪儿？"

被套路

又是一场哄睡硬仗。最近仔仔有些"变本加厉"，哄睡时，不仅要求妈妈盘腿"公主抱"，还要妈妈边摇晃边唱歌。然而夏天太热，妈妈还得为小公主摇扇子。于是，多功能妈妈产生了。

妈妈盘着两条腿，像是架起了一只简易摇篮，左臂轻轻地扶着仔仔的背部，左手正好打在她小小的屁股上，可以拍着哄睡的节奏，右手则持着扇子，来回扇着凉风。

"睡——吧——睡——吧——我亲爱的宝贝——"妈妈轻声哼唱。

"嗯……不要，不要——"仔仔赖在人肉摇篮里，急得直蹬腿。

"两只老虎，两只……""电台妈妈"又换一首。

"不要，不要！"

“小宝贝——快快睡——梦中……”

“不要不要！”

经过几轮筛选，仔仔终于点播到了自己喜欢的儿歌，满意地黏在妈妈怀里。

“妈妈，我要到小床里睡，我太热了。”仔仔奶声奶气地说。

妈妈大喜，她早就累了，摇扇子摇得胳膊都有些发木。她赶紧把这个"小火炉""大石头"丢在了舒服凉快的小床里。

仔仔在妈妈怀里被摇晃了半天，仿佛更加兴奋了，开启了新一轮的磨人模式。她自唱《葫芦娃》《大头儿子小头爸爸》《小猪佩奇》，妈妈就在一旁安安静静地听着。她自说自话，妈妈不搭理她。她小腿蹬来蹬去，蹬到妈妈的腿上、肚子上、脸上、头上，妈妈无可奈何，却也不说话，假装已经睡着。可是仔仔却变本加厉，摇晃着妈妈，不停地说："妈妈，你醒醒，醒醒呀，别睡！"妈妈偷偷看了一下表，竟然已经过去一个小时了！

“快点睡觉！不许再说话了！！”妈妈怒吼。

“妈妈……我爱你。”仔仔哭腔道。

妈妈瞬间变得温柔："我也爱你，仔仔……"此时妈妈有些不知所措、受宠若惊，又有一些感动。"好好睡觉呀，明天要早起去幼儿园呢……"妈妈温柔地抚摸着仔仔的后背。

“好的，妈妈。”仔仔乖乖回答。

但是慢慢地，慢慢地，仔仔又开始了自己的段子、歌曲和各种表演。

“快睡觉！！！”妈妈大吼。

“妈妈！我爱你！！”仔仔不假思索地回答，这声音在漆黑安静的屋子里显得更加清脆，完全没有之前的柔情。

妈妈恍然大悟！

“赶快睡觉，你爱我也得睡觉！”妈妈严肃地说。

育儿遐思之十三

姥姥的蒲扇

闷热的夏夜，我躺在床上哄女儿入睡。我手持折扇，缓慢地来回摇着，不一会儿，胳膊便酸了。我尽力坚持了一会儿，胳膊开始变得僵硬。昏暗的光下，我看见折扇的影子在空中来回摆动，不禁想起小时候我住在姥姥家，姥姥为我摇扇子时的情景。

姥姥家住在楼房的顶层，所以冬冷夏热。冬天屋子太冷，晚上睡觉前，姥姥会先捂热被窝，然后才让我上床。早上起床穿的衣裤，也是姥姥用体温捂热才给我穿。而夏天，刚到初夏，屋子里便开始变得闷热起来，姥姥会早早地拿出宝贝般的物件——蒲扇。

姥姥的蒲扇又大又圆，扇面由蒲葵叶做成，扇子的边缘用细线手工缝合，工工整整。姥姥为了让它更结实耐用，用长布条沿蒲扇边又缝了一遍。葵柄虽细长但却相当硬实，握在手里感觉光滑温润，扇柄上隐隐透着姥姥手掌摩挲后包浆的颜色。

姥姥家有两把蒲扇，她和姥爷一人一把。每到夏天，他们便对蒲扇爱不释手，那是她和姥爷过夏的必备用品。白天，姥姥忙完家事，便会带着我躺在床上休息。我缠着姥姥，求她给我讲有趣的故事。姥姥一边给我摇扇子，一边给我讲故事，不知不觉我便睡了一个香甜的午觉。晚上，只要我住在姥姥家，姥姥就用蒲扇在酷热难耐中给我带来凉爽。

盛夏的夜晚，老房子闷热难耐。我挨着姥姥躺下，她一边哼着儿歌哄我入睡，一边用粗壮有力的大手在半空中缓缓摇动着蒲扇，每晚如此。就这样，我在那一个个炎热的夜晚，在姥姥大蒲扇的庇护下，在蒲扇带来的阵阵凉风里，远离了酷热难耐，汗水黏腻，也躲过了蚊虫的骚扰。幼小的我，不知姥姥在那一个个酷热的夜晚摇了多久蒲扇，也不知姥姥的臂膀有多酸痛，只知安心地享受着姥姥带给我的清凉和安稳睡眠。等过了夏天，姥姥会小心翼翼地把蒲扇用一层层塑料包好，放到箱子里以备来年再用。

如今，我已经长大，鲐背之年的姥姥也与我们住在了一起。现在生活条件富足，家里空调、风扇一应俱全。但是每到夏天，姥姥仍喜欢把她的蒲扇拿出来用，而我也视它如珍宝一般。每当看着油润的扇柄，我便能感受到那岁月的印记，仿佛看到了童年的夏夜，姥姥为我不辞辛苦地摇着蒲扇，感受到了那蒲扇盈溢出的满满的爱意。儿时幸福甜蜜的夜晚是姥姥为我赶走了酷热，如今，我也要用这把蒲扇为她老人家带来舒适和清凉。

想念妈妈

一天，仔仔和奶奶正在床上玩积木，眼看快到下午四点了。仔仔突然瞥了一眼奶奶，幽幽地问道："妈妈呢？"

"妈妈不是去班班了吗，再过一会儿就回来了。"奶奶耐心地解释。

"我想妈妈了……"本来开心快乐的仔仔瞬间变得沉闷起来。

买菜趣事

早上，爸爸带着仔仔去买菜。爸爸拿起青椒问菜店老板怎么卖。仔仔见了很是好奇，上前指着切开一半的西瓜，也问道："老板，这个红色的怎么卖？"

老板被小家伙逗得哈哈大笑，还没来得及回答她，仔仔便瞥了老板一眼，说："我还小，还是等长大再买吧！"

打气与泄气

一天，爸爸陪着仔仔玩积木。仔仔怎么都找不到和图片颜色一样的那块积木。她急得对爸爸说："我找不到啊！"

"加油！仔仔。"爸爸在一旁给她打气。

"油没了。"仔仔满脸沮丧。

不舍

星期天晚上，爸爸在收拾行李。

"爸爸，你在干吗？"仔仔感到奇怪。

"爸爸在收拾行李。"

"爸爸，你要出差了吗？"

"是的，爸爸要出差了，你在家乖乖听妈妈的话。"

"哎呀！你离我那么远，我喊你，你都听不见了！"仔仔低下头失落地说。

爸爸看着仔仔，摸着她的头，心中不舍。

等赞美

一天，妈妈要带仔仔出去玩，给仔仔穿了一条漂亮的裙子。仔仔看见粉色的纱质裙摆，兴奋不已。穿好后，她急急地爬下了床，跑到客厅去找爸爸。

"爸爸，我漂亮吗？"仔仔期待地等着爸爸回答。

爸爸看着她漂亮得像朵粉色小花，犹豫地说："还行吧。"

"哼！"仔仔转身就走。

"你怎么了，为什么生气呀？"妈妈明知故问。

"爸爸欺负我！哼！！"仔仔生气地双手抱在胸前，皱着小眉头，一副不依不饶的样子。

家庭监督员

早上起床，仔仔躺在小床上翻了个身，转头发现爸爸不在大床上，她噌的一下坐起来，问妈妈："爸爸呢？"

"爸爸去卫生间洗漱了。"妈妈迷迷糊糊地回应。

"我以为爸爸出差了，吓死我了。"仔仔如释重负。

哭的原因

仔仔三岁时，上幼儿园小班，要求在幼儿园午睡。晚上，妈妈一进家门看见仔仔就问："今天在幼儿园睡觉乖吗？"

仔仔一脸委屈地说："我都凸了（哭了）。"

"为什么哭了呀？"妈妈心疼地问。

仔仔水汪汪的小眼睛突然变得红红的："因为我想妈妈了，我的心都疼了。"

小姐妹

仔仔上幼儿园小班有两个月了，有一天，璐璐老师带着她在幼儿园的走廊里参观，偶然见到了曾经托班的小姐妹们。小姐妹们重聚，大家分外热情。她们围着仔仔，七嘴八舌地问道："仔仔，你在哪个班呀？"

"好长时间没看见你了。"

"你们班好不好玩呀？"

……

小姐妹们一阵叽叽喳喳，很快就到了规定回教室的时间。仔仔拉着璐璐老师的手依依不舍地几步一回头，小姐妹们也原地不动，目送着她……

分享

早上，幼儿园里孩子们吃过早饭，开始自由活动。仔仔想画画，旁边的小姐姐拿了一盒彩笔，贴心地打开送到了她眼前。小姐姐自己也拿了一盒彩笔，坐到仔仔旁边和她一起画画。

仔仔瞅了一眼小姐姐的彩笔盒，发现她的那盒笔多，于是对小姐姐说："能把你这盒给我吗？"小姐姐爽快地答应了。

仔仔开心极了，但她心有不忍，忙说："你要是需要我这里的颜色，就过来拿哈！"

有趣的发音

一天，贾老师衣服上印着字母：WATERCAR。仔仔好奇地问贾老师这是什么。

贾老师耐心地告诉仔仔："这是 WATERCAR！"

"我的塔！"仔仔重复。

"哈哈哈……是 WATER—CAR！"贾老师大笑。

"外的塔！"仔仔也笑了。

从此以后，只要贾老师问仔仔："贾老师开什么车？"仔仔便响亮地回答："我的塔！"

谐音

早上，妈妈给仔仔刷牙。

"你们幼儿园早上喝牛奶吗？"妈妈问。

满嘴是泡沫的仔仔点头。

"对了，今天是哪个老师在门口接你们呀？"妈妈又问。

只见仔仔伸出两根手指头，做剪刀状，合上又打开，妈妈疑惑。

"是贾老师？！"妈妈恍然大悟。

仔仔点头。原来仔仔的剪刀手夹来夹去是"贾"的意思！

换个亲法

爸爸最近感冒了，没有和仔仔一起玩。仔仔想跟爸爸玩，总在爸爸身边走来走去。

"爸爸，你感冒什么时候能好呀？"仔仔撒娇地问。

"应该快了，等爸爸好了陪你玩积木。"爸爸笑。

"爸爸！我爱你！"仔仔大声喊道。

"爸爸也爱你。"爸爸有些感动。

"那……亲亲吧。"仔仔腼腆地说。

"爸爸感冒了，不能亲，会传染给你的。"爸爸做伤心状。

"那隔着亲吧！"仔仔哈哈大笑。

傲娇的仔仔

一天，仔仔甚是淘气，爷爷假装生气地对仔仔说："你不听话，爷爷能不能打你？"

"不能！"仔仔瞪大眼睛，严肃地看着爷爷。

"为什么不能？"爷爷忍住笑问。

"因为我是爷爷的宝贝！"说完，仔仔仰着头，一脸骄傲地走开了。

你别提我的糗事了

一天，爷爷坐在客厅的沙发上，美美地回忆仔仔刚出生时号啕大哭的样子。

"那个时候，仔仔一哭，眼眉都红了，好家伙！"爷爷回想道。

"爷爷！你太厉害了！"仔仔向爷爷摆摆手。

"仔仔刚出生的时候，一哭，眉毛就……"还没等爷爷念叨完，仔仔又大声喊道："爷爷！你太厉害了！"仔仔拽着爷爷的胳膊，往屋里拖去。

为了唱歌

奶奶快要过生日了，可奶奶却对爸爸妈妈说不打算过生日了。仔仔在一旁听得着急，连忙插话："奶奶，过吧，过吧，过生日可以唱生日歌呢。"

说完，仔仔就手舞足蹈地唱起了："祝你生日快乐，祝你生日快乐……"

毁了

早上，妈妈发现仔仔的胳膊和腿上被蚊子咬了，细细一数，一共五个大包。妈妈心疼坏了，连忙去拿药膏。一边给仔仔涂药，一边问她痒不痒。仔仔摸着胳膊数道："一，二，三，四，五……"

"毁了！"仔仔大呼一声，一脸惊恐地看着妈妈。

没有被识破

晚饭后，仔仔仍缠着妈妈要吃玉米。妈妈摸了摸仔仔鼓起的小肚皮，让仔仔溜达一会儿再吃。可她不依不饶，坚持要吃。僵持了很久，妈妈拗不过她，只得摘了一颗玉米粒打发她。谁知小家伙高兴地对妈妈说："妈妈，你真够意思。"

对胖的描述

晚上，仔仔在看熊大熊二动画片。爷爷逗她："熊大熊二胖不胖？"

"斗肥！都西幼啊！（都肥！都是肉啊！）"仔仔笑着说。

烂熟于心

早上，妈妈给仔仔梳头，一边给仔仔扎小辫一边跟仔仔腻歪。

"让妈妈看看。"妈妈仔细端详着仔仔柔软的头发。

"你是妈妈的小宝贝呀。"妈妈梳了一个小辫子，发自肺腑地感叹。

"你是妈妈的小……小……"不知怎的，妈妈突然大脑空白，说话卡壳。

"小心肝儿呀。"仔仔快速提醒。

"对，小心肝儿啊，"妈妈给仔仔扎好了小辫，扳过她的小身板，盯着问："你怎么知道的？"

仔仔笑笑，转身一溜烟跑了。

指挥

除夕的早上，爸爸做了白菜面和鸡蛋酱，打算吃完早饭就去贴福字和对联，妈妈也在想着一会儿去奶奶家要带的东西，他俩都飞快地吃着早饭。

一旁的仔仔却慢条斯理地咬着面条，她拍拍左边的爸爸："爸爸，吃饭不要狼吞虎咽。"转身又对右边的妈妈说："妈妈，吃饭要细嚼慢咽。"

信心满满

除夕夜，鞭炮声震耳欲聋。妈妈回想起去年，眼前的这个小家伙被轰隆隆的鞭炮声吓得直往她怀里钻，又开始为她担心了。

"妈妈，这是'大地红'的声音吗？"仔仔怯怯地问。

"是呀，仔仔今年已经不害怕鞭炮声了，很棒呢！"妈妈鼓励仔仔。

"我已经三岁半了，不怕了，等我五岁六岁就更棒了。"仔仔眼眸闪烁，认真地看着妈妈。

恋家

还有两个小时，猪年的钟声就要敲响了。爸爸妈妈担心零点的鞭炮声吓坏仔仔，于是每年除夕夜十点前都会把小家伙哄睡。可是今年，眼看要十一点了，仔仔仍无睡意，想等着吃零点的饺子，而且还想回家睡觉。妈妈诧异地看着仔仔："外面的鞭炮声那么响，你不害怕吗？我们今晚在奶奶家睡吧。"

"不要！我要回家睡。你和爸爸陪着我回家就行了。"仔仔坚定地说。

有种冷叫妈妈觉得冷

大年初一早上，妈妈迷迷糊糊醒来，发现仔仔正坐在小床上看图画书。家里很冷，妈妈见仔仔只穿着秋衣，便一下子从床上弹起，急忙跑去衣柜拿衣服，嘴里还不停地唠叨："仔仔，你穿着秋衣冷不冷呀？快再穿件衣服。"

可仔仔向妈妈摇摇手，淡定地说："妈妈，你别担心我了，我不冷呀！"

自我感觉良好

吃完早饭，仔仔蹦蹦跳跳到客厅玩耍，顺手从茶几上拿起爷爷的手机。妈妈见仔仔又看手机，担心对眼睛不好，就想把手机拿走。

"呀，这是谁呀？"妈妈指着手机屏保照片，假装不认识地问。

"这是我呀。"仔仔低头看着手机。

"呀，怎么会是你呢？我看看。"妈妈接过手机，假装仔细端详。

"因为我是爷爷的小宝贝呀，"仔仔一脸得意，"还是妈妈的小心肝儿！"

星期八

晚上，仔仔正在和舅爷视频，舅爷邀请仔仔到自己家玩。

"你等等哈，我星期八再去你家玩。"仔仔认真地说。

"为什么是星期八呢？"舅爷不解。

仔仔对着视频得意地说："因为过年妈妈放假了，要陪我七天啊！"

很警惕

大年初四的早上，仔仔赖床不肯起来。

"仔仔长大啦！小床都快装不下你了。"妈妈在一旁感叹。

"那我快五岁了吗？"仔仔惊喜地从床上蹦了起来。

"没有，三岁半，快四岁了。"

"那我四岁怎么了？"仔仔迷惑。

"你四岁就可以学特长了，画画呀，书法呀，英语呀，舞蹈呀……"妈妈眉飞色舞。

"不行！我不能学那么多，学那么多会很累的！"仔仔认真地对妈妈说。

忽悠爸爸

一天，爸爸和仔仔在床上玩耍。小家伙突发奇想，突然用小脚丫朝向爸爸的鼻子，笑哈哈地喊道："我拿脚丫熏爸爸！"

爸爸假装被熏到，浑身颤了一下，然后"晕倒"在床上。仔仔大笑："爸爸被我熏晕了！"可谁知几个回合下来后，爸爸突然抓住了仔仔的小脚，放在嘴边假装要吃掉它。仔仔假装吓得哇哇大叫，使劲儿挣脱了爸爸的手，白了爸爸一眼，摆手认真地对他说："爸爸呀，这是生脚，不能吃，太臭了，会拉肚子的！"

小奶油

春节七天假期，妈妈开心地抱着仔仔腻歪，看着仔仔甜腻腻又软嫩嫩的小脸颊，妈妈真想咬一口。她逗仔仔："我的宝贝像小奶油一样，让妈妈舔一口吧。"

"不行！"仔仔一脸严肃。

"为什么呀。"妈妈坏笑。仔仔皱着眉头认真地对妈妈说："因为我是人，不是小奶油，不能舔！"

引开妈妈

熬夜、又疯玩了一上午的仔仔到了中午仍不肯睡觉，她正和爸爸就睡觉事宜讨价还价。眼看着父女俩僵持不下，妈妈从厨房赶过来，一脸不悦地对仔仔扔出杀手锏："今天中午不睡觉，晚上就要早睡，而且下午不能看电视！"

"妈妈呀，你不要说了，我们商量事儿还不让啊！"仔仔气急败坏地白了一眼妈妈。

特殊待遇

大年初五的早上，全家人在一起吃饺子。大家都在吃酸菜馅蒸饺，唯独仔仔有一盘三鲜虾仁馅水饺。爷爷看见仔仔狼吞虎咽，高兴极了，问她："饺子好吃吗？"

"太——好吃啦！"仔仔兴奋地喊。

"我特意买了紫根韭菜，用韭菜根包的饺子，韭菜叶都没用呢。"爷爷得意地说。

"我说怎么这么好吃呢！"仔仔恍然大悟。

育儿遐思之十四

冬至饺子

我从小爱吃饺子，吃遍了姥姥包的各种馅料的饺子。儿时的我很挑食，却唯独钟爱饺子。姥姥变着花样给我做，菜馅饺子、肉馅饺子、鱼馅饺子……水饺、蒸饺、煎饺……只要是我想吃的，姥姥就一定会给我做。

虽然平时家里也吃饺子，但姥姥最重视冬至的饺子，她常说："冬至不端饺子碗，冻掉耳朵没人管。"每当听到这句话，我总是哈哈大笑，然后踮起脚尖要去摸摸姥姥的耳朵。

每年冬至，姥姥都会给姨妈舅舅们打电话，让大家回来吃冬至的饺子。这一天，姥姥要包三种馅料的饺子。姥爷爱吃三鲜馅，我爱吃黄花鱼馅，姨妈舅舅们爱吃白菜猪肉馅。姥爷早早去市场把菜买回来，我们三人就开始了一天的忙碌。姥爷和面揉面，姥姥带着我准备馅料，择韭菜、剥虾、剁肉、切白菜，最费时的要数黄花鱼馅。儿时印象最深的是那年冬至，姥姥弓着背，戴着老花镜，一个人坐在小板凳上，一点一点地剥着鱼肉，仔细挑着"埋伏"在鱼肉里面细细的鱼刺。

姥姥的厨艺非常棒，平时擀皮一人能供得上三四个人包，一个个似元宝、白生生的饺子，很快就像排列整齐待检阅的士兵，齐刷刷呈现在眼前了。我则笨手笨脚，只能擀几个面皮。晚上，姨妈和舅舅们带着一家几口来到姥姥家，姥姥将白天包好的饺子下锅水煮，不一会儿，一个个圆滚滚的"白胖子"便都盛盘上桌了。一家人在寒冷的冬至，围着圆桌，一起吃姥姥包的饺子，其乐融融。那些精致小巧的饺子，让整个冬天变得温暖起来。

记得有一年冬至，我还未成家。当天，大雪纷飞，寒风瑟瑟。晚上下了班，我风尘仆仆往家赶，一进门，便看见母亲和耄耋之年的姥姥在厨房里忙碌着。她们有说有笑，但手上的活却没有停。母亲包饺子的手艺深得姥姥真传，可她依偎在姥姥身边，慢悠悠地说："妈，我总包不好花边口饺子，你来帮帮我。"姥姥便耐心地手把手教母亲。姥姥脊背弯曲，如同枯老的古树，行动十分缓慢，眼睛看东西也很模糊。我看着她教母亲包饺子的背影，想起我小的时候，姥姥教我时的样子，眼前的雾气便慢慢腾升开来。我忙定了定情绪，脱下外衣，张罗着要帮忙擀饺子皮。我们祖辈三代人围着灶台一起包饺子，融融暖意，笑声不断。

如今，姥姥已离我们远去。我深深地怀念她给我包饺子的日子。现在每年冬至，我一定会带上女儿和母亲包一次饺子。这不仅仅是我贪恋母亲的饺子，而是我想在这个特殊的日子里，想带着我的女儿，祖辈三人，一起陪母亲度过冬至的夜晚，以慰藉她思念之苦。

我擀皮，母亲包饺子，女儿则负责当开心果，逗她的姥姥笑。夜里的灯光下，那一碗碗饺子升腾出的热气，好像袅袅炊烟，驱散了冬至的寒冷，不仅融化了窗上的冰凌，也温暖了我的心灵。看着眼前的饺子，再看看晋升为姥姥的母亲和可爱的女儿，她们仿佛告诉我，虽然姥姥在岁月长河中已然消逝，但血脉的传承和爱的延续却永不凋零。

和妈妈讨价还价的结果

星期天，仔仔在家玩"商店"游戏。妈妈则在一旁收拾衣服。"卖香蕉咧！卖香蕉咧！"仔仔大喊。

"妈妈，你买香蕉。"仔仔拽着妈妈的衣角，把妈妈拽到了自己身边。妈妈蹲下来笑眯眯地看着仔仔："那好吧，你的香蕉多少钱啊？"

"七块。"仔仔清脆地回答。

"太贵了，两块吧。"妈妈讨价还价。

"不行。"仔仔一口拒绝。

"四块。"妈妈涨了一点。

"不行。"仔仔摇着小脑袋，仍旧拒绝。

"五块。"

"不行！"

"那算了，不买了。"妈妈转身要走。

"那好吧……"仔仔一脸不情愿。

妈妈拿起玩具里的"五元硬币"，递给了仔仔。

谁知仔仔转身拿来"青椒"对妈妈说："妈妈，香蕉太甜了，你得买青椒。"说完，仔仔一脸得意的样子。

和爸爸讨价还价的结果

每天晚上，爸爸抱仔仔上楼都得进行一番"讨价还价"。每次走进一楼，仔仔便会奶声奶气地说："爸爸——抱——！"

"你先走几层，等走累了爸爸再抱你。"爸爸认真地说。

"不嘛，不嘛——"仔仔撒娇。

"五楼抱。"爸爸拉着仔仔往上走。

"四楼。"仔仔笑。

"五楼。"爸爸坚持。

"四楼。"仔仔也坚持。

"六楼。"爸爸涨价。

"啊？四楼！"仔仔生气了。

"六楼。"爸爸继续坚持。

"啊……好吧……那五楼吧。"仔仔一副蔫头耷脑的样子。

"成交。"爸爸胜利。

赖账

半夜，仔仔肚子疼，哭闹不止。小家伙吵着要爸爸抱，把妈妈推在一边。爸爸一直抱着她，前半夜几乎没合眼，非常辛苦。第二天早上，爸爸问仔仔："你好些了吗？肚子还疼吗？"

仔仔摆摆手说："不疼了。"

"爸爸昨天前半夜一直抱着你呢。"爸爸温柔地看着仔仔说。

"别说了，天都亮了，没有什么前半夜了。"仔仔瞅了一眼爸爸，严肃地说。

爸爸："……"

妈妈哈哈大笑。

生病喊号子

仔仔生病了，爸爸独自带仔仔去医院打吊瓶。高大威武的爸爸带着矮小软萌的仔仔站在一边等护士。

"仔仔，跟着爸爸说。"爸爸蹲下来认真地看着仔仔。仔仔没懂爸爸的意思，一脸迷惑。

"我勇敢！"爸爸有力地说道。

"我勇敢……"生病的仔仔似小绵羊在"咩咩咩"。

"我坚强！"爸爸握住仔仔柔柔的小手。

"我坚强……"细细弱弱的声音不见了往日的高亢活泼。

"我不害怕！"爸爸坚定的眼神在给仔仔传递能量。

"……"仔仔怯怯地不肯说。爸爸见仔仔害怕，就又开始耐心地安慰她。

不一会儿，爸爸又开始教仔仔喊："我勇敢！"

"我勇敢。"仔仔学。

"我坚强！"爸爸说。

"我坚强。"仔仔学。

"我不害怕！"爸爸又说。

"我……"仔仔又退却了。

"再来一遍！我勇敢！"爸爸的声音洪亮而有力。

"我勇敢！"仔仔也不示弱。

"我坚强！"

"我坚强！"仔仔的眼睛在闪烁。

"我不害怕！"

"我不害怕！"仔仔大声喊道。

一直被抱着的秘诀

星期天，爸爸妈妈带仔仔出去玩。爸爸把仔仔抱在怀里，走了好一会儿，觉得有点累了，便和仔仔商量道："爸爸累了，你能自己走一会儿吗？"

"不要！"仔仔脱口而出。

"你自己走到下一个路口，爸爸再抱。"

"我不要嘛！"仔仔开始要赖。

爸爸边说边把仔仔从身上放下来，可狡猾的仔仔用小手紧紧地搂住爸爸的脖子，双腿也擎得老高，不肯落地。眼看小屁股就快碰到地面了，仔仔立刻把双腿盘在爸爸的小腿上。爸爸无奈，只得又抱起仔仔。

"爸爸好累呀，怎么才能让爸爸有力量呢？"爸爸站住不走，问仔仔。

仔仔不解。

"你亲一亲爸爸吧，亲一口，爸爸就有力量了。"爸爸笑道。

仔仔赶紧在爸爸的脸上猛亲几口，爸爸立刻抱着仔仔飞快地走了起来。

从那以后，只要爸爸说累了，仔仔都赶紧亲亲爸爸脸颊，让爸爸充满力量。

永远不能自己走

休息日，爸爸妈妈带仔仔出去玩耍，刚走了一会儿，仔仔就开始要赖要求爸爸抱。

爸爸只得将仔仔抱在怀里，负重前行。走了很长时间，爸爸实在是太累了。可是仔仔仍旧不肯下来自己走，爸爸无奈地对仔仔说："你以后长大了，爸爸抱不动了，你自己走行吗？"

"不行啊！爸爸，我长不到二百岁，真的不行啊。"仔仔皱着眉头一脸认真地说。

是谁忘了

一天晚上，爸爸妈妈带仔仔回家。到了家门口，仔仔吵着要打提溜——让爸爸把她拎起来，飞过井盖。可是爸爸在打电话，妈妈和仔仔便在一旁等爸爸。黑暗中一只黑猫从车底钻出来，妈妈让仔仔看猫。

"你把你手里的酸奶给猫猫吧，它还没吃晚饭呢。"妈妈逗她。

"它吃过了，那边有'爱心猫屋'，里面有猫私（食）和水。"仔仔边说边跑到"爱心猫屋"的旁边，用手指给妈妈看。

"那好吧，但是它要过来追你啦！"妈妈吓唬仔仔。

"啊？快跑呀，快跑呀！"仔仔一溜烟地冲进了楼里。不一会儿，挂掉电话的爸爸也跟着进来了。他们一起走到二楼，仔仔突然号啕大哭，委屈地喊道："没打提溜！"

"那爸爸从二楼就开始抱你，作为补偿，好吗？"爸爸和仔仔商量。

"好吧。"仔仔不哭了，心情也好了很多。

"我以为你不玩了呢，我看你跑进门，我也就进来了。"爸爸抱着仔仔解释道。

"是你忘了，不是我忘了，我还等着你呢，你刚才一直在打电话。"仔仔气哼哼地向爸爸抱怨。

抱抱口令

晚上，天气变了。爸爸妈妈带着仔仔从姥姥家出来，快速地往家走。

"爸爸，我冷……"仔仔边说边小跑到了爸爸面前，张开小手臂要抱抱。

爸爸抱起了仔仔："好吧，爸爸抱，上来吧。"他们走了几步，爸爸便对仔仔打趣道："爸爸抱仔仔感觉很暖和嘛，像小棉袄一样，穿在身上。小棉袄上身！"仔仔听后哈哈大笑起来。

自那以后，仔仔只要想要爸爸抱，她就会朝着爸爸大喊一声："小棉袄上身！"

爸爸就会瞬间无条件的乖乖投降。

我愿意

晚上，爸爸运动健身完毕，擦了擦汗，就赶紧跑到卧室找仔仔玩了。

"和爸爸贴个脸吧。"爸爸装萌。

仔仔开心地满足了爸爸的要求，可刚贴上，仔仔就躲开了。爸爸正纳闷，仔仔尴尬地看着爸爸说："你的脸好烫呀！"

"爸爸刚做完运动，好热呀，你能给爸爸凉快一下吗？"爸爸装作可怜的样子。

仔仔眨眨眼睛，没有犹豫，轻轻地把自己的小脸贴在爸爸脸上。

抢答

今天是看校日，爸爸陪着仔仔到幼儿园参加活动。教室里有些闷热，小朋友们有些躁动，旁边的一位爸爸对自己的儿子（仔仔的同学）说："儿子，你热不热呀？"

"热！"仔仔在一旁抢答。

仔爸无奈地看了她一眼，赶忙把仔仔衣服上的第一颗纽扣解开了。

对爸爸的夸奖

星期天，爸爸在家拖地，一时兴起，高声唱道："我爱你，亲爱的姑娘！见到你，心就慌张……"仔仔闻声连忙跑到爸爸身边，感叹道："呀，还挺能唱的。"

装模作样

傍晚，仔仔在奶奶家玩。

"爸爸！你在干吗呢！我在奶奶家饭都吃完了，你还在磨蹭啥呢？还不来接我！"说完，仔仔气哼哼地关上了翻盖玩具电话。

一旁的奶奶哭笑不得，她把自己手机递给仔仔："你用这个真电话和爸爸说吧。"

仔仔耷拉着脑袋，小声地说："我不敢呀。"

相互关心

冬天的晚上，爸爸、妈妈和仔仔到喜家德吃饺子。店里进进出出的客人让店铺的大门关了又开，冷风嗖嗖地往人衣服袖子里钻。妈妈禁不住打了个寒战，赶紧帮仔仔穿上她的小羽绒服，然后又把自己的羽绒服盖在了仔仔的腿上。

"仔仔，你冷吗？"妈妈担心地问。

"不冷了，谢谢妈妈，妈妈都没舍得用（羽绒服）。"仔仔认真地说。爸爸起身拿起自己的大羽绒服给妈妈披上，说："没事，有爸爸的羽绒服在，别担心。"

一针见血

晚饭时，妈妈和爸爸商量结婚十周年该去哪儿庆祝。

"得到年底才算是十周年。"爸爸认真地说。

"哦，那算错了。"妈妈感叹。

妈妈对爸爸打趣道："都快十年了，彼此看着烦不烦呀？"

"不烦……"爸爸一脸无奈地苦笑。

"烦不烦，烦不烦？"妈妈继续打趣。

"不烦！"爸爸突然换了一脸坚定又严肃的表情，像是士兵对将军回答"到！"一样干脆利落。妈妈顿时觉得没意思，无语了。

"烦！"一旁的仔仔大声抢答。

妈妈哈哈大笑。

腊八蒜，夫妻情

没结婚之前，我几乎不吃蒜。那辛辣的味道，冲鼻的气味，让我心存抗拒。

刚结婚时，先生知道我不喜蒜，做菜从来不放，家里也甚少能见到蒜的影子。可那年腊八节，正赶上周六，先生一大早就去市场买了几斤紫皮蒜回来。我正纳闷，看见他手里拿出一个大大的空罐头瓶子，神秘兮兮地对我说："我能让蒜变成绿色，保准你爱吃！"

"把蒜都剥好皮，洗干净，放入瓶子里，再倒上米醋。过一段时间就变绿啦！"先生举着玻璃瓶子兴奋地对我说着。

我很好奇，想看看那蒜到底能不能变成绿色，于是我撸起袖子说干就干。我们一起坐在餐桌边，他剥一头，我剥一头。剥开一头，每瓣大小不一，胖瘦不一。因我很少吃蒜，更少剥蒜，总是笨手笨脚。先生忍不住手把手教我，他让我把一头蒜掰开，先把蒜瓣分类。大个蒜瓣皮厚，他用手指在蒜瓣头部使劲儿一扭，大部分蒜皮就如同枯黄的树叶，一下子脱落了，最后再细细剥下剩余的蒜皮。小个蒜瓣的皮很薄，紧紧地拥抱着蒜瓣，需要用指甲细细扣下来。得到诀窍的我，就从大的蒜瓣开始剥，把耗费时力小的蒜瓣留到最后。先生和我正好相反，他总是从小蒜瓣剥起，剥到大蒜瓣时，先把大蒜瓣扭上一扭，送到我的面前，再顺手把我的小蒜瓣拿走。

我们一边剥蒜，一边聊天，聊着家务事，聊着工作事，聊着朋友，聊着与我们都有关的事，或聊着与我们都无关的事。时间仿佛变得很慢，我们不知不觉地放松下来，让人忘掉了忙碌与琐碎、疲劳与辛苦。

我看着满满一袋子蓬松的蒜皮，忍不住捧起轻轻摩擦，那沙沙的轻响和一吹便飘然起来的样子，让家里的空气变得浪漫温馨起来。我们的罐头瓶里塞满了"白胖子"，我想象着它们日益变绿，与醋融合的样子。先生把罐头瓶倒满米醋，又放入两勺白糖，最后封口。

每隔几天，我就去看看它们的变化。一个月后，我惊喜地发现，那些"白胖子"已经穿上了绿衣裳，我禁不住那滴翠般的诱惑，便取出一个，阳光下它竹青翠绿，香甜扑鼻。轻轻咬一口，酸甜清脆，毫无生蒜的辛辣生涩之感。于是，从那天起，多年不吃蒜的我，便爱上了先生做的腊八蒜。平日里，吃饺子、包子、面条、喝粥，饭桌上总有腊八蒜的身影，有时甚至吃炒菜也会给它留有一席之位。

如今很多年过去了，先生工作也越来越忙。但他无论多忙，每逢腊八节，我们会像刚结婚那年的腊八节一样，两人在餐桌前相对而坐，慢慢地剥着蒜，聊着琐碎，聊着孩子，聊着生活，聊着与我们有关的事，或聊着与我们无关的事。只是如今，我们都开始抢着剥那些小而不好剥的蒜，也都知道对方爱吃腊八蒜而不舍得吃了。只是如今，我们的婚姻生活亦如那罐腊八蒜一般，由当初的辛辣生涩，随着岁月沉积，慢慢地变得翠绿，浓香四溢。

小雷达

爸爸妈妈带着仔仔打算到姥爷家给姥爷送车。路上，仔仔得知一会儿能见到姥爷，开心得手舞足蹈。车子飞驰着，不一会儿就到了姥爷家附近，把姥爷家小区大门甩在了身后，仔仔忙回头扒车窗，哭唧唧地说："我们这是去哪儿啊？"

"放心吧，我们先去停车场，把车停好，再去姥爷家。"妈妈耐着性子解释。

"酱四儿啊（这样子啊）……"仔仔又变得开心起来。

飞来横醋

清晨，仔仔醒来，看见妈妈正摩挲着宝贝手串，问："妈妈你在干吗呢？"

"我在养手串呢。"

"那我呢？"仔仔不解地问。

说来就来

晚上，妈妈和仔仔一起看电视，突然插播了广告。妈妈想知道后来发生了什么，心急地抱怨："怎么突然来广告了，真是的。"

"别急，一会儿就来了。"仔仔安慰妈妈。

一会儿，广告结束。

"你看，来了吧！"仔仔指着电视机得意地说道。

妈妈变身

晚上，妈妈和仔仔在床上玩耍。

"今天时间早，你不是喜欢英语吗，我们来学英语吧。"妈妈突然想起仔仔会说 apple 了，想教她英语。

"好哇，好哇！英语妈妈！"仔仔开心地说。

妈妈很喜欢这个称呼。她在床边转了一圈，大声喊道："妈妈变身，变成英语妈妈！好，现在开始上课。"妈妈一脸严肃，手里拿了一本《幼儿英语读本》，母女盘着腿相对而坐。

"第一个单词，儿子，son！"妈妈教仔仔。

"儿子，站！"仔仔一脸认真。

听到这神奇的发音，妈妈很想笑，但忍住了，重复地说："son。"

"站！"仔仔声音更大了。

"哈哈哈哈……你太逗了！"妈妈终于忍不住，笑出声来。

"太逗了，英语妈妈笑了。"仔仔也哈哈大笑。

"哈哈哈……"母女俩笑倒在了一起。

朋友圈

晚上，妈妈打开了手机里名为"知校"的 APP，正津津有味地欣赏着家长们晒娃的照片和视频，仔仔跑到妈妈旁边，喊道："妈妈，我也要看道片（照片），我要看我们班的小朋友。"于是妈妈把手机往仔仔跟前挪了挪。

仔仔眼睛盯着照片，自言自语："这是我的朋友圈吗？"

对饭的分类

一天中午，姥姥做了仔仔爱吃的饭菜。看她吃得津津有味，姥姥便逗她："给姥姥吃一点吧。"

"不行。"仔仔摇手拒绝。

姥姥诧异道："为什么不行，这可是姥姥给你做的呀！"

"这是儿童饭，大人不能吃。你去吃大人饭吧。"仔仔认真地说。

不懂如何操作

这天，仔仔总放屁。突然，她又放了一个响亮的屁。奶奶逗她："你放屁怎么不小点声呢？"

仔仔理直气壮地大声说："放屁就这样啊！"

操心妈妈

仔仔又便秘了。

妈妈搬板凳坐在仔仔身旁，要给她加油鼓劲儿。仔仔对此早已轻车熟路，她一脸淡然，拍拍刚坐下的妈妈，安慰道："我拉粑粑，你坚持住啊！"

邀请

晚上，妈妈哄仔仔睡觉。仔仔嘴巴一直不停地念叨着，妈妈有些不耐烦了，严肃地说："你快睡吧，把眼睛闭上！"

"妈——妈——"仔仔柔声细语，边说边摸妈妈的脸颊。妈妈耐心值瞬间恢复，温柔地问："怎么了？"

"周六呀，奶奶说了，给我买豆——浆——还有油——条——！"仔仔说得眉飞色舞，语调也一抖一颤的，仿佛一条小弹簧。

"可——好吃了！你也来吧，我们一起啊？"仔仔伸出小手在妈妈面前做邀请状。

妈妈惊呆在一旁。

直言不讳

一天，一家三口出去玩。爸爸妈妈叫了出租车，车里味道很重，爸爸妈妈碍于面子都没有说话，谁知仔仔刚坐下就大声喊道："这咋整的？怎么这么臭啊！"一旁的妈妈极力地克制住自己别笑出声来……

自我定位

仔仔最近吃饭特别磨蹭，于是爸爸想通过比赛来激励她。只见爸爸埋头努力，可一旁的仔仔却没有追赶的意思，而是慢悠悠地对爸爸说道："我是小孩儿，不能吃那么快。""你等等我呀！"

学英语趣事

晚上，妈妈决定再和仔仔一起学习英语。为了建立仪式感，妈妈站在仔仔面前转了一圈，喊道："变身！妈妈现在是英语妈妈了。"

"那我们开始吧。"仔仔一脸期待。娘俩在床上盘着腿，相对而坐。

妈妈模仿点读笔里的音调："第一个单词，请跟我读，鼻子，nose！"

"鼻子，弄！"仔仔认真地使劲儿点头。

"不是 no，是 nose。"妈妈忍住笑，温柔地纠正。

"弄四！"仔仔的小眸子认真地闪烁着。

"对！仔仔真棒！请跟我一起读 nose！"妈妈很想笑，但她知道仔仔有些大舌头，也不去纠正了。小家伙快乐地重复着"弄四"。

"第二个单词，脸，face。"

"狒狒。"仔仔一脸冷静。

"不是狒狒，是 face。"妈妈说。

"狒狒。"仔仔坏笑地看着妈妈。

"是 face。"妈妈仍耐心地纠正。

"狒狒，哈哈哈……"仔仔开始哈哈大笑。

妈妈静静地看着她。

"狒狒，哈哈哈哈哈……"仔仔无法抑制住心中的兴奋。

"狒狒，哈哈哈哈哈哈哈……"仔仔笑得仿佛狂风中颤抖的小花，小脸也涨得通红。

妈妈也被仔仔的笑声传染，失去控制地和仔仔扭笑成一团。

一阵傻笑过后。

妈妈重整旗鼓："我们重新来。face。"

"狒狒。嘿嘿嘿嘿嘿……"仔仔嘿嘿傻笑，仍旧沉浸在发音的乐趣里。

"那仔仔不好好学，英语妈妈要离开了。你自己先笑一会儿吧。"妈妈一脸伤心的样子，转身要下床。

仔仔急了，连忙拉住妈妈，说："妈妈我永远都不离开你。"然后急急地亲了亲妈妈的手、妈妈的胳膊，又用小手把妈妈的头扳过来，亲亲妈妈的脸颊、妈妈的嘴，最后说道："妈妈我爱你，我喜欢你，我永远都不离开你！"

妈妈感动坏了，刚想说"我也爱你"，可谁知仔仔见妈妈由阴转晴就立刻吐出一句："狒狒！哈哈哈哈哈哈……"

小家伙又开始沉沦在自己的欢笑里。

忘了出去玩

星期天，爸爸妈妈说要带仔仔去公园玩。

路上，仔仔坐在车里东张西望。突然，她指着外面说："加油弹（加油站）！"过了一会儿，她又看到姥爷家门口的商场，大声喊道："新玛特！"

车子从姥爷家门前飞驰而过，仔仔急得突然大哭："我们这是要去哪儿呀？姥爷家不见了！"

看来仔仔已经忘了出行的目的了。

花样刷牙

每天早晚，妈妈都会陪着仔仔刷牙，先是仔仔自己刷牙漱口，然后妈妈不得不打断她。因为，仔仔一个人永远也刷不完，她一直沉迷在不断吐水和用小嘴叼着牙刷的乐趣之中。

"好了，再给你数十个数的时间，就结束刷牙了。"妈妈说。

十个数数过后。

"张大嘴，妈妈检查一下。啊——"妈妈为了让自己能高一点，踮着脚跟蹲在仔仔面前。

仔仔不情愿地把嘴巴张开，随即转身就坐到了妈妈的一条腿上。

妈妈没蹲稳，瞬间跌了个东倒西歪，幸好顺手把住了身边的门，这才没有一屁股坐在地上。

"你能不能不要每次都坐在妈妈腿上？"妈妈有些生气。

"不能。"仔仔变本加厉，顺势瘫倒在妈妈怀里，侧着脸，一只胳膊还搂住了妈妈的脖子。

"苍天，这个姿势刷牙也太高难度了。你能不能站好，老老实实地面对着我刷牙呀！"妈妈面带愠色。

"哼，你是不是不爱我了……"仔仔面带哭相，声音委屈。

"没有啊，你这都是和谁学的呀？"妈妈哭笑不得，赶紧亲了亲仔仔柔软的小脸颊。

"和棉花糖（一个卡通人物）学的。"说完，她从妈妈的腿上跳下来，随手又搂过妈妈的脖子，狠狠地在妈妈脸上亲了一口。

将错就错

饭桌前，一家三口在吃饭。吃到高兴时，爸爸对妈妈说："来，喝酒！"妈妈正想举杯，仔仔大呼："还有我呢，别把我忘了！"

爸爸哈哈大笑，端着杯子对仔仔说："来！喝酒……不对，应该是喝奶！"

"错了就错了吧。"仔仔摆摆手，一脸不在意地说道。

有想法

仔仔生病了，可到了晚上睡觉时间仍想玩积木。

"你早点睡，多睡一会儿，感冒就会好得快些，就可以少遭点儿罪了。"妈妈盘着腿，用公主抱的姿势抱着仔仔。

仔仔在妈妈怀里扭来扭去，不情愿地说："我不要少遭罪。"

"难道你要多遭罪？"妈妈诧异。

"我只要遭一丁点儿罪！"仔仔大声喊。

妈妈哭笑不得。

认错

晚上，妈妈一进家门，看见仔仔正在吃饭。

妈妈随口问道："你洗手了吗？"

"没有。"仔仔摇头。

"你饭前怎么不洗手呢？"妈妈有些不悦。

"姥姥忘了。"仔仔小声说。

"洗手是你自己的事，讲卫生也是你自己的事，怎么能把自己的事推给别人呢？"妈妈站在仔仔身旁生气地说，"以后你自己记着点儿！赶紧下来洗干净。"

"好的，妈妈，我知道了，你别皱眉头了。"仔仔低头小声说。

那是当然了

一天，奶奶在家感叹，仔仔长得真快，个头比餐桌高出一大截了呢。她陶醉其中，又开始夸奖仔仔如何聪明伶俐，如何惹人喜爱。妈妈在一旁听着，也感到极其舒服。她俩你一言我一语开心地聊着。

"仔仔真聪明。"奶奶看着仔仔喜笑颜开。

"那当然了。"仔仔适宜地插了一句。

育儿遐思之十六

爱的手艺

前几天，一家人吃晚饭时在一起闲聊。婆婆感叹："孩子长得真快，一转眼竟这么大了。"

"是啊！连头发都长得快。过几天，我们再去理发店剪头发吧。"先生说。

谁知，第二天我刚到婆婆家，进门就发现女儿的头发被剪了。回家的路上，我心里有点儿堵：都说要去理发店了，婆婆怎么不打招呼就把孩子的头发剪了呢。她的手艺虽好，但也不能和理发店比呀。回到家后，女儿却对着镜子高兴地欣赏自己的新发型。我转念一想，如果女儿不同意，奶奶也是剪不成的。关键还是得女儿同意让奶奶剪发。于是，我在女儿身后蹲下来，轻轻地扳过她的小身板，问："咱们不是之前说好的，去理发店剪头发吗？你怎么又让奶奶剪了？"

"理发店剪得好，奶奶剪得也好啊！"女儿又转回镜前，认真地看着镜子里的自己。

我怔怔地看着女儿，她的话轻轻触碰到了我内心深处的柔软。记得小时候，姥姥时常帮我打理头发，每当坐在板凳上静静地看姥姥给我剪发，心中便涌起一丝丝兴奋和幸福，无论姥姥把我的头发剪成什么样，我都觉得好看。姥姥为我绣的手帕，别人觉得粗陋，可我却不以为然，很宝贝地时常揣在身上。还有姥姥为我做的布偶，现在看来和商场里的相比，不知粗糙多少倍，但儿时的我，总认为那是最美的。

我想，如今的女儿便如同当初的自己。我爱着姥姥，她爱着奶奶，她们做什么对我们来说都是满意的、欢喜的。祖孙间彼此有真情，她们做出来的东西，即便看起来不美，但其中却承载和寄予了很多的美好与爱。我们总喜欢以成人的眼光看待事物的丑美，殊不知，在孩子的眼中却有自己的标准。既然女儿自己都觉得奶奶剪的头发好看，我又何必执迷于成人世界中的丑和美呢？何不放手，让女儿自己去选择？她觉得美，便是美了。

"那我们以后头发长了，都让奶奶给你剪好不好？"我会心一笑。

"好啊！"女儿开心地大喊。

看着女儿美美地端详着自己的头发，我瞬间释然。至于婆婆为什么不打招呼，便把女儿头发剪掉，还不是想给我多省点钱嘛！

拎得清

一天，仔仔和妈妈在一起玩耍。妈妈不小心把积木掉到桌子底下了，连忙弯腰去捡。

仔仔哼地笑了一声，说："你傻了，笨妈妈。"

妈妈诧异，生气地说："你和谁学的，不许这样说别人，很不礼貌。"

仔仔不语。

"如果你在幼儿园这样说其他小朋友，人家就不和你玩了。"妈妈教育仔仔。

仔仔轻轻一笑，说："我在幼儿园不舍得说。"

主动求邀请

一天，大姨奶到奶奶家做客。大姨奶一进门，仔仔就飞一样地扑到了大姨奶怀里，奶声奶气地说："大姨奶，我可想死你了！那天你说来，怎么没来呀！"

大姨奶高兴极了，眼睛已经笑成一条缝："我那天有事，今天来看你了。"

之前仔仔在视频里看到了大姨奶的新家，好奇得不得了："大姨奶，我能去你的新家看看吗？"

顿悟

仔仔生病发烧了，妈妈很着急。

她批评仔仔总喜欢用小手摸自己的嘴唇，还揉来揉去的。

"仔仔，不管妈妈多么爱你、多么心疼你，但是你生病了，只能自己承受，你的难受妈妈是代替不了的，知道吗？所以你要讲卫生，多睡觉，不要……"妈妈又开始了絮絮叨叨。

老母亲做完思想工作后，仔仔一下子抱住她，感动地说："你安慰下我就行了。"

趁机加价

晚上，仔仔刷完牙，正打算上床睡觉。

仔仔突然说："妈妈，我要吃糖。"

"那可不行，你都刷完牙了，刷完牙不能吃东西。"妈妈回答。

"我不嘛……"仔仔带着哭腔，眼看就要下起倾盆大雨。妈妈急忙蹲下抱住小家伙："晚上睡觉前不许哭。"

"我要嘛，我就要嘛！"仔仔眼睛红红的，硬是把眼泪憋了回去。

"那好吧，今天晚上肯定是不行了，明天早上一醒来，就给你糖吃。"妈妈有些不忍心了。

"好吧……那明天要吃三块！"仔仔转哭为笑。

我也会（一）

仔仔又开始不爱吃青菜了，便便很费劲。她坐在便盆"鸭鸭"上，大喊："妈妈！妈妈！"

妈妈闻声连忙从厨房跑进卧室。

"你陪着我，妈妈。"仔仔说得有气无力。妈妈赶紧拿着小板凳跑到仔仔面前坐下。她握着小家伙的小手，盯着那软萌可爱的小脸颊，撒娇地说："等妈妈老了，你也能陪妈妈吗？"

"能呀，我还能给你喂饭！"仔仔眼眸闪烁。

我也会（二）

星期天，妈妈在洗衣服，爸爸在陪仔仔玩积木。

"妈妈，快过来呀！"仔仔兴奋地喊道。

妈妈擦干双手，急急忙忙跑到客厅，看看发生了什么事。

"当当当当——当当当当（命运交响曲曲调）！妈妈，请看！"仔仔得意地把自己的积木作品展示给妈妈看。

"哇！好棒呀！仔仔摆的这个积木造型太漂亮啦！"妈妈夸张地赞叹。

"这个是爸爸教我摆的，谢谢爸爸，你辛苦啦。"仔仔扑进爸爸怀里撒娇。

爸爸一愣，面对突如其来的表白，有些不知所措，他摸摸仔仔柔软的头发，温柔深情地说："爸爸不辛苦，爸爸就爱陪你玩。爸爸陪你长大，你陪爸爸变老，好不好？"

"好呀！"仔仔兴奋地一跳，眼睛也眯成了一条缝，高兴地大喊，"我还可以给你喂饭呢！"

我也会（三）

休息日，爸爸妈妈正在商量一会儿出去玩，等到了中午吃点什么。仔仔吵着要吃饺子。

"我们不带妈妈。"仔仔坏笑道。

"哼！"妈妈夸张地把头扭到了一边，不看仔仔，假装生气。

"你怎么可以不带妈妈呢，妈妈到哪里玩可都带着你呀。"爸爸批评仔仔。

"我逗你玩的，妈妈。以后我去哪儿都带着你，等你老了，我还会给冲奶呢！"仔仔眯着眼睛笑，一脸的自豪。

知羞

星期天，爸爸妈妈带仔仔出去玩。出门不一会儿，仔仔就缠着爸爸要抱。

恰巧，一对父母带着小宝宝从他们身边走过。

爸爸趁机教育仔仔："你看，别人家的小朋友都在自己走，还比你小呢，你也得自己走了。"

"爸爸，你小点声儿。"仔仔低着头，小跑着跟上了爸爸的步伐。

睡觉困难户

晚上，睡前。

"我不要睡觉！"仔仔大声抗议。

"你得睡觉啦！很晚了，不然明早起不来了，去幼儿园会迟到的，会……"妈妈又开始唠叨了。

"我除了睡觉，还能干什么？"仔仔急迫地打断妈妈。

"睡觉！"爸爸厉声。

"唉……"仔仔突然东倒西歪地"晕倒"在床上，吐出了粉色的小舌头。

神奇表白

晚上，仔仔和妈妈在床上玩耍。突然，仔仔跑到妈妈背后，对妈妈说："妈妈，我来给你按摩。"

"好呀！"妈妈欣喜。

那小拳头有力，却不使蛮劲儿。小指头模仿小儿推拿一般地捏着，时不时地好像找到了穴位，一停一顿地在妈妈肩部发力。

"妈妈呀，我太爱你了，我每天都在为你成长。"仔仔一字一句地说道。

妈妈瞪大眼睛惊呆在那里，一时语塞。

魔高一尺，道高一丈

星期天，爸爸要加班，妈妈打算一个人带仔仔出去玩。

妈妈背着一个大背包，里面的东西真是丰富多彩：仔仔的水壶、妈妈的水瓶、仔仔的裤子、湿巾、餐具、水果……真的是好沉呀。妈妈担心仔仔又要耍赖抱抱，于是和她约定："咱们事先说好了，出门要听话，不听话就得回家了。"

"好的，妈妈。"仔仔乖乖点头。

"如果你累了，我们就回家休息。"

"好的，妈妈。"仔仔点着头，像小鸡啄米。

"如果你要抱，就说明你累了，那么我们就得回家了，不能玩了。"妈妈一字一顿地说。为了让仔仔铭记于心，妈妈把刚刚的"口诀"又传授了一遍。

"嗯，嗯，嗯。"仔仔继续点着头。

果然，仔仔由始至终一直乖乖地自己走，从未提出让妈妈抱。妈妈决定奖励她，到好利来给她买了面包和饼干。

回到家的楼下，才走了两层楼梯，仔仔实在是太累了，哼唧道："妈妈，你抱我吧，我累了。"

妈妈知道小家伙是真的累了，可她实在是腾不出手来，感觉自己电量不足，即将"关机"，虚弱地说："妈妈也累了，咱们站一会儿吧，好累呀……"

"妈妈，抱嘛，抱嘛，我要抱！"仔仔不依不饶。她们站在楼道里，僵持在那儿。

"好吧，妈妈抱你。但是妈妈的背包怎么办呀，太沉了。还有，妈妈左手拎的玩具箱子，右手拎的面包和饼干，怎么办呀，妈妈没有手抱你呀。"妈妈为难。

"我要嘛，我要嘛……"仔仔声音越来越大，眼看"倾盆大雨"就要来了。

妈妈狡黠地笑笑，说："那这样吧，妈妈把玩具和面包都扔了吧，就扔在二楼，不要了，这样我就有手抱你了，好吗？"

"那怎么能行？赶快走！"仔仔惶恐，拉着妈妈噌噌噌地爬上了楼。

妈妈忍住笑意，跟在了仔仔的后面。

同理可证

快吃晚饭了，妈妈还在收拾屋子，爸爸一边盛菜一边喊道："夫人，吃饭了！"

仔仔："不是夫人，是妈妈。"

爸爸："夫人的意思就是老婆，妈妈是我的老婆。就像你叫我爸爸，而别的小朋友不叫我爸爸。"

"哦，这样呀……"仔仔认真地思考起来。突然，她恍然大悟，"对！就像蛇精和蝎子精（动画片《葫芦兄弟》里的角色）一样！"

一家仔仔仔

下了班，妈妈回到家，看见仔仔，开心地说："来，仔仔过来，让妈妈好好看看，今天在幼儿园里开不开心呀？"

"妈仔！"仔仔喊道。她跑到妈妈身边，把头伏在妈妈的膝盖上，脸埋在妈妈的腿上。

"爸仔！"仔仔又喊，然后一溜烟地向爸爸跑去……

随时随地的教育

晚上，爸爸妈妈带着仔仔回家。快到家楼下了，突然一只小白猫从花坛中蹿了出来，嗖的一下又躲到了一楼与地面之间的空隙里。黑暗之中，仔仔看见了这抹白，兴奋极了，尖叫着跑过去，要再看看这美丽的身影。只可惜，白猫已经藏起来了。

"仔仔！快回来，猫猫们都睡觉了，别打扰它们了。"妈妈喊道。

"不嘛，我要看！太黑了，爸爸，你用手机里的手电筒往里面照一下，让我看看猫猫在不在。"仔仔焦急道。

"仔仔，你想想，你睡觉的时候，爸爸用手电筒照你，你开心吗？"爸爸耐心地解释。

"不开心。"仔仔小声回答，兴奋全无。

"不可以讨人厌。"爸爸抱起仔仔，摸了摸她的头。

"哦……"仔仔对小猫依依不舍。

"讨猫厌也不行。"爸爸补充。

帮腔

下午，仔仔在奶奶家玩。小家伙下巴上像小针眼一样的红色伤疤已经结痂了，奶奶看着心疼地说道："这个傻妈呀，拉拉链夹到孩子都不知道。"

"是傻妈，但你不能说呀，其实爸爸也夹过……"仔仔紧张地对奶奶说。

"对呀，不能说妈妈。"爷爷在一旁帮腔。

"你看看，你看看，爷爷也这么说。"仔仔用小手比划着，让奶奶别再说了。

奶奶哭笑不得。

绿豆汤里的婆媳情

周日上街，看到一家冷饮店出售绿豆沙冰。这让我突然想起当年怀孕时，婆婆为我熬制的绿豆汤。

我怀孕时，女儿活泼好动，让我没睡过一夜整觉。加之天气炎热，烦闷的三伏天，让我精神不振，胃口大减，什么都吃不下。婆婆看在眼里，急在心上。她趁我睡午觉时，到厨房备好食材，挑选了饱满的绿豆，淘洗干净，然后放入砂锅，用大火炖煮，她则坐在灶台旁边，计算着煮绿豆的时间。炎炎夏日，闷热难耐，加之炉火烧得旺，整个厨房变成了火炉，可婆婆却不嫌闷热辛苦，静静地坐在旁边等待绿豆煮得酥软香甜。煮了好久，硬硬的绿豆终于在砂锅里变软，而厨房也变成了大蒸笼，婆婆的衣服也湿透了。她把准备好的葡萄干、蜜枣、金橘丝、莲子倒入砂锅，继续小火炖煮。煮好后，婆婆便一个人坐在客厅等我睡醒。

不管多么普通的食材，到了婆婆手里，都是魔术般的变幻。绿豆汤颜色青绿，绿豆开花酥烂。白色豆仁与翠绿的豆皮分离开来，又交织在一起，绿豆皮漂浮在轻盈的碧汤之中，仿佛一朵朵盛开的茉莉和翠绿的嫩叶。而葡萄干、蜜枣等点缀其中，仿佛又似一个多彩的儿童糖果乐园，看后让人精神大振、口水满溢。轻尝一口，满嘴清凉甜蜜，顿时消暑除烦。

《遵生八笺》曾记载："绿豆汤，绿豆适量。清热解毒，清凉防暑，解诸物毒。"婆婆用绿豆汤在盛夏为我解暑清热是最好不过的。吃过了婆婆用心烹煮的绿豆汤，身怀六甲的我整个人都觉得神清气爽，胃口大开。

每年夏天酷暑难耐之时，婆婆都会给全家人煮绿豆汤消暑解渴。每当喝到婆婆亲手煮的绿豆汤时，我心里都会暖暖的。如今，婆婆年纪大了，再也煮不动绿豆汤了，我就带着女儿为婆婆煮绿豆汤。以后的每年夏季，我和女儿都会为她老人家煮绿豆汤，延续孝悌家风，我教女儿从为老人煮一碗绿豆汤开始！

联想与应用

每当仔仔不喜欢吃菜，妈妈就会告诉她："青菜吃得少会没有力气的。"

一天晚上，妈妈和仔仔往家走。

"妈妈，你抱我上楼。"仔仔张开小手臂，要赖皮地挡在妈妈前面。

"妈妈抱不动啊。"妈妈也耍赖，一脸委屈且无能为力的样子。

"哎，那你是青菜吃少了。"仔仔摇摇头，转身自己上楼了。

戏精

晚上，妈妈哄仔仔睡觉。她们刚在妈妈的枕头上躺下，妈妈便亲了一口柔软细嫩的小脸颊。

"你嘴里味道太大了。"仔仔赶紧转过身去背对妈妈。

"哼！"妈妈假装生气。

仔仔急忙转过身来拥抱妈妈，奶声奶气地说："妈妈呀，我们紧紧地拥抱在一起，我太幸福了！"

时髦的惊叹词（一）

艳艳干妈经常带着她的宝宝和仔仔一起玩儿，他们在一起吃饭，去游乐场里坐木马、开小火车。仔仔很喜欢弟弟和艳艳干妈。

一天，妈妈在给小家伙剪指甲时，故意轻描淡写地说："艳艳干妈是幼儿园老师。"

仔仔瞪大双眼，惊叹道："我的妈呀！"

对答自如

仔仔洗手，又开始没完没了。那小手在水里来回地做着花样动作，又来回旋转拨弄出了旋涡。

"洗好了吗？"妈妈着急地问。

仔仔头也不抬地说："还没好呢。"

过了一会儿，妈妈又问："OK 了吗？"

"还没 OK 呢。"小家伙自得其乐。

起床气

星期天，妈妈不在家，爸爸哄仔仔睡觉。她醒来一看只有爸爸，便号啕大哭地要找妈妈。爸爸哄了好久，仔仔仍旧哭闹，他只能拿出对付仔仔的必杀技——动画片。

"你想看什么动画片？爸爸放给你看。"爸爸耐心地哄着。

"哼！我什么都不看！"仔仔仍哭声不断。

爸爸有些生气，说："那你自己哭一会儿，等你想明白了再说。"

仔仔又在床上哭了几嗓子。可不一会儿，她就不哭了："爸爸，我要看动画片。"

"你刚刚哭什么？"爸爸不解地问。

"我刚睡醒，不就那样儿吗？"仔仔淡淡地说。

时髦的惊叹词（二）

仔仔非常喜欢幼儿园的璐璐老师，可是璐璐老师因为工作变动要换班级了。妈妈趁仔仔心情不错的时候，小心翼翼地对她说："璐璐老师要走了，她有新的工作了，要去别的班级了。"

"妈呀！可毁了！！"仔仔大呼，一脸难过。

心疼朋友

晚上，妈妈给仔仔洗漱。她从后面环抱着仔仔给她洗手，突然想起今天很多孩子都没去幼儿园。

"我听说小花生病请假了。"妈妈说。

"妈呀！我的朋友！！"仔仔打了个激灵，满脸惋惜，回头悲伤地看着妈妈。

一口闷

仔仔生病了。妈妈冲好了药，拉着仔仔，用勺子一口一口地喂她喝。突然，小家伙不耐烦地说："一口一口多慢呀，要这样喝。"说罢，从妈妈手里接过了药碗，一饮而尽。

"啊！真好喝。"她感叹道，又抹了抹嘴，转身走了，只剩妈妈惊呆在一旁。

找队友

晚上吃饭，爸爸妈妈和爷爷在干杯，一旁的仔仔急了，大喊："还有我呀，别把我忘了！"

"你是小孩儿，用碗干杯吧。"爸爸说。

"奶奶你也干杯。"仔仔指指奶奶。

"我不喝酒，也用碗干杯吧。"奶奶说。

"我和奶奶用碗碰，咱俩一样。"仔仔兴奋得眉飞色舞。

开心果

一天，姥姥和仔仔在家。

姥姥正用手机看新闻，她皱着眉头，认真思考。仔仔看着姥姥皱着眉，不开心的样子，便爬到了她身上，用小手指轻轻地抚平紧皱的眉头，说："姥姥，你开心点儿。"

奇怪的联想

晚上，仔仔刷完牙后，妈妈检查。她发现仔仔又塞牙了，于是拿来牙线轻轻地给她剔牙："你得认真刷牙，妈妈得给你检查，如果塞牙没发现，牙齿会长虫子的，到时候就要去看医生了。"

仔仔张大嘴巴，眼睛使劲儿眨，向妈妈示意自己听明白了。

"好了，完美。"妈妈从小小的乳牙缝里拿出牙线，高兴地说道。说完，还不忘亲一口白白嫩嫩的小脸蛋儿。

"妈妈，牙医看完牙，也会亲我吗？"仔仔认真地问。

活跃气氛的口号

晚上，一家三口在奶奶家吃饭。开席前，大家碰杯，仔仔举起她的专用小碗，大声喊道："新年快乐！"声音清脆而又响亮。

"年都过去了，仔仔。"妈妈笑着说。

"我就是想让大家高兴一下嘛。"仔仔开心地说。

表演的场合

仔仔生病，爸爸妈妈带她去医院。他们排队等待抽血，快要排到仔仔了，爸爸鼓励她："仔仔别怕，你打疫苗都不哭，抽血我们也不哭，给他们表演一下。"

仔仔神情胆怯，皱着眉头带着哭腔道："这也不是表演的地方啊！"

位置互换

为了能让仔仔舒舒服服地洗头，平日里，爸爸会在床边摆上一个凳子，凳子上放一盆水，仔仔躺在床边，妈妈抱着她，爸爸给她洗。这天，爸爸不在家，看着仔仔打绺的头发，妈妈决定一个人给她洗。

仔仔的头好沉呀，妈妈用一只手勉强把它托起来。

仔仔看妈妈吃力的样子，安慰道："妈妈，你辛苦了，等你老了，我给你洗头、洗澡……"

妈妈听得感动得不知道说什么才好，刚想说些感谢的话，谁知仔仔又说："然后让爸爸抱！"

来自仔仔的"教育"

午睡后，仔仔赖在床上。她捡到一根长发，问姥姥："这是你的头发吗？"

"是呀。"姥姥不明所以。

"以后自己的事情自己干。"仔仔将头发递给姥姥。

调皮

妈妈和仔仔坐出租车出去玩。

一遇到红绿灯，车停下，仔仔便站起来，眺望前方，发现车子要启动就快速地坐下。妈妈刚想批评她，谁知小家伙转头得意地对妈妈说道："妈妈，你看我反应快不快？"

挑剔节日

一天，妈妈和仔仔坐车路过劳动公园。仔仔兴奋地大喊："劳动公园！我要去劳动公园玩！"

"妈妈答应你，五一再陪你去劳动公园玩，今天还有事，就不去了。"

"啊……什么是五一？"仔仔惋惜地问。

"五一劳动节，是劳动人民的节日。"妈妈说。

"我不要五一劳动节，难道就没有小孩儿的节日吗？"仔仔不开心地喊道。

"有啊，那是六一儿童节，6月1日。"妈妈大笑。

现学现用

早上，爸爸要送仔仔去幼儿园了，临别前，妈妈给她穿好外套、戴好帽子，亲了亲仔仔柔嫩的小脸颊，说道："再见，我的小甜心。"

"再见，我的甜心妈妈。"仔仔向妈妈挥手道别。

开心大使

一天，姥姥坐在餐桌前眉头紧锁，正发愁晚饭做点什么好吃的。

仔仔走到姥姥身边，踮起脚尖，双手抱住姥姥的肩膀，鬼马精灵地说："姥姥，你不开心时找我，我保证让你开心。"说着，她用小食指将姥姥皱起的眉捋平了。

代替者

休息日，爸爸妈妈和爷爷奶奶商量着要出门。仔仔听见高兴得不得了，大声喊道："我也要去！"

"不行呀，你得看家。"爸爸逗仔仔。仔仔顿时神情凝重，眉头紧锁，眼睛有些微红，但她思考了几秒钟后，对爸爸说："爸爸，爸爸，听我说哈，我知道了，不用我看家，我们可以养只大鹅，让大鹅看家！"

"哈哈！是谁告诉你用大鹅看家的？"爸爸哭笑不得。

"爷爷呀！"仔仔得意地说。

姐妹聊

晚上，妈妈和仔仔走在回家的路上。家楼下的路灯都坏了，不远处有一辆私家车开着远光灯。

妈妈心疼仔仔，抱起她说："我抱你吧，眼睛别被车灯晃到了。"

"谢谢你，妈妈！我以后也会好好照顾我的宝宝。"仔仔高兴地说。妈妈惊呆在那里，一时不知道该说点什么。

"但是妈妈，我照顾我的宝宝，你怎么办呢？"仔仔急急地问。

"妈妈帮你照顾呀，你还什么都不懂呢。"妈妈笑着说。

"哦，对啊，我是新的呢！"仔仔如释重负。

育儿遐思之十八

用爱维权

从小到大，感受最深的一次"3·15"是我念高一的那年。

二十年前，我第一次离开家门，到本市省级重点高中读书。临开学的前几天，母亲细细地为我准备行李，厚厚的棉被、换洗的衣服、爱吃的零食……可谓样样齐全。可唯独少了一件硬货——学英语用的随身听。因为不能把家里的录音机搬到宿舍，母亲决定带我到商店买一部随身听。那个年代，随身听已算是顶级设备，当时市面上还没有MP3，也不像如今一部智能手机就可走天下。

看着商店柜台里琳琅满目的随身听，我一眼就相中了一款磨砂面的、银白色的造型充满科技感的松下牌随身听，可一看价钱竟然要一千八百元！当时母亲一个月的工资才八百元！我不敢向母亲提出这种不符合实际的要求，却又爱不释手地摩挲着它，试听了一遍又一遍，始终不舍得放下。

一直默默站在我身边的母亲，看到了我眼里的欣喜与不舍，轻轻地对我说："喜欢就留下吧，能用它把英语学好，也值了。"说完，母亲转身去交钱。我兴奋极了，爱不释手地摸着灯光下那银白色的磨砂面，如获至宝。

谁知一天早上，我像往常一样地操作，可它却没有了声音。这才多久呀，用了不到十天，竟然坏了！我慌了神，借了同学的电话卡，跑到校园电话亭给母亲打电话，刚一接通，我就忍不住伤心地哇哇大哭起来。母亲吓得直问我发生了什么事，等知道了原委后，如释重负地对我说："吓死我了，我以为你在学校被人欺负了呢。带着随身听，在教室里等我，下午我到你们学校去。"下午，母亲骑车赶来，没说几句话，便拿着随身听急匆匆地走了。

几天后的一个下午，正在自习的我被老师叫到走廊。我正纳闷，一出教室门，竟看见了母亲手里拿着随身听在等我，满脸兴奋。原来，那天下午母亲拿着坏的随身听去柜台前退换，可是人家以过了七天退换期为由，拒绝退换。母亲气不过，和店员讲理，说没用到十天就坏了，质量绝对有问题。他们僵持不下，母亲就一直站在柜台前，直到商场关门才走。第二天下午、第三天下午……母亲每天下午都去和店员讲理，后来一个好心的店员告诉母亲，明天是 3 月 15 日，是国际消费者权益日，不然试试向商场领导反映一下吧。

3 月 15 日下午，母亲走进商场领导办公室的大门，动之以情，晓之以理，最后说如果仍旧推脱不解决，她就要到市工商局反映情况。最后，经理给母亲换了一部索尼牌子的新随身听，外形、颜色都是我喜欢的。

这下我才知道，母亲为了我的宝贝，不仅上了火、没睡好觉，还奔波了好几天。平日里，母亲为人和善，印象中从未与人争吵过，但她为了女儿，怎么都咽不下这口气，执着地要求对方换货。

一晃这么多年过去了，随身听早已被时代淘汰。但那随身听仍被我珍藏在抽屉里，每次打开书柜抽屉，我看到它，仿佛看到了当年还年轻的母亲，为了女儿，用自己的爱维护了权益。

第三章

叛逆小娃初显现

画／梦禅

仔仔四岁

叫板

晚上八点半。

"今天回来太晚了，时间来不及了，我们不做游戏题了，快睡觉。"妈妈的嘴像机关枪一样。

仔仔有些生气，一脸不高兴："哼，来不及也得做。"

"八点半了，要熄灯睡觉了。"妈妈说。

"为什么八点半要熄灯！"仔仔不服气。

"因为这是我们家的规矩，八点半必须睡觉！"妈妈厉声喊道。

"这是外面的规矩，我才不要呢！"仔仔气急败坏。

"不"字当头

早上起床，妈妈对仔仔说："Good morning。"最近妈妈在教仔仔学英语，总想利用零碎时间帮她复习。

"不Good morning！"小家伙漫不经心地说道。

下午，妈妈说："Good afternoon。"

"不Good afternoon！"仔仔瞥了妈妈一眼。

晚上，妈妈说："Good night。"

"哼，不Good night！！"仔仔喊道。

几个回合，妈妈败下阵来。

"哼"字挂嘴边

仔仔不喜欢学英语，明明会的单词，却装作不会。一天，妈妈拿起苹果对仔仔说："Apple."

仔仔把嘴一撇，斜眼瞅了苹果一眼："哼，apple 什么 apple，你说的我都听不懂。"

"Pear." 妈妈又拿起梨。

"哼，pear 什么 pear，我才不说呢！"仔仔把头扭到一边，以示抗议。

"Banana." 妈妈手里多了一个黄色的香蕉，在仔仔眼前晃来晃去。

"哼，banana 什么 banana，不知道你在说什么。"小家伙一脸冷漠地走开了。

貌似关心

妈妈打开了一袋坚果，拿出了几颗放进碗里，递给仔仔。怕她吃多肚子疼，妈妈只能给她少食多餐。

"哎？这么少呀。"仔仔有些不满意。

妈妈解释："过一会儿再吃呗。"她随手把一个坚果扔进自己嘴里，"吃多了不好消化。"

"妈妈，你牙不好，不能吃硬的。"说完，仔仔抱着碗走开了，甩给妈妈一个小小的背影。

妈妈纳闷：谁说我牙不好的？

冷与不冷

初春的早上，妈妈把卧室窗户打开换气，她感到有些凉意，就嘱咐仔仔不要到卧室去玩，说完就去厨房了。不一会儿，她看见仔仔跑进卧室，靠在窗边玩起了玩具。

"你冷不冷呀？窗开着呢。"妈妈关心地问。

"不冷，你一来，我就冷了。"仔仔幽幽地说。

闻不到

晚上睡觉前，妈妈给仔仔摘头绳。

妈妈闻了闻仔仔的头发，感到奇怪，说："昨天才给你洗的头发，这怎么又酸了？"

"你鼻子坏啦！"仔仔不服气地喊道。

自以为是

晚上，妈妈正搂着仔仔，给她讲故事。

"小熊看着眼前的蜂蜜……"妈妈绘声绘色地读着。

"妈妈呀，我都知道。"仔仔不耐烦地说。

"你都知道啥？这是一本新的故事书。"妈妈看着仔仔不屑的神情，有些生气。

"我当然都知道了，因为我全脑开发了。"仔仔神气地说。

花样漱口

仔仔太喜欢刷牙了。因为小牙刷可以很神奇地变出很多泡沫。她拿着"袖珍"牙刷左刷刷，右刷刷，不一会儿就满嘴都是泡沫。这时，小家伙会跑到客厅，对着镜子照照。起初，即使她的牙膏泡沫掉在了客厅地板上，看在好奇心的份上，妈妈容忍了下来。可慢慢地，妈妈发现，她刷牙越来越慢，越来越过分，刷牙已经成为她的一项娱乐活动，总是延误去幼儿园或是睡觉。

"你刷完了吗？"妈妈催促。

"没有呢。"如两勺糖甜度般的回答。

"OK 了吗？"过了几分钟，妈妈又问。

"没 OK。"如一勺糖甜度般的回答。

"行了，别刷了，你太贪玩了。"妈妈有些生气，夺走了仔仔的牙刷。

"我给你检查一下。"妈妈给仔仔补刷了很多下，尤其是咬合面。

"可以了，赶紧漱口吧。"妈妈松了一口气，仿佛一项艰难的工程终于完工。这个时候的仔仔乖得像一只小猫咪。可这只"小猫咪"经常不听话。要说刷牙环节妈妈可以催促，或是代劳，可漱口环节妈妈可真是什么忙都帮不上了。

仔仔个子矮，够不到洗手池。妈妈担心活泼好动的她踩着板凳漱口会不小心摔下来，于是就把脸盆放到坐便器盖子上，让她在脸盆旁接着漱口。

小家伙趁妈妈不注意，含了一口水放在嘴里，然后放下漱口杯，双手向后方举起，使劲儿地吐出一股水流，大声喊道："逮！妖精！看我不把你们冲得稀巴烂……"（动画片《葫芦兄弟》里的台词。）原来，她是在学葫芦娃喷水。妈妈哭笑不得，但为了赶时间，也不得不打断她的角色表演。

可她总是花样百出。时而把漱口水加大射程，喷向坐便器冲水按钮，时而瞄准盆里的牙膏泡泡，用嘴里的水把泡泡打碎……凡此种种，虽不相同，但各有乐趣。然而，挨了批评甚至是被揍屁股后，她又时不时偷偷地用小手指头去戳破牙膏泡……

本以为经过反复的教训，仔仔会"改邪归正"，可她趁着妈妈不注意，又绕着脸盆边打圈吐水……有时几项新发明的技能竟然反复叠加使用！经过好几个月的反复磨合，妈妈还是败下阵来，被折腾得筋疲力尽，直到她大喊罢工，仔仔才乖乖投降……

晴天的打算

星期天清晨，仔仔醒来。她看看妈妈，又看看窗外。

"你看什么呢？"妈妈看她一脸兴奋，觉得有些奇怪。

仔仔眉飞色舞地说："妈妈呀！今天是最美好的一天！阳光明媚，没有雨，可以去动物园啦！"

在美味面前

星期天，爸爸做了仔仔和妈妈爱吃的蛋炒饭。

"爸爸，这个太香了！"

"这个是我最爱吃的饭！"

"爸爸，我还要吃更多的饭，真是太好吃了！"仔仔尝到美味后高兴得像只小燕雀，叽叽喳喳吵个不停。

"爸爸的食物分你一半。"爸爸高兴地连忙把自己碗里的蛋炒饭分了一些给仔仔。

"谢谢爸爸！"小燕雀欢快地叫着。

"另一半给妈妈。"爸爸补充。

"爸爸，你辛苦啦！"小燕雀笑成了一朵小花。

日常游戏

晚饭，爸爸妈妈边吃边讨论一个话题，仔仔吃完却不肯自己玩，缠着妈妈不让他们聊天。爸爸灵机一动，发出了仔仔平时害怕的老虎叫声："嗷呜——嗷呜——"仔仔害怕地躲进妈妈怀里。

爸爸见她一脸害怕，便俯下身子问："你有勇气从我身边跑过去，找你的'魔法棒'，打败'大老虎'吗？"仔仔想都没想，急忙挣脱了妈妈的怀抱，在"嗷呜"声中，从"大老虎"身边跑到了书房，翻箱倒柜起来。

爸爸成功地把"小电灯泡"引开了。可就在妈妈和爸爸讨论得正起劲儿的时候，仔仔带着她的"魔法棒"（玩具）回来了！她拿着魔法棒学着动画片里的样子，用"魔法"向爸爸展开了猛烈地攻击，嘴里还不停地喊着"用魔法打败你！"最终，爸爸投降了，假装很虚弱的样子。仔仔连忙把"魔法棒"藏到身后，用小手抚摸爸爸的胳膊，心疼地看着爸爸。

醉翁之意

前些日子，大姨奶在家休养，很长时间没有到奶奶家做客了。仔仔见大姨奶来了便高兴得手舞足蹈，一个劲儿地缠着她问东问西，还让她陪着玩玩具。

"大姨奶呀，你今晚别走了，在我奶奶家住吧，我也在奶奶家住。"仔仔眉飞色舞地说着。

"为什么呀？"大姨奶纳闷。

仔仔一脸坏笑道："不然，我爸爸妈妈不同意我在这儿住！"

隔人传话

妈妈正收拾桌子，一个纸球随手被妈妈投向垃圾桶，可偏偏不巧，纸球打到了桶边，弹了出去。

"呀！竟然没扔进去，把拔（爸爸）！"站在妈妈身旁的仔仔朝着爸爸叫道，她双手叉腰，假装生气地把眼睛眯成一条缝儿看着爸爸。

"你说我干什么，这个是妈妈扔的。"爸爸满脸委屈，转身瞅瞅纸团示意这事儿和他无关。

"我知道，我说你，就直接传过去了。"仔仔嘿嘿一笑，用小食指比画着，隔空把爸爸和妈妈连了起来。

仔仔的厨艺

晚上，爸爸做了妈妈最爱吃的西红柿炒面。淡黄筋道的手擀面被酸甜可口的西红柿酱汁浸得软糯香甜，再加上甜嫩的洋葱、香软的鸡肉粒……

"太好吃啦！"仔仔忍不住大喊，小葡萄眸子一闪一闪。

"你要不要学做饭呀？以后爸爸不在身边，你可以自己做着吃。"爸爸认真地看着仔仔。

"当然要学了。"仔仔狼吞虎咽地吃了一口炒面。她嚼着美味，含糊不清地说："等你们老了，我给你们冲奶。"

妈妈最爱记心中

超市里，一家三口正在买酸奶。突然，超市里换了一首美妙的音乐。"妈妈，快听，你最爱的歌。"仔仔喊道。

妈妈仔细一听，果然是。

反转剧

睡觉前，妈妈要给仔仔换睡衣。可仔仔在床上跑来跑去戏耍妈妈，嘴里还不停念叨："你来抓我呀，你来抓我呀……"妈妈面带愠色，没有说话。一旁的爸爸冷着脸色严肃地对仔仔说："你要是再淘气，爸爸就……"

妈妈还以为爸爸要帮自己，可谁知阴天忽然转晴。"就亲你一口！"说着，爸爸捧起仔仔小脸亲了一下。仔仔连忙欢呼："好开心呀！"两只小手还不停地像翅膀一样来回扇动。

妈妈被晾在一旁，呆若木鸡。

舍不得

一天，仔仔站在床边。

"我要长这么高。"她拉着妈妈的胳膊，神气地在妈妈怀里比量着。

"好，等你上初中了，就能长这么高了。"妈妈说。

"那我上初中了，你去哪儿了？"仔仔突然问。

"我？就老了……"妈妈突然惆怅起来。仔仔眼睛一下子红了，大声对妈妈说："啊？我不要你老！"

育儿遐思之十九

母爱不曾老去

星期天，我去同学家聚餐。同学的姥姥也在，我们准备饭菜时，八十多岁的老太太也要过来帮忙。同学的母亲赶紧把她拉了出来："哎呀，你把自己照看好就行了！万一你摔倒了，我们还得照顾你！"老太太什么都没说，慢慢转身进屋了。但我清晰地看到她脸上的失落，这一幕似曾相识，让我愣在那儿，想起了自己的姥姥。

从小，我在姥姥膝下长大。姥爷离去后，姥姥和我们一家三口住在一起，说是祖孙，其实，有时也像母女一般，我就是她的小小女儿。

那天下午，母亲给姥姥晒好被子后到厨房做晚饭，随手在柜子里拿出一个盘子，刚想盛菜，定睛一看，上面竟然沾着细碎的韭菜叶。母亲随手放入水槽，又拿出一个，再一看上面又有少许已经干掉的饭渍，她再换，还是如此，后来发现碗也没刷干净。眼看水槽一时间多出了那么多盘子和碗，母亲顿时烦躁起来，想起之前是姥姥刷的碗，于是皱着眉头，大声地对姥姥喊道："妈，我这一天天收拾家都收拾不过来，你就别再给我添乱了。你中午的碗都没刷干净，我还得重刷啊！"

厨房外的姥姥愣了一下，神情尴尬地看了看我，缓缓走进厨房，靠在水槽边，用干枯的手拿起一个白瓷碗，朝着窗户光亮处眯着眼睛看了一会儿，叹了口气，缓慢且哀伤地说："唉，人老了，看不清了，不中用了。"说完便转身离开了。我站在这个哀伤的老婆婆身后，看着那佝偻的背影，一时语塞。母亲也意识到了自己不应该那样心直口快，她对我使眼色，示意我哄哄老人家。我远远地看着八十多岁的姥姥，干枯瘦弱的身体随着一前一后的脚步在微微地颤抖，满头的银发在夕阳的照耀下显得格外刺眼。

　　记得那次，我在卧室里偶然望见姥姥正在卫生间里弯着腰，蜷缩在那儿，头低得很低，快要贴到地面上了。我愣了，想喊她，问她在干什么呢，可我定睛一看，原来她一只手拿着抹布颤颤巍巍地擦着卫生间的地面，擦完后另一只手吃力地按着坐便器，借力让沉重的身子直立起来。最后，她缓慢地走到洗水盆边洗手。看着姥姥衰老瘦弱的身影，仿佛一棵干枯的老树在狂风中挣扎。听着自来水哗哗流淌的声音，我的喉咙仿佛被人扼住，鼻子发酸，泪水不受控制地淌了下来。我不禁感叹岁月无情易逝，心中万般不舍，也为姥姥的老去无能为力而深深难过。

　　看着同学姥姥蹒跚的背影，我突然领悟到，也许我们都不曾及时地察觉到家里老人的失落与苍凉，但无论我们多大年纪，哪怕如今我已而立，母亲已到知天命的年纪，姥姥她始终把我们当作孩子，总想为我们分担生活中的辛苦，她就像一盏油灯，默默地耗尽自己，为我们照亮前行的路。

　　回到家，看见夕阳温暖地洒进床边，姥姥安详地坐在那儿等我回家。或许她正在回忆中睡梦昏沉，可是，一听到孩子们的脚步声，她仿佛惊醒一样，身上一抖，浑浊的双眼变得熠熠发光。

　　一年四季，姥姥目送我早上走出家门，晚上必定会在门边等我，等她的小小女儿准时回家。

　　有母亲在，真好！

实事求是

"你之前不是答应要请我吃比萨吗？都这么长时间了还没请呢。"大姨奶逗仔仔。

"是呀，是呀。"仔仔一脸尴尬又带着些许焦急。

仔仔向大姨奶两手一摊，满脸无奈地说道："但现在是疫情，出不去啊！"

仔仔的关心

早上，妈妈照顾仔仔吃饭。她把粥给小家伙盛好，又加了一些蔬菜，剥好了鸡蛋，掰了一半，露出了金黄色的蛋黄。准备好一切，她让仔仔先吃，然后跑到卫生间去洗漱了。

妈妈洗漱完毕，尝了一口自己碗里的稀饭，发现有些凉了，自言自语地说："呀，凉得这么快呀。"

"妈妈，你别吃凉的。"仔仔摸摸妈妈的手。

"好的，谢谢你。"妈妈笑。

"不用谢，我不是爱你吗？"仔仔一脸认真。

吃货一枚

晚上，妈妈领着仔仔走在回家的路上，一阵烤地瓜的香味飘来。"啊，好香呀！我好像闻到了烤地瓜的味道。"妈妈开心地说。

"我也是耶！"仔仔有些兴奋。走了几步，仔仔突然对妈妈说，"妈妈，我们的生活太幸福了，但就是有一点点不幸福。"

"为什么有一点点不幸福？"妈妈纳闷。

仔仔摇头不语。妈妈又问，她还是摇头不肯说。过了许久，妈妈再问，仔仔一脸不好意思地说："就是没吃到那个烤地瓜，所以感觉有一点点不幸福。"

原来如此

仔仔爱吃蓝莓，爸爸给她买了一大盒。洗好后，一颗颗蓝紫色的大粒蓝莓诱人地向仔仔招手，小家伙欢快地享用着美味。爸爸看着仔仔开心的样子，想要逗一逗她。

"哎呀，我的手好疼呀，我得吃点蓝莓补一补呢。"说着，爸爸拿起几颗蓝莓放进嘴里。仔仔连忙走到爸爸身边给他揉手。爸爸有些感动，但突然觉得有些不对劲，便问："你是心疼蓝莓，还是心疼我？"

"心疼蓝莓。"仔仔目不转睛地盯着蓝莓，脱口而出。爸爸被噎，呆在那里。一旁的妈妈则笑得前仰后合。

问主任

晚上睡觉前，仔仔鼻子又不通气了。妈妈记得小儿推拿的主任医师说，揉按迎香穴可以缓解鼻子不通气的症状。于是妈妈和仔仔商量，要揉一揉她的小鼻子。

妈妈揉了好久，可小鼻子还是不通气。仔仔难受极了，气急败坏地嚷道："怎么不好用啊！你问问主任，是不是你手不好用啊！"

又问主任

仔仔腺样体肥大，奶奶陪着她去做小儿推拿。做完以后，主任在小家伙的鼻子里抹上了药膏。回家的路上，仔仔感觉嗓子很辣，紧张地问："奶奶，我嗓子突然好辣呀！是不是鼻子里的药膏化了，然后流进嗓子里了？"

"可能是吧。"奶奶说。

仔仔一脸惊慌地说："不行啊！我得去问问主任。"

睡前斗争

晚上，仔仔又淘气，不肯睡觉，仍缠着爸爸玩。

"快去睡觉吧。"爸爸催促。

"我不嘛——"仔仔嬉皮笑脸地撒娇。

"早点儿睡，我们明天早上起来再一起玩。"爸爸安慰她。

"再等会儿——"那调调像含着棒棒糖一样甜，她仍漫不经心地盯着爸爸的手机。

"到睡觉时间了，你快点儿回去睡觉，别磨蹭！"妈妈见仔仔半天不动弹，就着急地把她从书房拖回了卧室。

"哼！"仔仔满脸不情愿，嘟嚷个小嘴，表示抗议。

"爸爸妈妈都是为你好呀，得早睡觉，长身体……"妈妈又开始唠叨了。

"哼，我才不在乎呢。"仔仔气急败坏地打断妈妈。

分不清真假

仔仔仍旧不爱吃青菜，所以便便的时候肚子疼。她坐在自己的"鸭鸭"坐便器上，疼得咬牙切齿。姥姥见了，心疼地蹲在一旁陪着她。

"使劲儿呀！嗯……嗯……"姥姥在帮仔仔使劲儿。

"姥姥，你可别拉出来了！"仔仔瞪大眼睛惊恐地说。

谦让

早上，仔仔吃饭又开始磨蹭了。

"咱们三个人比赛吧。"为了让她快点吃，妈妈决定用比赛激励她。

"第一名奖励三个杏干，第二名奖励两个杏干，最后第三名只奖励一个杏干。"妈妈边吃边说。

"啊！三个杏干？"仔仔惊讶。之前怕她的小胃口不消化，妈妈从来一次只让吃一个的。

"是呀，谁第一名谁吃。"妈妈得意地说。仔仔立刻加大马力，瞬间将自己碗里的蛋炒饭一扫而空。"真好吃！"她用纸巾擦了擦嘴，还不忘夸奖爸爸的厨艺。

"呀！仔仔今天早上吃饭竟然是第一名呀！"爸爸一边假装惊讶，一边对妈妈使眼色，示意她鼓励一下小冠军。

"不错。第一名奖励三个杏干。"妈妈爽快地挑了三个又大又饱满的杏干放进一个干净的碗里，递给小家伙。

"哈哈哈……"小冠军乐得手舞足蹈。

不一会儿，爸爸也吃完了，妈妈却仍沉浸在蛋炒饭的香糯之中。"我最后一名，只有一个哦，刚才吃饭应该快点的。"妈妈惋惜地自言自语，但她说话的时候却又看着仔仔。都到这个时候了，妈妈仍趁机引导仔仔要快点吃饭。

仔仔见妈妈一脸伤心的样子，毫不犹豫地从自己碗里拿出一个杏干放到妈妈碗里："妈妈，你吃。"

妈妈看着宝贝小棉袄的脸颊上写满了认真和心疼，忍不住流下泪来。

热心小女子

星期天，仔仔和姥姥在广场上玩，认识了一个小弟弟。小弟弟活泼可爱，和仔仔成了好朋友。他跑来跑去，突然摔倒，又跟跟跄跄爬起来，却没有哭闹。

仔仔赶紧跑上前，扶着小弟弟的胳膊，向他竖起大拇指说："你真棒！"

想招儿

周末，奶奶拒绝了朋友的搓麻邀请，决定在家陪仔仔玩，但她想逗一逗仔仔。

"哎，就为了照顾你，奶奶的朋友约打麻将都不能去呢。"奶奶假装向仔仔抱怨。

"没事，你让你那些朋友来咱家玩呗！"仔仔眉飞色舞地说。

小助手

一天，妈妈在摇椅上工作。她伸出一只脚时不时蹬着地板，好让摇椅来回晃动，手却快速地在笔记本电脑上敲打着。摇晃了一会儿，妈妈有些累了，她收回了腿，摇椅很快就停了。一旁玩耍的仔仔默默地来到妈妈身边，用两只白嫩细长的小胳膊，让妈妈的摇椅重新摇晃了起来。

及时的建议

星期六，仔仔一家三口到姥姥家聚餐。姥爷高兴，拿出了一瓶陈年好酒，但不知道为什么，姥姥喝了一口，觉得辛辣无比，于是大家都尝了一小口，果然很辣。"这个酒太辣了，不能喝，咱把杯里酒都倒了吧。"姥爷说完就琢磨着喝点什么好呢，坐在一旁很久没说话的仔仔突然指了指餐桌对面窗台角落里的一瓶红酒说："你们喝红酒呀。"

奇怪的词汇

休假，爸爸妈妈带仔仔去外地游玩。飞机晚点，等了很久都没有起飞。"飞机什么时候能飞呀？"仔仔有些兴奋又有些焦急。"快了，飞机晚点了。"妈妈解释。"哦，我知道了，我们是不是堵飞机了？我说得对吧？"仔仔笑着得意地说道。

劝告

爸爸、妈妈和仔仔旅行结束了，他们一下飞机，就直奔奶奶家吃晚饭。一进门，仔仔就兴奋地对奶奶说："真的太好玩了！"一旁的爸爸妈妈满脸疲惫。要知道，带仔仔出门旅游，真是太累了。一路上不仅无心看风景，而且需要一直盯着乱跑乱跳的仔仔，生怕一眨眼便出现危险，而且他们大晚上到了目的地都没顾得上去酒店办理入住，而是直奔医院！小家伙一上飞机就高烧呕吐，他们只能在酒店里住上好几天，想想都是血泪史。但爸爸妈妈却不后悔，他们觉得只要一家三口能在一起，再累也要把仔仔带在身边。

"可是，奶奶你可千万别去南方呀，我的小辫儿都捏出水了，太热了！"仔仔眉飞色舞地和奶奶说着，完全忘记了之前生病难受的事。

育儿遐思之二十

有缘千里来相会

仔仔未降生到我家之前，我和先生喜欢趁着假期到处走走。那年，恰逢十一国庆，我和先生一路南下，体验了一番江南鱼米之乡的风土人情。我们看了黄浦江、周庄、苏州园林、杭州西湖、乌镇、黄山、千岛湖……如今，多年过去，让我难忘的不是那些风景，而是他们。

一天晚上，我们抵达苏州，风尘仆仆地赶去松鹤楼。可一楼散台已被一位过生日的老人包场，而二楼包间最低消费标准为一千元。我和先生走出饭店，站在门口，失望地想该怎么办。这时，迎面走来了一对中年男女，他们也进了店，又退了出来，驻足在门口。

那个男人个子不高，中年发福，一双小眼睛炯炯有神，透出一股精明劲儿。身旁的女人满脸温和，眼睛明亮，衣着朴素却大方得体。我脑子里突然有了一个大胆的想法，我怕这对中年男女马上离开，没顾上和先生商量，便小跑几步走到那男人身边说："大哥，你好，你们也是来吃饭的吧？我们也是。一楼满了，但二楼有最低消费，不如，咱们一起拼一桌？"中年男人先是一愣，看了看身边的女人，问："你们是来旅游的吧？"

我先生笑着对他说："是呀，我们就在苏州待一晚，特意来这家店，想尝尝特色，没想到这么火，一楼散台被包场了。"

"哎呀，我们也是来旅游的，明天就走了，也很想来这家店尝尝，那就一起吧！"男人爽快地笑，他身边的女人直点头。

这时，又来了一对小情侣。正当他们满脸失望要离去时，中年男人叫住了他们："一楼被包场了，刚刚我们两家恰巧碰上，打算一起拼一桌，不如你们也一起来吧！这样我们 AA 制，六个人可以平摊一下最低消费。"小情侣有些犹豫，中年男人笑着补充，"我们可以各点各的。"年轻情侣看到这种饭局组合，虽觉得不可思议，但又抵挡不住美食的诱惑，便答应了。

就这样，我们六个人，互不相识的三家，竟然像朋友聚餐一样，一起到了二楼包间。传统圆桌包间，干净、亮堂，清新的南方小曲盈盈环绕在空气中，在淡黄色的灯光照耀下，白瓷器和水晶高脚杯显得精致透亮。

我们都很有默契地将主座位置留给了年长的夫妻，而我们两家年轻人则围坐两旁。大家看着精美的菜谱，既想吃这个又想吃那个，便开心地一致决定点一桌子的菜，共同品尝，费用平摊。

不一会儿，松鼠鳜鱼、清炒虾仁、东坡肉、响油鳝糊、蟹粉豆腐、银鱼莼菜汤和黄酒，就全都上齐了。女士们忙着给美食拍照、发朋友圈，男士们忙着给大家倒酒，好不热闹。

品尝美食之时，觥筹交错之间，我们彼此介绍自己。中年夫妻来自深圳，家里经商，有一儿一女，女儿已经出嫁，儿子正在念大学。年轻情侣是一对新婚夫妇，与我和先生年龄相仿，他们都是公职人员，住在临近苏州的无锡。只有我们是土生土长的东北人。

我们忘记年龄与身份，以兄妹相称。席间，聊起了彼此的家庭、生活和工作。大嫂不仅对生活颇有情致而且举手投足间甚是温柔贤惠，大哥则是豪爽健谈，言语中难掩爱子顾家之情，让我们这两对刚成家的年轻人很是钦佩、美慕。我们三家人，分别来自祖国的北、中、南，恰好连城一条线！

柔和温暖的灯光下，我们彼此不扭捏，不疏离，互相真诚地吐露心声，仿佛已是相识多年的老友，远来相聚。欢快温馨的氛围中，我们相谈甚欢。看着那一张张好似相识的面庞，我们忘记了年龄差距，放下了生活琐碎，只留恋于眼前相识的快乐。

临别前，我们互留电话微信，相约下次相聚。那年，我们因美食而结缘，因松鹤楼而结缘，我们的友谊真实地印证了——千里"友"缘。

后来，我们成了终生难忘的朋友。美好的友情因缘分使然，跨越了空间，穿越了人山人海，相聚到一起。纯洁的情谊也因真情实意而飞跃了时间，它如同深埋树下的多年陈酿，香气四溢，回甘悠长。

反杀 1.0 版之幼儿园运动会

妈妈给仔仔准备了美味松软的小蛋糕，嘱咐她要拿给班上的老师尝尝，然后自己才能吃。小家伙像小鸡啄小米一样直点头。

妈妈以为她一定会做得很好，可谁知，运动会结束后，妈妈问了仔仔才知道，她只给一个老师尝了。妈妈有点儿生气，告诉仔仔不应厚此薄彼。她吓唬仔仔，你给这个老师，不给那个老师，万一没给的老师生气了怎么办，仔仔听后沉默。

晚上，爸爸在厨房里准备第二天去动物园喂山羊的胡萝卜。

仔仔说："妈妈，你让爸爸多准备一些。"她一脸认真的样子。

"为什么呀？两袋应该够了。"妈妈纳闷。

"我们每一只羊都得喂！"

"那怎么行啊！喂不过来……"

"哎呀，妈妈！我们每一个都得喂，你不是说给老师分蛋糕，每个老师都得给吗？那我们喂羊也得每一个都给，万一给了这个、不给那个，它们生气怎么办？"

妈妈一时语塞，不想告诉她关于人和动物是不一样的，不然又要开启新的一轮"为什么"，想想都觉得好恐怖。

反杀 2.0 版之画画

周末，仔仔缠着妈妈画画，妈妈不会，只能勉强上阵。

"妈妈，你画的这只小兔子，怎么不像呢？"仔仔笑道。

"妈妈画得不好，小时候虽然很喜欢画画，但没有学过，妈妈有些伤心。"妈妈装作一脸委屈，一旁的仔仔见不得妈妈伤心，就用小手来回抚摸妈妈的胳膊，表示安慰。

"妈妈送你去学画画怎么样？你学会了教妈妈。"突然，妈妈转悲为喜，一脸坏笑。

"妈妈，你是不是在老大徒伤悲呀？"仔仔问。

妈妈无语。

反杀 3.0 版之唠叨

仔仔又不听话了，妈妈忍不住多说了她几句。

"妈妈，你别再唠叨了。"仔仔皱着眉头表情痛苦地说。

"我那是唠叨吗？我不是为你好吗？"妈妈有些生气，心想：四岁就开始嫌我唠叨了！

"我对你，你对我，都只说一次就行了，好吗？"仔仔看着妈妈认真地说。

反杀 4.0 版之出去玩

星期天，爸爸加班，妈妈做家务。仔仔无聊地在客厅里走来走去。

"仔仔，你去看会儿书好吗？"妈妈在卫生间洗衣服，突然探出头来对仔仔说。

"唉！这么好的天，不带孩子出去玩，太可惜了！"小家伙皱着眉头，一脸愤慨的样子。

"哈哈，去哪玩呀？"妈妈忍不住笑了起来。

"你去查查百度呀！"仔仔生气地说。

另想办法

晚上该睡觉了，可仔仔仍缠着爸爸玩手机。"我答应你，明早起来可以玩一会儿。"爸爸说。

"那我们定明早六点的闹钟，叫我起来吧。"仔仔兴奋。

"那可不行，大周末的，不允许定六点的闹钟！"妈妈严肃地说。

"那我们得养公鸡了。"仔仔皱着眉，一脸失落。

"为什么呀？"爸爸妈妈异口同声地问道。

"你不让用闹钟，那我就养只公鸡，让它六点叫我起床。"仔仔一脸认真。

都不容易

一天，妈妈看着长大的仔仔和爸爸感叹时间过得真快。

"妈妈把你塞回肚子里，好不好？"妈妈逗一旁的仔仔。

"不好！"仔仔一脸坚决。

"为什么呀？"妈妈笑。

仔仔撇着嘴说："妈妈好不容易把我生出来了，我也好不容易出来了，我才不要再回去！"

别样"台阶"

星期天，妈妈在写作。仔仔跑到妈妈身边，争着抢着非要按几下电脑键盘。

妈妈眼睛盯着电脑，沉浸在创作的快乐之中，小声嘀咕着："啧，别动了，我打的字会被你弄没的。"

可仔仔不听，仍旧捣乱。

"哎，别按呀！"妈妈提高了嗓音。仔仔不依不饶，强行爬到妈妈的腿上，用身体挡住妈妈的视线，模仿妈妈的样子在键盘上一阵敲打。一瞬间，妈妈写的豆腐块变成了豆腐渣。她生气地把仔仔从腿上赶了下去，怒气冲冲地吼道："你怎么回事，好好跟你说，不能听话吗？非得吼你才能听话吗？"

仔仔也生气了，哼的一声头也不回地进了书房，"嘭"地一下关上了门。

仔仔做得不对，竟然还关门！妈妈生气地把仔仔的"恶行"告诉了爸爸。后来他们聊着聊着，开始有说有笑，完全忘记了那个关门生气的小家伙。

正当他们说到开心的时候，突然，仔仔把门打开了一条缝，一只带杆儿的气球突然钻了出来，气球淘气地上下晃动，想要引起爸爸妈妈的注意。

"哎呀！这是谁的气球呀，这么漂亮呀！"妈妈抬高嗓音，假装吃惊的样子。

"是我呀！"仔仔打开门，手里拿着气球，蹦蹦跳跳地跑出来，眉开眼笑。

恍然大悟

晚上，仔仔留宿在姥姥家。半夜，她突然大哭起来。

"你得坚强呀，不能再哭了。"姥姥抱着她哄了很长时间。

"呜呜呜……我坚强不起来呀！我太想妈妈了……"仔仔号啕大哭。姥姥感到很无奈，只得哄来又哄去，使出浑身解数，在折腾了两个多小时后，小家伙终于又睡着了。

第二天早上，仔仔醒来，发觉自己昨夜竟然睡着了，高兴地对姥姥说："姥姥，我坚强了！"

区别对待

晚上，一家三口黏在一起。

突然，爸爸大声喊道："仔仔快跑！"原来爸爸放了一个响屁，而妈妈却仍沉浸在看小视频的欢乐之中，什么都没有听见。

"妈妈，拜拜——"仔仔赶紧跑下床，往屋外逃去。

"哈哈哈哈……"妈妈被小视频逗得哈哈大笑，瞄了一眼仔仔，根本不明白她说的是什么意思。等到妈妈反应过来，仔仔早已站在门口了。

爸爸又喊道："妈妈注意气息！"

妈妈表情痛苦。

瞒不住了

星期天，仔仔缠着爸爸要玩积木。

"爸爸，你什么时候能玩完游戏呀，快陪我玩积木！"仔仔摇晃着爸爸胳膊，不依不饶。

"嗯嗯……嗯……"爸爸正沉浸在攻打城堡的战况之中，根本没心情陪仔仔玩积木。她乖乖地待在爸爸身边，若有所思地看着电脑。

看了许久，仔仔突然大声说："啊！我知道了！"

"你知道什么了？"爸爸被仔仔突如其来的叫声唤醒。

"你这个游戏根本玩不完，换个扑克之类的吧。"仔仔恍然大悟。

换个角度想事情

农历新年的一天晚上，妈妈在卫生间给仔仔洗脚。突然，天空中响起礼花的"嘣嘣"声。

妈妈慌乱地给仔仔擦着脚，兴奋地喊道："呀！有人放礼花了，快，快！擦脚去看礼花！"母女俩兴高采烈地跑到阳台，看到了远处绽放的五彩礼花。可还是太迟，只看到一朵礼花就结束了。

"唉！真可惜，只看见一个，是妈妈反应慢了。"妈妈自责道。

"没事，妈妈，能看到一个礼花也挺好的呀！"仔仔开心地说。妈妈见仔仔能如此想事情，便也开心起来。

仔仔的提醒

一天，仔仔缠着要妈妈画画。

妈妈难为情地说："我画什么呀？我不会画呀。"

"你随便，我最爱什么，你就画什么。"仔仔一脸讨好的样子。妈妈看见仔仔渴求的小眼神，不忍心拒绝，只得勉强上阵。妈妈画了仔仔最爱吃的蛋糕。

仔仔盯着纸上的东西吃惊地说："这是啥呀？"

"嗯……这是蛋糕。"妈妈的声音很小。

"蛋糕？没有这样的！"仔仔皱着眉头大喊。

"哈哈……"这个回答出乎妈妈的意料，她忍不住大笑。

"这个……还真像蛋糕，"仔仔赶紧安慰妈妈，"不过，妈妈！你以后出去千万别画蛋糕哟。"仔仔指着妈妈的"四不像"。

妈妈纳闷地问："为什么呀？"

仔仔感叹道："因为，真的是……太——丑——了！"

留下字据

仔仔看见邻居小哥哥有一个喷水枪，她也想要一个，于是缠着爸爸给她买。

"爸爸，你也给我买一个喷水枪吧。"仔仔撒娇道。

"好吧，那等过几天爸爸去商店给你买一个，但是你要答应爸爸，不许在家里随便喷水哟。"爸爸见仔仔乖巧可爱，不忍拒绝。

"好的！"仔仔说完就一溜烟跑到自己的桌子上，拿了一张纸，画了一只"喷水枪"，又跑回来递给爸爸："咱们说好的，不许忘！"

"吹牛"

一天，仔仔突然跑到妈妈跟前眉飞色舞地说："妈妈！你知道吗？我一口气能吃一千万朵花！"

"啊？"正在擦地的妈妈听了很是诧异，嘴巴张得老大，心想：小家伙开始学会吹牛了，得批评她！

"你知道为什么吗？"仔仔笑道。

"为什么？"妈妈耐着性子，不高兴地问。

"我吃的是西蓝花，它有千千万万朵小花，所以我能吃千万朵呢！"

"你怎么知道的呀？"妈妈眉头舒展，开心地问。

"火火兔告诉我的呀！"仔仔得意地笑成了一朵太阳花。

惆怅

爷爷奶奶带仔仔去看太奶奶。仔仔很兴奋，她很喜欢太奶奶，围着太奶奶问东问西。当她听到太奶奶总说"你大点声，我耳朵有些聋"的时候，就感到很困惑。

"你为什么聋呀？"仔仔皱着眉头问太奶奶。

"因为老啦！"太奶奶笑着说。

"我不希望奶奶也这样。"仔仔开始惆怅起来。

"你奶奶还没老。"太奶奶说。可仔仔仿佛并没有听进去太奶奶的话，仍旧沉浸在惆怅的情绪之中。

"我也不希望爷爷这样。"她皱着眉头，小声地自言自语。

育儿遐思之二十一

善心里的初心

那年，我们带着女儿去厦门参加同学会，晚上在鼓浪屿岛上闲逛。

突然，我看见一个小女孩儿在步行街上哭泣，小女孩儿和女儿差不多大，四岁左右。先生拉着女儿走在我的前面，可能是当了母亲的缘故，真是见不得哭得如此伤心的孩子。我一步三回头，想看看孩子的妈妈究竟在哪儿。

小女孩儿一边哭着叫妈妈，一边向前面的妈妈奔去，那妈妈离她只有三两步远，手里拿着一个冰激凌，转身便给了身旁的小男孩儿。原本以为小女孩儿哭泣是因为妈妈不给冰激凌吃，但那哭声撕心裂肺，那妈妈也只是回头看看小女孩，并没有安慰她。我心中的疑惑和不安在慢慢升腾，想看看到底是怎么回事。

果然，那妈妈看了一眼还在号啕大哭的小女孩儿，左手拉着身旁的小男孩儿，右手拉着一个男人，快步地走开了！那不是她的妈妈，她走丢了！

我跑到小女孩儿身边，蹲下来，问她："你的妈妈呢？"

她浑身发抖，张着小嘴，嘶哑地哭喊着："妈妈，我要妈妈……"豆大的泪珠，像断了线的珠帘，汩汩地往下淌，紧闭的双眼时不时地睁开来看看这个可怕的世界。她吓坏了，早已哭成了泪人儿，什么都说不出来。

我们一家三口围着她，任凭我怎么问，小女孩只会哭："妈妈，我要妈妈……"

我定定神，打量着她：穿戴整齐，身上的衣服不算昂贵，但也不破旧，手里还拿着没开封的玩具，想必应该不是被父母遗弃的孩子。想到这儿，我绷紧的神经终于松了，她肯定会找到父母的，只是时间问题。转念也暗暗庆幸，幸亏没遇到坏人。我连忙拿出纸巾，给她擦眼泪，又擦了鼻涕，可眼泪接眼泪，鼻涕盖鼻涕，源源不断，一大包纸巾，一会儿就用完了。

"这可怎么办呀？"见问不出什么，我有些着急。

"她父母应该不会走远，别着急。"先生安慰。

一旁的仔仔像往日一样暖心，她拉着小女孩儿的手，说："你别哭啦，这是我的妈妈，我叫仔仔，你叫什么名字？我们一起玩吧！"

女儿贴心地哄着小女孩。在"同类"的陪伴下，她哭声明显小了，也没有之前那么害怕了。

"我们在这儿等一会儿吧，没准家里人会回来找她。"我对先生说。

"好，咱们等会儿。"先生低头打量着小女孩，笑着说，"万一真是被遗弃的怎么办？"

我一时语塞。

"咱领回家，给仔仔做个伴怎么样，就当自己的孩子，再养一个，哪怕生活拮据点，也是值得的。"先生一脸兴奋。

我蹲下身子，仔细地看着小女孩儿，真是漂亮。鹅蛋脸，大眼睛，长睫毛，高鼻梁，皮肤白皙，可比女儿好看多了。

"别做梦了，赶紧想办法找到她父母吧。"我拿出一块糖塞到小女孩的手里。先生认真地说："这么等下去，也不是办法，我们还是报警吧，警察有巡逻车和播音器，会很快找到她的家人。"

先生报了警。很快，警察赶到，留下了先生的联系方式和电话，感谢了我们，最后把小女孩儿带走了。

我们继续在步行街溜达，可我的心情却不似之前那般轻松。正当我担心小女孩儿是否找到妈妈时，一辆警察巡逻的电瓶车缓缓从我们身边飞过，我定睛一看：是小女孩儿！身旁还多了妈妈和姥姥，我连忙让先生快看那辆车。

"太好了！孩子终于找到妈妈了。仔仔，出门在外要注意安全，你不能像刚才那个小妹妹那样，自己跑丢了，要跟紧爸爸妈妈。"先生高兴之余，还不忘教育女儿。

我真替小女孩儿高兴，沉重的脚步也变得轻盈了，但随即心里又像少了点什么，不悦地对先生说："那女孩的母亲真是木讷啊，怎么连个'谢'字都没有呢，警察有你的联系方式呀。"

先生目不转睛地看着前方涌动的人流，缓缓地说道："谢不谢的，不重要，重要的是，我们做了好事，我们自己开心就行。"

是呀，那个"谢"字，有那么重要吗？

记得之前，我在商场排队上厕所，眼看就要排到了，一个姑娘急匆匆走过来对我说："能让我先用吗？我肚子疼。"看着姑娘难受着急的样子，我便让了她。可她并没有谢谢我，直到离开。因为那句缺席的"谢谢"，我心里有些生气。自己好心帮人，却没得到对方的感谢。后来也时常碰到类似的事，自己好心帮忙，或行他人方便的事，对方却冷漠相待，甚至有些理所当然，让我觉得郁闷，觉得对方很是冷漠。

如今，又遇到这样的事。可听了先生的话，让我不禁思考：我为什么会动气？做好事不是应该开心吗？我为什么做了好事，帮助了对方，却要生气？难道我就是想听对方说一声"谢谢"？难道我是为了对方的感谢而去行善？还是我需要对方对我做好事的认可，对方不说一声谢，我就会改变当初帮助别人的初衷？

不，不是的，善心发起的一瞬间是美好的，初心是善意的。如果时光可以倒流，即使他人语言上没有任何的反馈，抑或冷漠相待，我想我仍会力所能及地帮助他。因为善心里的初心，就是想要帮助他人，而非等待他人的感谢或者馈赠。

巡逻车飞过我身边的那一刹，我看见了小女孩紧紧拥抱妈妈幸福的样子。那一幕，深深印刻在我的脑海里。我突然明白了：善心里的初心，是纯粹的，是不掺杂任何杂质的，是无论那人是否感谢你，你都会感受到行善的快乐与美好。这善意有着穿越时空的生命力与感染力，让它在历史长河中一代代留传至今。

互黏

晚上临睡前，仔仔又黏在妈妈怀里。妈妈抚摸着仔仔的软头发，情不自禁地自言自语："你是妈妈的小心肝儿，你是妈妈的心头肉呀。"

"妈妈，你别这么说。我觉得鼻子酸酸的。"仔仔皱着眉头说道。

"怎么了？"妈妈觉得奇怪。

"我觉得好感动。"仔仔说完，像小猫咪一样，用小脸蛋在妈妈胳膊上蹭来蹭去。

仔仔发明的游戏——双子亲亲

仔仔太喜欢看《巴拉拉小魔仙》动画片了，里面有个叫什么"双子变身"的魔法口号。小家伙一个人玩的时候，经常突然大喊："双子变身！"

一天晚上，妈妈给仔仔洗脸，看着那软嫩白皙的小脸颊，忍不住亲了一下。

突然，小家伙来劲儿了。

"妈妈！咱们来个双子亲亲！"小家伙眼睛一闪一闪、语调一升一降。

"什么亲亲？"妈妈惊讶。

"哎呀，你就听我的。我们互相亲，你嘴唇响，我也嘴唇响，我们一起！"仔仔眉飞色舞。

"你和谁学的？"妈妈诧异。

"我发明的，你听我的就行了。"仔仔一脸坚决。

"好吧……"妈妈没搞明白仔仔到底要干什么。

妈妈刚想亲一下仔仔奶油一般的小脸颊，被仔仔摇头拒绝："不对，要亲嘴。"仔仔撅起小嘴，纠正妈妈。

"好吧……"妈妈只得照做。

"啵""啵"母女俩来了一个甜蜜蜜的亲吻。

"不对！"仔仔举起小食指示意要亲成一个声儿，她斗志昂扬："双子亲亲，再来！"

这次的两个"啵"声明显要短促很多。

"不对，不是一个声，是两个声。"仔仔皱着眉头，撅着小嘴，直摇头，很不满意。

"再来！双子亲亲！"仔仔仰天大喊。看着仔仔像打了鸡血，妈妈有点发蒙。反复几次，妈妈和仔仔的亲吻声音，终于重合在一个点上。这时的妈妈早已被仔仔玩得有些缺氧。

"嗯，一个声。"仔仔鉴定完毕，满意地点点头。

突然，她大声喊道："双子亲亲！再来！"

妈妈闻声倒下。

新头衔

晚上，妈妈给仔仔洗漱。

"快点儿洗脚，我们一会儿还要讲故事呢！""快点儿，别磨蹭！""不要弄那么多肥皂泡泡，非常不好冲洗！"妈妈又开启了睡前抢时间，火急火燎的唠叨模式。

"遵命！妈妈船长！"仔仔大声喊道。

"……"妈妈满脑疑惑却也觉得喜悦，瞬间不急躁了，问："你和谁学的？"

"遵命，妈妈船长！"仔仔没回答妈妈的问题，不仅如此，她还用手在额头旁边给妈妈敬了一个礼。

妈妈索性也大声喊道："加油吧！仔仔水手！"

故事的吸引力

星期天，仔仔和爸爸一起午睡。

"爸爸，给我讲一个故事……"仔仔困得眼睛眯成了一条缝，却仍旧缠着爸爸讲故事。爸爸打开一本图画书，放慢语速，绘声绘色地讲了起来。可他才讲了个开头，就发现仔仔的眼睛越来越小，不一会儿眼皮就合上了。爸爸静静地看着仔仔，等了几分钟，确定她已睡着，便合上书躺在她身边，也打算午睡一会儿。

"爸爸，你讲完了吗？"仔仔突然睁眼。爸爸被突如其来的询问吓了一跳，小心翼翼地说："讲完了，最后他们都回家睡觉了。"

"好吧……"说完，仔仔又合上眼皮，睡着了。

混合三打

晚上，一家三口在爷爷奶奶家吃饭。妈妈看爷爷要喝凉啤酒，于是提醒爷爷太凉会伤肠胃。妈妈突然想起爸爸在刚结婚的时候特别喜欢喝冰镇饮料，结果胃疼了。于是她把爸爸当作反面教材跟爷爷说了出来。

"谁说我爱喝凉的了？"爸爸不服气地反驳。妈妈瞥了眼爸爸，慢条斯理地说："本来就是呀，你当时总从冰箱里拿饮料喝，结果胃给喝坏了。""哪有那么夸张，我是……"爸爸急着反驳。

"就是，就是，就是你不对！"奶奶突然生气地打断爸爸。

"这咋回事呀？怎么又变成女子混合双打了。"爸爸一脸无奈。

"哈哈哈哈……"妈妈笑得前仰后合。

"哎呀，爸爸呀！"仔仔拍了拍爸爸的胳膊，"你要听奶奶的话，她不是你的妈妈吗？"

"我……"爸爸刚想反驳，但突然想明白了什么，便乖乖低头吃饭了。

贴心小听众

周末，爸爸做了一桌子菜。一家三口正围着餐桌享用着美食，妈妈突然想起一件有意思的事，于是迫不及待地要和爸爸分享。她刚讲了一会儿，爸爸的手机响了。

爸爸接电话，妈妈和仔仔静静地吃饭。等爸爸接完电话，妈妈继续刚才的话题。就在妈妈说得眉飞色舞的时候，爸爸的手机不合时宜地又响了，妈妈不得不再次停下正在讲的故事。

仔仔皱着眉头，无奈地瞅了瞅爸爸，一脸不耐烦地说："哎呀，这么多事儿呀。"

接着，她换了一张小笑脸，朝妈妈拍了拍小胸脯，说："你和我说吧，我爱听故事。"

想办法

晚饭，妈妈向爷爷奶奶汇报了仔仔秋天去学前班的安排。

"呀！那这样的话，咱们9月份就不能带仔仔去洗温泉了。"奶奶遗憾地说。

"啊……那现在带我去吧！"仔仔有些着急了。

"哈哈，你看，人家安排得倒挺好。"奶奶笑。

"找大姨奶安排，她特有招儿！"仔仔眉飞色舞。

深有感触

因为疫情，仔仔好久没有去幼儿园了，她很想念老师和小朋友们。星期天，爷爷带仔仔去新隆嘉买菜，而新隆嘉正好离幼儿园很近。

"爷爷，你带我去幼儿园看看吧。"

"今天幼儿园休息呀。"

"带我去看看嘛，我就在门口望望。我太想老师和小朋友们了。"仔仔恳求道。

爷爷领着仔仔到了幼儿园门口，只见小家伙站在幼儿园的大铁栏杆门前探着头，东瞅瞅，西瞅瞅，点点头又自言自语地说："嗯，有变化呀。"

给你记着呢

父亲节那天，大姨奶应邀到奶奶家和大家一起去摘樱桃。

早上，她脱鞋进门，一不小心把墨镜摔在了地上。

仔仔嚼着面条含糊不清地说："大姨奶，墨镜没事吧？"

"没事，没事。"大姨奶笑着摸了摸仔仔的头。

上午，全家人一起摘了樱桃。中午，一起到饭店给父亲们过节。刚到饭店，大姨奶想把身上挂的包包放下，可包却淘气地刮到了墨镜，墨镜又"哨"的一声摔在了地上。

大姨奶还没来得及弯腰去捡，仔仔气得跑到她跟前直跺脚，皱着眉头一脸疼惜地说："哎呀！你看看你，摔了几次了呀！"

口头语

一天，大姨奶约好到奶奶家玩。仔仔知道后，着急相见，就想打电话催一下。

"大姨奶，你快来奶奶家吧！"仔仔奶声奶气地向大姨奶撒娇。

"我不去啦！你过来吧，来我家住吧。"大姨奶逗她。

"不行，我不能去。"仔仔拒绝。

"为什么呀？"大姨奶问。

"因为我会想爸爸妈妈。哎呀！你快来吧！我等着你哈。"

"我过去，你做什么好吃的给我吃呀？"

"哎呀，你就来吧！大姐！"仔仔急了。

"你怎么叫我大姐呀？"大姨奶诧异地问道。

"哎呀，不是真的大姐，是很无奈的意思。"仔仔皱着眉头，一脸不耐烦地解释。

溜缝

星期天，爸爸做早饭，妈妈给仔仔洗漱。

很快，爸爸拿手的鸡蛋打卤面做好了，他贴心地给妈妈拿了一袋榨菜。一家三口坐下来吃早饭。

"我来吧。"妈妈看爸爸要开榨菜，想帮他。

妈妈突然想起之前撕榨菜袋的时候，会有榨菜汁儿溅到身上，于是起身去拿剪刀。

"你去哪儿呀？"爸爸纳闷。

"我去拿剪刀呀。"妈妈说。

"哎呀，不用那么麻烦，我来撕。"说着，爸爸把榨菜袋撕开了，汤汁没有溅到身上。

"哎？我撕这个榨菜袋儿怎么就……往外溅呢？"妈妈纳闷。

"你应该这样，不能这样……"爸爸手把手教妈妈如何开榨菜袋。

"啊，原来如此。"妈妈恍然大悟。

"妈妈，你学着点哈。"仔仔认真地说。

爸爸大笑。

冷与热

星期天，妈妈带仔仔出门玩，风有些大，就赶紧把仔仔的衣服拉链又往上提了提。

"妈妈，你别弄了。"仔仔不高兴地说。

"怎么了？你不冷吗？"妈妈纳闷。

"我太热了，像火苗一样。"仔仔皱着眉头。

妈妈心想：果然有种冷叫妈妈觉得冷！

妈妈的习以为常和仔仔的大惊小怪

星期天，妈妈洗完衣服走到餐桌前，发现之前放在桌子上的西红柿不见了。妈妈刚想问爸爸，就发现西红柿已经变成小块躺在碗里了，里面还放了一个勺子。妈妈渴极了，吃了一口，很甜，而且没有西红柿皮。

"哎呀，这个西红柿真好吃！下次还得再买些。"妈妈开心地自言自语。

仔仔闻声跑来："妈妈，你在吃什么？"

"爸爸切的西红柿。"妈妈用勺子喂给仔仔一块。

仔仔小嘴嚼了嚼，一脸惊讶地说："呀！爸爸也太贴心了，帮妈妈把西红柿皮都剥下来了，还切成了小块！"

谈条件

晚上，仔仔和爸爸妈妈在奶奶家吃晚饭。仔仔埋头吃饭，竟然破天荒第一个吃完。

"我第一名耶！可以给我奖励吗？"仔仔兴奋地说。

"你想要什么奖励呢？"妈妈问。

爸爸抢先一步："奖励晚上喝口酸奶吧。"

"那可不行！这不是每天正常的事吗？！不是奖励！"仔仔有些急了。

"那什么是奖励？"爸爸瞥了她一眼。

"那……那还不得看两回电视呀！"仔仔喊道。

育儿遐思之二十二

"够意思"的爱

星期天，四岁的女儿吵着要看电视。

"仔仔，马上就要吃饭了，我们吃完饭再看吧。"爸爸和女儿商量。

"我要嘛，我要嘛！"仔仔不依不饶。

我担心女儿看了动画片不肯吃饭："不行，晚饭快好了，马上就要吃饭了。"仔仔眼睛开始微红，嘴角也向下垂——一场暴风雨即将开启。

爸爸先妥协了："那好吧，你先看一小会儿，不过等爸爸做完饭，你就要乖乖过来吃饭！"

仔仔由悲转喜，眼眸闪烁："爸爸，你真够意思！"

不一会儿，饭菜做好了，可任凭我怎么喊女儿吃饭，她都不肯。

"我们不是说好，该吃饭就过来吗？"爸爸生气地说。

"我就要看电视，不吃饭了。"女儿目不转睛地盯着电视。

"你太不够意思了！说话不算话，你要是不吃晚饭，一会儿饿了，什么零食都没有。"爸爸生气地回到饭桌。

"别管她，让她看！错过晚饭就饿着别吃。"我也生气了。

女儿仍旧盯着电视，不理我们。我们埋头开始吃饭。

"啊！这个肉太香了！"我夸张地说。

"快尝尝这个菜，太好吃了！"爸爸随即也开始了表演。

"呀，果然很香呢！"我提高音量。

"真香呀！"爸爸喊了回来。

女儿果然被我们吸引了，关了电视，来到饭桌前，怯怯地对爸爸说："爸爸，我饿了。"

爸爸看着眼前这张粉嫩的小脸，火气早已消退。他放下碗筷，面对着女儿，握着她的小手，认真地说："爸爸够意思吗？"

"够意思……"女儿神情怯懦，声音很小。

"你够不够意思？"爸爸严肃。女儿摇头，两颗晶莹剔透的"葡萄仁"早已泛红，逐渐盛满了泪水。

"不要哭，你做错事情，爸爸会批评你，就像你做得好，爸爸会表扬你是一样的，没有区别。"

"嗯……"女儿点头，眼泪顺着脸颊滑落。

"以后，爸爸对你够意思，你也对爸爸够意思，好不好？"爸爸温和地说。

"好！"女儿擦干眼泪，化难过为力量。

"仔仔，'够意思'都是相互的，爸爸妈妈爱你，对你够意思，你也得对我们够意思呀！如果你只习惯别人对你够意思，到了幼儿园，只知道向别人索取，自己却不够意思，其他小朋友是不会喜欢和你在一起玩的。"爸爸语重心长地对女儿说。

"爸爸，我知道了。"女儿认真地点头。

"快吃饭吧，尝尝爸爸做的香肉肉！"爸爸给女儿夹了一块肉。

女儿也夹了一叶蔬菜到爸爸碗里，俏皮地说："爸爸，我也够意思吧？"

互逗

晚上睡觉前，妈妈给洗完澡的仔仔吹头发。

"妈妈，我给你说个秘密。"仔仔扭过头对妈妈说。

"好呀！"妈妈立刻关了吹风机，满脸期待地准备着。

"我不告诉你！哈哈哈哈哈哈……"仔仔哈哈大笑。

"你刚刚不是说要给我讲一个秘密的吗？"妈妈失落。

"逗你玩的，那是我和爷爷的秘密！"仔仔语气一高一低，像只淘气的小猫咪跳来跳去。

妈妈故作生气地嘴里发出"切，切，切，切。"的声音，又开始了她的吹头发工作。

仔仔的打比方

"妈妈小时候挺喜欢狗的，但不知道为什么，现在长大了，有些害怕狗狗了。"妈妈在不远处的马路上看到了一只狗，随口说道。

"我也喜欢狗，但是狗狗一皱眉头，我就吓昏了。"仔仔认真地说。（仔仔以为狗皱眉头是生气了。）

"吓昏了？有这么夸张吗？"妈妈不以为然。

"哎呀！我就是打个比方而已！"仔仔提高了嗓门。

花式擦香香

"你过来，我给你擦擦香香。"洗完脸，妈妈对仔仔说。

仔仔乖乖地把小脸蛋仰起来给妈妈擦。妈妈打开雪花膏，用食指抹了一点，在仔仔左脸和右脸各点了一下。奶油似的雪花膏粘在仔仔脸上，有些好笑。还没等妈妈抹匀，仔仔转身就跑。

"你去哪？"妈妈急了。

"我回来啦！"仔仔像陀螺一样转着圈，一脸陶醉地回到了妈妈怀里。

意外的答案

仔仔在奶奶家住了两天，晚上，妈妈去奶奶家接她。

收拾东西的时候，仔仔说："奶奶呀，我不能在你这儿住太长时间了。"

"为什么呀？"奶奶问。

"时间长了，"仔仔一脸认真，一旁的妈妈欣喜地等待下文，"我会想

'大被小被'的。(陪仔仔睡觉的小毯子。)"

妈妈无语。

黄雀在后

仔仔泡在大澡盆里，妈妈为她洗澡，又累又热，满头大汗。

仔仔看着妈妈，手扶在她的肚子上，轻轻地说："妈妈，我爱你。"

妈妈感动，随即又觉得有些不对劲儿。

果然。仔仔自顾地说道："妈妈呀，你该减肥了，虽然我爱你，可是你肚子太大了，还是瘦点儿好看！"

不像妈妈

晚上，妈妈在镜子前试了下自己刚买的帽子。

仔仔惊讶地看着妈妈，喊道："妈妈，我的天呀！"

"怎么了？"

"妈妈，你太漂亮了，都不像妈妈了！"

"哈哈，不像妈妈像谁？"

"像一个美女！"仔仔眉飞色舞。

"戏耍"妈妈

妈妈最近教仔仔玩数独游戏。三行三列，用磁贴卡片在固定的游戏板里填1，2，3，每行每列不能重复。小家伙玩得高兴，妈妈看她很快就学会了，于是把游戏板的遮挡部分拿走，又教他四行四列，填1，2，3，4，不能有重复。反复玩了几次，仔仔掌握了要领。

一天，妈妈在卧室收拾衣服。仔仔跑来，手里拿着游戏板递给妈妈，兴奋地大喊："妈妈，你看我摆的数字，对不对？"

妈妈接过一看：三行三列，有的是1，3，4，有的是2，3，4……怎么每列每行都少一个数字呢？妈妈气不打一处来，心想之前学会的东西，怎么又不会了呢？她又气又急地说："你这怎么填的呀，不是 1，2，3 吗？"

仔仔一脸兴奋地、笑嘻嘻地看着妈妈。

"你……"看着她厚脸皮的样子，妈妈一时语塞。

"当当当——当——！"小家伙一边哼唱命运交响曲的经典曲调，一边把遮挡板拿走。

妈妈恍然大悟，原来她填的是四行四列，故意遮挡成三行三列，想看看妈妈生气的样子呢！

转变快

周末，爸爸妈妈要带仔仔去动物园。出门前，妈妈为仔仔穿了一件有斑点花纹的衣服。

"我不要穿这件衣服。"仔仔皱着眉头。

"穿这个多可爱呀，像斑马一样。"妈妈说。

"那太好了！我到动物园把这个衣服展示一下，把斑马都吸引过来。"仔仔一脸兴奋。

仔仔的解释

晚上，妈妈在卫生间给仔仔洗脚。仔仔又开始极其兴奋地缠着妈妈说东说西。妈妈则蹲在她面前一边仔细地给她搓着小脚丫，一边回应着她的各种问题。

这时，她们说到了吃的话题。

"妈妈，我有好吃的都给你。"仔仔认真地说。

"那我的呢？"远处飘来爸爸的声音。仔仔赶紧擦干小脚丫，急急忙忙跑到书房，有些生气却又耐着性子对爸爸说："爸爸呀，你争什么争，我这不是在和妈妈说吗！"

摘樱桃的魔力

星期六，妈妈和仔仔在家过着"二人世界"，可妈妈却把仔仔晾在一边，自己跑去干家务了。妈妈拖了地，搓洗了衣服，又归置了东西，前前后后跑来跑去忙了好几个小时。在一旁玩玩具的仔仔实在看不下去了，跑到妈妈身边，把妈妈拽到沙发上坐下，温柔地说："妈妈，你别再干了，快休息吧！"温柔的小手还不忘揉揉妈妈的胳膊。

妈妈确实很累，既然被仔仔拉到沙发上，索性就坐下来休息一会儿。"妈妈，你渴了，我就倒水给你喝。你要是饿了，我就给你拿吃的。"仔仔双臂环绕着妈妈的一只胳膊，一脸心疼的样子。妈妈有些受宠若惊，揉了揉仔仔的软发，安慰道："我们明天要去摘樱桃，所以今天得把所有的家务活都干完才行，这样明天就可以出去玩啦！"

"太好了！那你干吧。"仔仔话音还没落，便转身走了。

转移话题

妈妈收拾抽屉时，发现了仔仔一岁时的单人照，那是当年在大连英歌石公园里拍的。照片里仔仔穿着红色的小袄，神气十足，只是一张小脸笑得却像年老皱巴的老母亲看见了多年未见的儿子一样，妈妈忍不住取笑起来。

"那都是以前的事儿了，你别说了，就说现在的事吧！"仔仔不服气，制止妈妈。

妈妈的无所不用其极

晚上睡觉前，仔仔又开始缠妈妈不停地讲故事了。黑暗中，小家伙很兴奋，没有一点睡意。

"妈妈，再讲一个故事，这次要长长的！"仔仔撒娇。妈妈有些无奈，但她计上心来。

“讲啊，讲啊，讲啊。”仔仔催促。

“从前有座山，山里有个庙，庙里有个小和尚……”妈妈把小时候的顺口溜搬了出来。

妈妈突然想笑，但极力克制住了，开始了瞎编：“那个小和尚每天都要干活，很辛苦。上午砍柴，下午挑水。因为对面山上的树木多，所以他总是到对面的山上去砍柴。于是他先下山，一个台阶、两个台阶、三个台阶、四个台阶……”妈妈声音极轻，只有单调的数字和不断重复的“台阶”二字。

“……二十二、二十三、二十四、二十五……”妈妈刚想继续数下去，仔仔却打断了妈妈的“数绵羊”，奇怪地问：“他怎么还没到？”

“快到了，快到了。”妈妈忍住笑，又说：“然后他开始上山，一个台阶、两个台阶、三个台阶、四个台阶……”仔仔安静地听妈妈数“绵羊”而不自知，“……二十二、二十三、二十四、二十五……”妈妈继续。

“怎么没完没了了。”仔仔不高兴了。

“啊，小和尚终于爬上山，他开始砍柴了。一下、两下、三下、四下、五下、六下……二十二、二十三、二十四、二十五……”

“他砍完了吗？”仔仔打断。

“砍完了。”妈妈轻柔地回答。

“小和尚要背着柴火下山，一个台阶，两个台阶……”妈妈继续数“绵羊”。

“……二十二、二十三、二十四、二十五……”

“没完没了了啊！”仔仔抗议。

“终于，小和尚回到了寺庙，他又要去山下挑水，他开始下山了，一个台阶、两个台阶、三个台阶……”

“啧，又开始了。没意思。”仔仔无奈地转过身背对着妈妈，不一会儿就睡着了。

察言观色

这天晚上，妈妈去奶奶家接仔仔回家。

小家伙在奶奶家住了好几天，乍一见妈妈，连忙扑到妈妈怀里，活像一只欢快的小燕雀。她开心地大喊："妈妈！"

"想妈妈吗？"妈妈急不可耐地抱起仔仔，明知故问，可就想听仔仔亲口说出来。

"想！"仔仔撒娇道。

"有多想呀？"妈妈有些得寸进尺。

"有一点想。"仔仔认真地说。

"哦。"妈妈像泄了气的皮球，声音都变小了。

"哎呀，我们不是都见到了吗，还有什么可伤心的。"仔仔捕捉到了妈妈低落的情绪，安慰她。

妈妈故作镇静，声音一扬："没有呀。"

观天象

星期天，妈妈想带仔仔出去玩，可天阴阴的，貌似要下雨。

"我们改天再出去玩吧，天这么阴，万一下雨怎么办。"妈妈说。

"你把窗户打开，我来看看云层厚不厚。"仔仔说。妈妈遵从，只见小家伙认真地仰着脑袋看着天空自言自语道："嗯……变薄了，云层有些散了。"

小小情绪

晚上，仔仔在奶奶家看电视，她沉浸在动画片的美妙之中，不肯跟妈妈回家。

"看完这最后一集，赶紧和妈妈回家。"爷爷下了最后通牒。

"嗯……"仔仔目不转睛地盯着电视。不一会儿，动画片结束了，爷爷立刻关了电视机。

"啊！呜呜呜呜呜……"仔仔不由分说地大哭起来。

"你怎么耍赖皮呢！咱不是说好最后一集吗？"爷爷生气地说。

仔仔气急败坏地朝爷爷喊去："你咋不懂得这是耍赖还是伤心呢！你怎么就没看出来呢！！"

拒绝午睡

中午，奶奶要哄仔仔午睡。

"快把睡衣换了，一会儿睡觉。"奶奶说。

"我不要换……"仔仔扭歪着小身板，很不配合。

"换吧，这件睡衣弹性可好了。"奶奶环抱着她，一脸宠溺。

"哼，我才不要呢，我身上的弹力也不差呀。"仔仔边说，边得意地拽了拽自己的衣服。

未说出口的甜言蜜语

星期天，奶奶把给仔仔做的茶叶枕头拿出来。

"这个枕头可香啦！"奶奶一脸兴奋地递给妈妈，得意地说。

"朋友给的新龙井茶，你妈不让喝，全拿出来给仔仔做枕头了。"爷爷哭笑不得。

"哇！好香呀！"小家伙咧着嘴巴，笑得表情夸张，蹦蹦跳跳地跑到奶奶身边，想好好哄一哄奶奶。她手舞足蹈、语调夸张地大喊："谢——谢——奶奶！！！我……"还没等她说完，奶奶就连忙打断，一脸警惕地看着她："你可得了吧，别拿嘴哄我！"

一旁的爸爸忍不住取笑道："哈哈！你奶奶已经习惯你的花言巧语了，不好用了。"

"哼，笑什么笑。"仔仔瞅了一眼爸爸，被戳穿有些生气。

打算好了

"等我长大了带你们出去玩！"一天，仔仔对爷爷奶奶兴奋地说。

"哈哈，等你长大了，爷爷奶奶都老啦！"奶奶大笑，感叹道。

仔仔若有所思，认真地说："我都想好了，等你们老了，给你们买个推车，推你们出去玩。"

"那你一个人也推不动两个人呀。"奶奶笑眯眯地看着她。

"那得了，"仔仔指指爷爷，"你腿脚不好，就在家看家吧，我推奶奶出去玩，回来给你带好吃的。"

育儿遐思之二十三

窗边的等待

先生的单位和女儿幼儿园离得很近，平日里都是先生送四岁的女儿去幼儿园。那天早上，先生单位临时有事，送女儿自然成了我的任务。

我牵着女儿的小手，不一会儿就走到了婆婆家楼下。婆婆家离幼儿园也很近，是每日去幼儿园的必经之路。

"爷爷——奶奶——"女儿突然仰头朝婆婆家的窗户大声喊叫。

"干什么呢？"我被女儿突如其来的喊声吓了一跳。

"奶奶，奶奶——"女儿的喊声更大了，不肯再向前走一步。我这才反应过来，原来女儿正在喊住在二楼的奶奶。

"你叫奶奶干吗？我们要去幼儿园了，奶奶可能不在家，去早市买东西了……"我看了看表，焦急地对女儿说，可话还没说完，只听见楼上大喊："奶奶在这儿！"楼上突然传出婆婆的声音，她把头探出窗外，向女儿直挥手。女儿看见了奶奶，高兴得手舞足蹈。

"快去幼儿园吧，今天要听老师话呀，晚上奶奶还去接你啊！"奶奶使劲儿地探出头来嘱咐着。"爷爷等着你啊，晚上给你做红烧肉。"爷爷也探出头来。

"嗯嗯，知道啦！爷爷奶奶再见！"小家伙乐呵呵地拉着我的手向幼儿园走去。

看着眼前的女儿像只欢快的小燕雀，我不禁为公公婆婆的快速出现感到疑惑，难不成他们一直在等孙女路过？

果然，不出我所料。一问才知道，原来这是小家伙和爷爷奶奶之间的"每日约定"。每天早上七点半，他们便会准时守在窗前等待心爱的孙女路过，小家伙走到楼下时，会大声地呼唤她爱的爷爷奶奶，几乎每日如此。偶有遇到爷爷奶奶不在家时，小家伙的呼唤得不到回应，便失落地耷拉着脑袋，慢吞吞地走向幼儿园。

这不禁让我感叹，真是祖孙情深啊！回想起那天爷爷那句颇有些难舍难分意味的话——"我等着你啊"，我有些百思不得其解，这还是我公公吗，是那个穿上军装就不肯抱孩子，那个一见孩子就烦的男人吗？

前几日，在爷爷奶奶家玩了一整天的女儿晚上仍不肯回家。临走时，她号啕大哭起来，缠着爷爷奶奶，让他们把她送回家，只是为了能在一起再多待一会儿。奶奶禁不住孙女的纠缠，只能顺着她。在家门口分别时，女儿痛哭流涕，原本白皙的小脸也因情绪激动而变得通红，豆大的眼泪像断了线的珠帘，吧嗒吧嗒砸在地上。看着眼前的小泪人儿，奶奶心情沉重，眉头紧锁，几步一回头，依依不舍地回家了。可女儿却仍站在原地，看着奶奶离去的背影，哽咽地对我说："妈妈，我舍不得啊！"

听了女儿的感叹，我的眼睛有些湿润。要知道对于成人来说，这样的离别也太正常不过，今天说了再见，明天亦能相见。可对于刚四岁的孩子，对于情感丰富的女儿来说，这样的离别，好似千里万里，好似今生的诀别，今天说声再见，明日不复相见。一时间，我竟不知如何开导女儿。

以成人的思维去说，明天还能见，有什么可哭的，还是告诉她，不可以这样缠人？也许我最该做的是在女儿伤心哭泣时，给她一个紧紧的拥抱。

我握紧女儿柔嫩的小手，慢慢地牵着她往家走，我清醒地意识到，她此生与爷爷奶奶建立了深厚的感情。"我们明天还去奶奶家……"我的话在女儿的呜咽声中显得苍白无力。孩子的感情不装假，我既为女儿高兴又替她担心。我高兴爷爷奶奶疼爱她，她与爷爷奶奶有着不可分割的深情。可我也深深地为她担忧，一次普通的分别，她就这么脆弱，将来如何面对生活中的各种挫折和困难，如何面对各种离别，如何面对生命最终的散场。

我很想告诉她，每个人都有自己的不舍，我也会像她一样不舍，也会像她那样痛哭流涕。我曾经历过如同太阳东升西落一般的分别，也经历过除却巫山不是云般的失去，更经历过生命中永失所爱的痛苦。可我曾经也有好多类似"窗边等待"一般的甜蜜与幸福，它们在岁月的冲刷与洗涤中，变幻成了阳光般的暖意，融入了我的精神底色，源源不断地滋养着我的心灵，让我有力量去面对生活中的困顿。

我希望女儿能正视并接受这种感情，希望她能因为与祖辈有着深厚的情感连接而感到幸福和幸运。但我知道，她还很小，有些话她无法理解，就算到了可以理解的年纪，这些话也无法减轻她的伤痛，因为有些情感还得自己去体味，人生有些路需要一个人去走。这是属于她和爷爷奶奶之间的情感牵挂，这是属于他们之间的祖孙情，与他人无关。

不，或许与他人有关的，是一直延续下去的祖孙情。一个新生命的诞生，让一个女儿变成母亲，让一个母亲变成奶奶或是姥姥。相应的，它让一个儿子成为父亲，让一个父亲成为爷爷或姥爷。孩童的啼哭，对于父母来说或许烦躁不安，但对于祖辈却如同音乐般美妙。孩童的淘气，对于父母来说或许吵闹，但对于祖辈却如小鹿般可爱。孩子小小臂弯把祖辈人的脖子一搂，所有烦恼都能忘掉。孩子咿呀学语，一声稚嫩的"奈奈（奶奶）"或是"幺幺（姥姥）"，足以让祖辈人激动地含泪带笑。孩子撒娇、哭闹、吵着要玩具，在父母那里得不到？没关系，到爷爷奶奶、姥姥姥爷这里来，我们满足你！隔辈亲，到底是怎么一回事？是一代代生命血脉的延续，让上一代人为之激动？是随着年龄的增长对生命有了新的感悟？还是在自己孩子身上未曾付出、未曾做到的，要在孙辈这里补偿？也许，在某种程度上这些都有。

　　小时候，我常住在姥姥家，也像我女儿一样，被隔辈人深深地宠爱着。我甚至是得到了舅舅姨妈们都没有得到过的慈爱。姥爷是山东大汉，听母亲说姥爷年轻时脾气坏，做起事来也一板一眼。他对子女的要求很严格，规矩也很多。姥爷很少对舅舅们笑，他总固执地认为，棍棒底下出孝子，所以淘气的舅舅们挨过不少板子。而我，满了周岁就跟着姥爷和姥姥一起生活，像是他们的小尾巴。虽然姥爷会时常教我"夹菜要在离自己最近的位置，不能乱夹""拿水果吃要用眼睛挑好，不能拿起一个捏来捏去，放下又再换""东西用完要放回原处"等一大堆的规矩，但他和我说的时候从来都是轻声细语，很是慈祥，即使我偶尔做错，也只是轻声提醒罢了。我竟从未经历姥爷的坏脾气，也从未看见过姥爷的板子长什么样。

　　如今回忆起来，记忆中的姥爷总是笑眯眯的。记得有一次，四岁的我站在床上，现在已经记不得当时为了什么向姥爷发脾气，说不过姥爷时，竟随手拿起一个小扫帚，狠狠地朝他脑袋扔过去，结果姥爷一伸手便接住了，还哈哈大笑起来。我这犯上的举动，在舅舅姨妈那里是决计不会被允许的。我看没打中，还被嘲笑，便气急败坏，一屁股坐在床上大哭起来。"你逗她干吗！"姥姥一把搂过我，对着姥爷怒气冲冲地责备起来，姥爷连忙在一旁赔着笑脸和姥姥一起来哄我。如果母亲或是舅舅姨妈他们当时在场的话，一定会惊掉下巴，这还是他们那个动辄就要打骂孩子的爹吗？

　　记忆中与姥爷的分别，他总喜欢坐在家里那把暗红色的椅子上，对着我弯下腰来，笑眯眯地用粗粗的食指点点自己的额头，示意让我亲一亲。"啵"的一声，一个小花骨朵儿在姥爷的额头间绽放。孩童的亲吻很有魔力，总是让人觉得甜滋滋的，比吃了蜜还甜。他又点点左脸颊，让我亲一亲，他再点点右脸颊，让我再亲一亲。不过瘾，他又点点自己的鼻尖和下巴，然后再给我一个温暖又宽阔的拥抱，最后看着我离开的背影，期待下一次的相聚。

看着眼前又软又小的女儿，我突然明白了。昨天，我曾是眼前的这个孩童，无忧无虑地亲身体验着、享受着姥姥和姥爷给予我隔辈人的疼爱，我是一个索取者。如今，我是个一母亲，成了三代人的中间的那一代人，目睹上一代人对我女儿的百般疼爱，我成了一个见证者。将来，角色置换，我将成为一个姥姥，也会像上一代人一样付出隔辈之爱，成为一个给予者。但无论是何种角色，我都明白，所有的这些都需要一饭一蔬、一朝一幕的喂养与陪伴，马虎不得，偷懒不得，更缺席不得，因为一旦错过，时光将像绝情的人一般，永不回头。

我含泪蹲下，看着女儿布满泪痕的脸颊和她那晶莹剔透的泪珠，紧紧地抱住了她，什么都没说。

第四章

巧言活泼鬼机灵

画／梦禅

仔仔五岁

煞风景

晚上，临睡前。

昏黄的灯光下，仔仔依偎在妈妈怀里，小脸颊贴在妈妈的胸口，手也自然地搭在妈妈的肚子上。妈妈觉得这个姿势很舒服，便把自己的手搭在了仔仔的大腿上，轻轻地拍着哄她。空气安静下来了，一切都是那样的温馨甜蜜。突然，仔仔说："妈妈，你该减肥了，肚子太大了！"

不合格的小翻译

早上，仔仔又开启了无限磨蹭模式，妈妈着急地催促着小家伙洗脸、洗手、刷牙，可仔仔却慢得像一只小蜗牛。

仔仔好不容易洗漱完毕，回卧室换衣服。妈妈早已把她的衣裤准备好了，嘱咐完便转身洗脸去了。可等妈妈洗漱完毕，跑回卧室一看，磨蹭的仔仔还没有换好衣服。妈妈生气地说："你太慢了！半天都没换好裤子，慢！！"

"Two！"仔仔大声喊道，她将"慢"谐音翻译成了one！还淘气地向妈妈吐了吐小舌头。

看来，不仅是一只小蜗牛，还是一只淘气的小蜗牛。

欲抑先扬

晚上，妈妈正蹲在仔仔面前，低头给她洗脚。

"妈妈，我爱你。"仔仔柔声说道。

妈妈受宠若惊，抬头望着仔仔可爱的小脸颊，一时间不知说点儿什么好，心想：孩子长大了。

"虽然我爱你，但是你还是应该减肥了，你肚子太大了，还是瘦一点儿好看。"仔仔认真地说。

"哼，原来你是想说这个事儿啊！"妈妈拉下脸来，假装生气。

"别生气，别生气，别生气……"仔仔来回摸着妈妈胳膊安慰她。

蹦坏了床

星期天，仔仔到爷爷家玩。

"爷爷呀，你的床怎么总响？换了吧。"小家伙把爷爷的床当成蹦床，正上蹿下跳呢。

"没有钱呀。"爷爷装作可怜的样子。

"我有啊，我有压岁钱。"仔仔兴奋地说。

"你有多少呀？"爷爷笑眯眯地看着仔仔。

仔仔认真盘算着："我也不知道，我拿出一半给你买床，另一半留给姥爷，他家的床也坏了。"

自有主张

晚上睡觉前，仔仔躺在小床里撒娇。

"妈妈，你能抱着我睡吗？像小时候那样。"仔仔的声音像含了蜜糖一样甜。

"你现在太沉了，抱不动了。"妈妈实话实说。

"哼，你得锻炼锻炼了。"话音还没落，她就毫不客气地爬上大床，

209

一头扎进妈妈的怀里。

没下文

周末，仔仔在卧室里盘点最近得到的小红花。她数的正起劲儿，要知道，十朵小红花可以换一个玩具，五朵小红花可以换一个奶油蛋糕呢。

"你喜欢什么玩具？"爸爸悄悄走到她身边，笑着问道。

"你什么意思？"仔仔猛地抬头看着爸爸，眼里充满了疑惑和期待。

"哈哈！我就是问问。"爸爸笑着赶紧溜了。

"哼！"仔仔气急败坏。

角色扮演

早晨，仔仔黏在妈妈怀里不肯起床，妈妈拽也拽不动，躲也躲不开。突然，妈妈灵机一动，紧紧地抱住仔仔，捧起她的小脸颊，左亲、右亲、上亲、下亲、顺时针亲、逆时针亲……胡乱一顿亲，把淘气的仔仔逗得哈哈大笑。

"像啄木鸟一样。"妈妈得意地说。

仔仔眼睛忽地亮了，好像受到了启发和提醒，兴奋地说："来，我也是啄木鸟，让我给你治一下。"她把妈妈当成了需要医治的大树。

"呀！黏住了！"仔仔喊道，那柔柔的小嘴唇赖在妈妈脸上不肯离开。

找平衡

周末，妈妈打算带仔仔去商场买鞋。

"爸爸，我和妈妈出去玩儿，你待在家里哈。"仔仔安排着。

"哈哈，你看，谁陪孩子时间多，谁在孩子心里就有分量了吧！"妈妈瞥了眼爸爸，特别得意地说。

"妈妈，别得意啊，别得意。总会轮到你在家的。"仔仔向妈妈摇摇手，示意她别气爸爸。

小帮手

晚上，妈妈在卫生间洗衣服。"我们明天早上八点出门哈。"妈妈喊道。

"什么？那也太早了吧！"爸爸闻声走进卫生间。

"没办法呀，不然来不及。"妈妈解释。

"那也不用这么早啊……"爸爸大声说道。

仔仔气哼哼地闯进来，夹在他们二人中间："拔拔（爸爸）！不是说好听妈妈的吗？"

"我……"爸爸被仔仔突如其来的插嘴噎住了。"我才说了一句话呀。"爸爸皱着眉头，向仔仔撇撇嘴，委屈地说。

"那也得听妈妈的。"仔仔冷静下来，温柔地摸摸爸爸的胳膊安慰他。

妈妈哈哈大笑起来。

仔仔的"威胁"

晚上，妈妈想给仔仔辅导英语拼读作业。妈妈拿起拼读单磕磕绊绊地读起来：

"ai，e-e，不对，yi！"

"ai pe，epe！"

"不对，喷……"

"yi pe，epe！"

妈妈读着读着被自己绕晕了。

"妈妈呀！你都不熟练，还想教我？到时候 Ellen 老师好说你了。"仔仔皱着眉头幽幽地说。

待遇不同

晚上，妈妈给仔仔洗脸。妈妈担心水会溅到仔仔的衣服上，于是将一条毛巾围在了仔仔的胸前。

妈妈用手轻轻地撩着温水，来回地抚摸着那吹弹可破的小脸颊。可能是洗得太舒服了，小家伙开心地说："妈妈，你的手真滑呀！你真是一个好妈妈！"

"谢谢评价。"妈妈夹着嗓子，装作机器人的声音说话。

"哈哈，哈哈！"仔仔笑得合不拢嘴。

"爸爸，你也学着点哈，万一妈妈出差了，你好给我洗脸啊！"仔仔未雨绸缪。

"不用，你自己洗就行了。"爸爸看着仔仔坏笑道。

"哼，拔拔（爸爸）！站住！"仔仔走出卫生间，想要向爸爸兴师问罪。

可爸爸一溜烟跑进了书房，小家伙随即也追了进去。

当真了

周末早上，爸爸起床做好了早饭，匆匆吃了几口便开始换衣服。

"我要走啦！"爸爸穿好外衣，准备出门。

"爸爸你要去哪儿？"仔仔嘴里的饭还没咽，含糊地说。

"去上班。"爸爸一脸不舍地看着小棉袄。

妈妈埋头吃饭，不瞅爸爸，使劲儿地夹起一筷子炒鸡蛋，扔进仔仔的碗里，气哼哼地说："哼，我也要去上班。"

"啊？那我怎么办！"仔仔诧异。

"哈哈，妈妈在家陪你，妈妈逗你的。"爸爸揉了揉仔仔的头。"晚上回来，我给你们做好吃的。"爸爸穿好鞋子，准备出发。

"哼，这还差不多。"妈妈仍不看爸爸，假装生气地朝仔仔做了个鬼脸。

尽在掌握之中

晚上，爸爸做了几个好菜，打算和妈妈小酌一杯。仔仔沉浸在美味之中，埋头吃饭，狼吞虎咽，极少说话。要说一个人的厨艺好不好，用小孩子的嘴巴检验才最妙。只见小家伙嘴一抹，吃完下桌，回书房写作业去了。

妈妈惊讶地张着嘴巴，心想：孩子真的是长大了。她从来不吝啬表扬，大声说："哎呀，仔仔长大了，都可以自己吃饭、睡觉了，还能主动去写作业，都不用妈妈操心了。"

"是呀，是呀！仔仔长大了！真是不一样了！"爸爸也开心地表扬仔仔，说完还忍不住把头探进书房，在门口望着她的小棉袄。

已经在书房桌前坐下的仔仔正背对着爸爸写作业呢，她头也不回地说："拔拔（爸爸）！你不要像探测器一样，把脑袋伸过来看哈！"

拐弯露馅

节日，奶奶约大姨奶来家里打麻将，爷爷、奶奶、大姨奶、爸爸齐齐上阵。仔仔也想玩，摩拳擦掌，好想一试，怎奈自己太小了。妈妈找她去背唐诗，她才不干呢，围着牌局走来走去，看看这个人的牌，又瞅瞅那个人的牌，好像能看懂似的。

仔仔停在了大姨奶的身边，不出声地看着大姨奶打牌。许久，大姨奶反应过来，认真地嘱咐："仔仔，不要告诉别人我有什么牌哈。"

仔仔大声回答："好的！大姨奶，我不告诉别人你有两只小动物！"

爸爸的小棉袄

休息日，一家三口要去姥姥家玩。妈妈突然想起给姥姥的东西忘了拿，于是他们约定好在车站集合再一起打车过去。妈妈回家拿东西，脚指头受伤的爸爸就负责带着仔仔慢慢往车站走。

"爸爸，你小心点儿。"仔仔小心翼翼地搀扶着爸爸。

"好的，放心吧。"听仔仔这样说，爸爸心里暖暖的。

突然，仔仔松开爸爸的胳膊，猛地向前跑了几步，麻利地一脚踢开前方的小石头，然后又小跑回来搀扶爸爸。

"好孩子，我没事。"爸爸揉了揉仔仔的脑袋。

爸爸在仔仔的搀扶下，一瘸一拐地走着，时不时听到小棉袄的提醒："爸爸！这儿还有（石头），那儿也还有，你小心点儿。"

不知不觉中，爸爸心里的暖意渐渐化成了眼里的热气。

有人捡乐呵

难得的十一国庆长假，妈妈打算把家里收拾收拾。她在卧室翻箱倒柜，找出了仔仔的秋冬衣服。

"趁假期在家，我得赶紧把仔仔换季衣服都收拾好。"妈妈斗志昂扬，一边收拾一边跟爸爸说。

"我怎么以前没发现你这么勤劳呢。"爸爸坏笑。

"你说什么？"妈妈提高了嗓门。

"哼……"爸爸见形势不妙，想跑。

"你鼻子坏啦？"妈妈瞥了一眼爸爸。

"嘿嘿嘿嘿嘿……"书房里传出仔仔的偷笑声。

"我去看看，仔仔怎么回事！"爸爸坏笑着跑去了书房。

"啊？哈哈哈哈哈哈……"仔仔被发现，又气又兴奋地大笑起来。

失败的替代品

仔仔很喜欢小猫咪，她总缠着妈妈要养一只。可妈妈每次都搪塞她，不是说自己养不过来，就是没时间，每次仔仔听到这样的回答都会气得"哼！"的一声走开。一天，妈妈在自己的朋友圈里看到朋友在养蚕宝宝，就灵机一动，不如给仔仔也养几只吧，既可以满足仔仔想养小动物的愿望，也可以培养仔仔爱护动物的良好品质。

等妈妈养上了蚕宝宝才发现，大错特错！自己根本就是偷换了概念，仔仔不是喜欢动物，而是喜欢猫咪！她看都不看蚕宝宝一眼，把它们扔给妈妈养，搞得妈妈每天要去摘桑叶，换桑叶，清理粪便，为它们的食物发愁。妈妈见这些白白胖胖的小家伙很可爱，有时趁清理粪便的时候摸摸它们，喊仔仔也来一起摸，可仔仔却嫌弃地说："我不敢，而且太脏了，我才不要摸。"说完，一溜烟就跑了。

育儿遐思之二十四

豆豆"越狱记"

我上学时，家里有两只小乌龟，一公一母。公的叫点点，母的叫豆豆。记得小时候，我把它们带回家，那时它们才小孩儿巴掌心那么大，后来它们陪伴着我读书、考学、长大，他们的"房子"——鱼缸，也因他们的个头变大而一换再换。

点点性格比较沉闷，每天喜欢在鱼缸的玻璃"露台"上晒太阳，很少到缸底水里撒欢。而豆豆不同，她喜欢在水里游来游去，游够了便到"露台"上休息，然后再下水玩耍一会儿。有一次，点点正在"露台"上休息，豆豆游够了爬过小楼梯来到了"露台"，用龟壳使劲儿挤点点，点点憨厚地把自己舒服的位置让给了豆豆，自己跑到楼梯上待着。看到它们这样谦让，我才恍然大悟，原来鱼缸又小了！

学习学累时，我会把活泼好动的豆豆从缸里捞出来，偶尔把它翻过来，观察她腹部的纹路，看它四只脚蹬来蹬去，胆小地把脖子紧紧地缩在壳里。后来，豆豆出来次数多了，胆子就大了起来。它时常把脖子伸得老长，我便忍不住总摸它软软皱皱的脖子，用食指来回地咯吱它，它则高兴得直点头。旁边的姥姥看见我们如此亲密，害怕地大呼："小心手指头！"

我也时常会和它说说话："你开心吗？""你吃没吃饱呀？"可豆豆根本不理会我，脖子一个劲儿地往外伸，东张西望地到处看。我见它对外面的世界那么好奇，于是把它放到了地板上，看它到底想要去哪里。只见豆豆背着壳，四只脚飞快地扑腾着，我转身去拿小板凳，想坐下来陪它玩一会儿。可等我拿着凳子回来一看，豆豆已经离我有好几米远了，它飞快地奔向书柜和墙之间的缝隙，开心地跑到旮旯里去了。

黑暗的死胡同挡住了豆豆的去路，它也不着急，安静地在那儿歇下了脚。我焦急地俯下身子，侧着身，用一只胳膊使劲儿往缝隙里伸，生怕胳膊不够长，够不到豆豆。豆豆被我成功解救出来了，我一边说它淘气，一边用手抚摸它的头，它仿佛知道自己做错了事，乖乖地让我摸，见豆豆如此通人性，我的气也消了。

自从那次的藏猫猫，豆豆便开始了它的"越狱计划"。只要一回家，看见豆豆不在鱼缸里，我便知道，它又出去散步了，目的地一定是那个我曾经救出它的地方，每次姥姥慌张地和我说："豆豆不见了，它又爬出鱼缸了！"我便淡定自若地从书柜缝里把它带回来，这仿佛像我们的约定一般。

豆豆经常"越狱"，而我总会把它找回来，因为我始终相信，我和豆豆心灵相通，情谊长存。

不一样的赞美

晚上，妈妈陪仔仔练古筝。

"你看，左手要轻轻地放在琴弦上，像摸宝贝一样。右手不要太使劲儿拨弦。"妈妈耐心地教仔仔。

仔仔有样学样，手上动作规范了，可却总佝偻着腰和老太太没什么区别。

"把腰挺起来！"妈妈一看见仔仔驼背，就气不打一处来。

腰是挺起来了，可脑袋和脖子却缩着，很是难看。

"天鹅颈、天鹅颈、天鹅颈在哪里！"妈妈有些生气，边说边示范动作，把腰板挺得直直的。

"哇！你身材太好了！"仔仔惊讶地张大嘴巴。听到仔仔对自己的赞美，妈妈的坏情绪瞬间消散，心里甜滋滋的。可是转念又觉得不太对劲儿，这么小的孩子哪里懂得什么是"身材"，于是问："怎么好了？"

"坐得直直的。"仔仔认真地说。

各有执着

小家伙门牙有些松动了。吃饭不敢碰，刷牙也格外小心，就连喝水也小口喝，生怕把牙齿冲掉，弄得妈妈也跟着担心。时不时地，她还龇着牙，展示给别人看，分享自己的恐惧和担忧："你看！我的牙活动了，我要掉牙了！"

就这样念叨着，终于有一天晚上，正在刷牙的仔仔大声喊道："啊！啊！我的牙！"妈妈闻声赶来，冲进卫生间一看，小家伙嘴边泡沫上有好多血，焦急地喊道："你的牙呢，你的牙呢？牙呢？"

"这儿。"仔仔声音小得像犯了错误。

"快漱漱口。"妈妈接过小乳牙，把它用清水冲了冲。

"让我看看，让我看看……"仔仔焦急地拽着妈妈的手。小乳牙放在妈妈的掌心里，两颗一大一小的脑袋紧紧地挨在一起，观察这成长史上第一颗乳牙。妈妈满意地评价："嗯，形状饱满，颜色乳白，还略带光泽呢！不错。"随即又嘱咐，"你要是在学前班里掉牙，一定要带回来！"

"为什么？"仔仔纳闷。

"妈妈用盒子把你的乳牙都保存起来。"妈妈一脸兴奋，痴迷地盯着乳牙。可仔仔早就跑出卫生间，来到了客厅的镜子前，端详着掉牙后的自己。

"怎么办呀，爷爷要说我'没牙佬'了。"仔仔自言自语。

仔仔看着镜中的自己，端详了许久。

"妈妈，你说我是捂着嘴说话，还是不说话呢？"这话虽是问妈妈，却又像是问自己。

"啊哈！我知道了！我可以闭着嘴巴说话，用嘴唇盖住，不让别人发现！"仔仔找到了解决办法，高兴得眉毛一扬一扬的。

而妈妈仿佛像没听见一样，仍待在卫生间里痴迷地研究那奶白色的小乳牙。

"看人下菜碟"

星期天早上，仔仔一醒来就跑到书房涂鸦。"洗漱啦！"妈妈的声音从卫生间里飘来。

没有回音。

"仔仔，洗漱啦！"妈妈的声音严肃起来。

"等一下。"仔仔回答道。

"快点！洗漱！"妈妈有些不高兴了。

"不要！"一个声音抵抗道。

娘俩隔空，喊来喊去。

"快点的！！"

"不要！！！"

"洗漱。"爸爸突然出现在书房门口，他声音简单干脆，却阴着一张脸，严肃地盯着仔仔，像一个不会笑的可怕面具。

"好的，马上！"小家伙一溜烟跑进了卫生间。

妈妈顿时气不打一处来："我叫你那么多次你不来，爸爸叫一次你就来了？"

"我舍不得爸爸生气呀。"小家伙拿起草莓口味的儿童牙膏草草地在红色的小牙刷上捏了一下，挤出了一个小黄豆粒儿。

妈妈气急了，提高了嗓门，嚷嚷起来："那你就舍得让我生气呀？"

"没有！妈妈那么好，怎么会生气呢？"仔仔脸上堆笑，用小手摸摸妈妈的胳膊，讨好地说。

"哼。"妈妈瞥了一眼仔仔，转身出去了，心想：你就糊弄我吧。

就在她们娘俩闹别扭的当口儿，爸爸的早饭做好了。仔仔也洗漱完了，她又跑到书房画画。

"仔仔，吃饭啦！"妈妈又朝着书房大喊。

"等一下！"仔仔回喊。

"吃饭了！"爸爸打雷一样的声音传了过去。

"来啦！"仔仔蹦蹦跳跳地跑来。

小红花风波

仔仔在学前班吃饭又开始磨蹭了。她总是东张西望，看看这个小朋友，再看看那个小朋友，饭菜都凉透了。总是最后一个吃完。妈妈为了鼓励她快快吃饭，不做老末，与仔仔约定：早饭和午饭在学前班里吃，每次吃完饭看看还剩几个小朋友，剩几个人就奖励几朵小红花，如果是最后一名，那很遗憾，每顿饭扣 4 朵。

"哇！那如果我吃完饭，还剩 8 个小朋友没吃完呢？"

"奖励8朵。"

"那9个小朋友呢？"

"奖励9朵。"

"那10个呢？"

"奖励10朵。"

"哇！！那100个呢？"

"没有那么多人啦！"

"哦，那好吧。我小红花还不得多多的呀！妈妈你要破产啦！"仔仔喜上眉梢，乐得合不拢嘴。

"先得到再美吧。"妈妈提醒她。

谁知，几天下来，已经习惯磨磨蹭蹭、东看西看的仔仔，吃饭根本没有任何改观，还是班级最后一名。

"你怎么回事，小红花都不能打动你吗？为什么总是最后一名？饭菜都凉透了，对肠胃特别不好啊！你不要身体了吗？"妈妈怒从中来，又很沮丧，极力地压住火气，想先跟仔仔讲讲道理，不行再动手。

仔仔见妈妈提高了嗓门，又气又急地红了眼睛，眼泪吧嗒吧嗒往下掉。她是在气自己又失败了，急是因为怕妈妈扣她的小红花，要知道，最后一名每次要扣掉4朵，一天要扣8朵小红花呢！

"妈妈，对不起，那些小朋友太——吸引我了！"仔仔懊恼地呜咽起来。

妈妈看着小家伙伤心的样子，不忍心再责备，可却被她的回答弄得一头雾水，无奈地叹了口气，想了想，把仔仔拉到身边，温柔地对她说："你吃饭不瞅着饭，看小朋友做什么？好，就算你喜欢看他们，可是都已经开学两个月啦！大家都熟悉了，你怎么还看呢？"

"你因为看别人把自己变成了最后一名，小朋友能给你小红花吗？"

"有什么可看的，你到底在看什么？"妈妈说着说着火气又冒出来了。

仔仔没有回答，仍旧哭哭啼啼。

"咱们之前说好的，必须要扣（小红花）。一个都不能少，一个都不能！"说着，妈妈像一个无情的法官，拿出盖印章的本子，让仔仔自己用笔划掉8朵。

眼看自己辛辛苦苦攒下的小红花瞬间损失惨重，仔仔号啕大哭，那泪水像断了线的珠子，吧嗒吧嗒狠狠砸在地上，也砸在妈妈心里。妈妈是故意的，故意让仔仔感受下吃饭最后一名带来的痛苦。其实妈妈是担心每餐吃凉饭，长此以往把脾胃吃坏了。

妈妈一把揽过仔仔，把她圈在怀里，安慰着："没关系的，明天我们还有机会，你吃完了看看还有几个小朋友，剩几个人就奖励几朵。剩100个就奖励100朵哟！"

"好吧。"小家伙收住眼泪，用纸巾擦了擦眼睛，和已失去的小红花说了声"再见"。

经历了之前惨痛的教训，仔仔终于肯快点吃饭了。有时，她兴高采烈地告诉妈妈，她这一天早上吃完饭，还剩3个小朋友没有吃完，中午有6个，一下子就得了9朵小红花，可把仔仔乐坏了。有时，她告诉妈妈，早上剩了6个，可是中午却是最后一名，这样就得了2朵小红花。为了防止仔仔撒谎，妈妈告诉她，自己会和关老师核对，如果发现她在撒谎，那么所有的小红花将被扣掉！仔仔知道妈妈言出必行，所以从不敢撒谎。有时记不住，便喃喃自语："我不能撒谎，我记不住了。"这个时候，妈妈不奖也不罚。

时间长了，慢慢地，妈妈发现，仔仔有些偷懒，总是告诉妈妈她记不住了，偶尔记起来也是最后一名的次数多，如此一来，小红花得的少，扣的多，眼看辛辛苦苦攒的小红花就要扣没了，仔仔有些要破罐破摔的意思。于是妈妈决定改变一下规则，她和仔仔商量："这样吧，从今天开始，每餐只要不是最后一名，你就能得4朵小红花，如果是最后一名，也不扣你的，怎么样？"

"耶！太好了！"仔仔如释重负，像只从鸟笼里钻出来的快乐小鸟。

第二天，仔仔放学回来，兴奋地告诉妈妈，她早饭吃完还有 6 个小朋友没吃完，但是午饭是"拉巴丢儿"。

"那好，奖励你 4 朵。"

"你就奖励我 6 朵呗，我超过了 6 个小朋友呢！"仔仔急切地看着妈妈。

"不行啊，我们不是说好的吗？之前是……现在是……，而且如果按照之前的奖励 6 朵，午饭要扣 4 朵的。"妈妈又重新把规则给仔仔解释了一遍。

"哎呀！我知道！你就不能惯我一次吗？"仔仔撒娇道。

"不能。"妈妈摇着头。

"哼！就不能惯我一次吗？就一次！"仔仔皱着眉头，认真地盯着妈妈，摆出一脸生气的样子，却又极力地控制着想要咧开笑的嘴巴，生气又兴奋的两张小脸叠加在了一起。

"不可以。"妈妈坚定而温柔地说。

"哼！"仔仔一转身，走了。

后来，她每每吃完饭剩很多小朋友的时候，都要和妈妈讨价还价一番，但每次都没有成功。妈妈发现，她吃饭明显比以前快多了，得到小红花的次数也越来越多。妈妈心中高兴，也暗暗得意于自己的方法。不过，她可不能大意，谁知道这个小家伙明天在吃饭问题上又要给她出什么难题呢。

"一碗饭"的距离

星期天，同事小张邀请我到她家做客。小张的先生不在家，我们聊了一会儿，她就到厨房准备午饭了。

我和她的孩子们在客厅一起玩儿，他们一个刚满三岁，另一个已经上小学二年级了。不一会儿，午饭准备好了。看着两个孩子，真替她捏一把汗，我的女儿吃饭特别费劲儿，不仅挑食，而且吃饭很慢，总是东张西望，吃到最后饭都凉了，让我很头疼。

小张喊了一声："吃饭了！"孩子们快速地来到了餐桌前，整齐坐好，等待开饭。我不禁想起女儿，她饭前总需要我喊好多次，才不情愿地到餐桌吃饭。

饭桌上，我们聊起工作，聊起家常。吃饭期间，小张只给两个孩子夹菜，没有帮其他忙，两个孩子一直在安静地吃饭。饭后，老二自己到客厅玩，老大回书房做作业去了。

"你家老大做作业不需要你陪？"我诧异道。

小张笑着说："不用陪啊，完成作业是他自己的事，他很努力，所以成绩一直都很好。"小张竟然不陪孩子做作业，对此我深感诧异。要知道有的家长不仅陪孩子做作业，还气得心脏病都发作了。于是我连忙求教，她的孩子们为何如此听话。

小张见我一脸羡慕，不由得笑了，她说："我们保持了'一碗饭'的距离。"

"'一碗饭'的距离？"我迷惑。

"是的，我让孩子们知道吃饭、写作业是他们自己的事情，不是家长的事情。我们还制定了规矩，与孩子保持'一碗饭'的距离。"小张解释。

"你家孩子不好好吃饭，是因为你们照顾得太好，让孩子感觉吃饭是爸爸妈妈的事，不是他自己的事，吃得好，爸爸妈妈高兴，吃得不好，爸爸妈妈生气，和自己没关系。"

我听后茅塞顿开，我与孩子距离太近，孩子过于依赖我，缺乏"一碗饭"的距离，时间久了，她认为吃饭不是她的事，而是我的事。

小张语重心长地和我说："千万不要打骂孩子，粗暴简单的方法治标不治本。教育孩子独立的同时，你也应该给孩子建立奖惩办法，做得好就要奖励，做得不好就要惩罚。"我恍然大悟。

道别小张后，我立刻回家制定奖惩制度，迫不及待地要与孩子保持"一碗饭"的距离。

不用妈妈出手（一）

晚上，爸爸炒了几个小菜，打算和妈妈小酌几杯。谁知酒一下肚，爸爸就有些醉了。

"可能是最近太累了，喝两杯就晕了。"爸爸说。

"你喝一杯就好了。"仔仔抢在妈妈话前，幽幽地补了一刀。

不用妈妈出手（二）

星期六早上，爸爸做好早饭，只匆匆吃了几口，就准备出门上班。

正在吃饭的仔仔见爸爸到门口穿鞋，着急地问："爸爸，你要去哪儿？"

爸爸不舍地看着仔仔，温柔地说道："爸爸要去加班，晚上回来给你们做好吃的。"

妈妈停下筷子刚想说点儿什么，可她最近已经习惯了爸爸时常加班。

"哼，拔拔（爸爸）！你明天必须陪我！"仔仔不依不饶。

妈妈听了仔仔发自肺腑的要求，在一旁偷偷笑，忍住没有出声儿。

心想：小样儿，会有人替我收拾你的。

拉偏架

晚上，妈妈和爸爸正在商量明天出门的行程。

"明天我们先去给仔仔买鞋，然后去锦辉商场买化妆品，然后吃午饭，然后带仔仔去游乐场，你看怎么样？"妈妈向爸爸汇报。

"你看这样好不好，明天我们先去游乐场，然后再……"爸爸和妈妈商量着。

"啧……"妈妈思考着路线。

"拔拔（爸爸）！你要听妈妈的话！"仔仔突然跑过来，横插一脚。

"啊？啊！啊！好，好，好，好……"爸爸看仔仔一脸认真的小模样，不忍反驳。

"妈妈，爸爸听你的话了。"仔仔赶紧摸了摸妈妈胳膊，以示安慰。

而妈妈却还迷失在爸爸的路线里。

要知足

仔仔太爱磨蹭了，妈妈喊"吃饭啦"。她回答"马上"。妈妈说"穿鞋出门了"，她回答"马上"。妈妈说"你过来"，她回答"马上"。

一天，妈妈实在是生气，对仔仔说："我不要'马上'，我要'我来了'！"

小家伙皱着小眉头气哼哼地说："哼，'马上'就不错了。"

不得劲儿

周末，妈妈带仔仔去城市美术馆参加画画比赛，仔仔是最小的参赛选手。老师讲完参赛要求，所有的孩子都趴在地上作画，只有仔仔盘着腿，用胳膊去够画纸。妈妈见她的姿势别扭，劝她像其他小朋友一样趴着画。可是反复说了几次，她都不为所动。

"你那样盘着腿画画不得劲儿。"

"你这孩子怎么这么犟呀。"妈妈又开启了唐僧模式。

仔仔耐不住妈妈的唠叨，终于改变姿势。可小家伙太小了，胳膊没有力气，上半身根本撑不起来，整个人都趴在地上。她无奈又生气地说："啧，这不得劲儿呀，你怎么想的！"

目标明确

"喵……喵……喵……"每次到家楼下，仔仔就学猫叫，探头探脑地寻找流浪猫，可寻了许久也不见猫咪的影子，于是失落地说："妈妈，你给我养一只猫吧。"

"不行呀，妈妈没空照顾它。"

"为什么？"

"妈妈的时间都用来照顾你了。"

"那我来照顾它。"仔仔一脸兴奋。

"猫猫需要在沙子里拉屎，你要给它换猫沙、喂食、换水、洗澡、用吹风机吹干毛，你还得陪它，这些你都能做吗？养小动物得对它负责，你得照顾它才行。"

"……那让爷爷奶奶照顾吧。"仔仔竟然"甩锅"。

"你养猫，怎么能让爷爷奶奶照顾呢？"

"我就要养！"

"我只能养一个，要么猫，要么你。不如我和爸爸养猫吧，不养你了，行吗？"妈妈忍住笑逗她。

"不行！猫和我都得养！！"仔仔气哼哼地嚷道。

"我也舍不得你，那就只养你吧。"妈妈装作很不舍的样子，说完就自顾自上楼去了。

"不行，我就要养猫！"仔仔快速跑到妈妈前面，掐腰拦住了去路。她皱着眉头，歪着小脑袋瓜，不依不饶地瞅着妈妈。

"那这样吧，你和爸爸说说吧，看看他同不同意。"妈妈和仔仔周旋得有些累了，试图转移矛盾、岔开话题，没准等爸爸回来后，仔仔就忘了养猫这事呢。

"我问爸爸干什么，我把你搞定就行了！"仔仔仍旧气呼呼地说。

"哈哈哈，你说什么……"妈妈忍不住得意地大笑起来。

"哼！笑什么笑！"仔仔又气又急。

小棉袄不漏风了

晚上，妈妈接仔仔放学。仔仔的书包真是太沉了，加上她饭包里的餐盒、水壶，再加上妈妈自己的公文包和一个袋子，妈妈像一个行走的挂满东西的衣架。

"这也太沉了。"妈妈有些不堪重负，虚弱地小声嘀咕。

"妈妈，我来帮你拎吧。"仔仔眼中透出满满的担心。

"没事，妈妈坚持坚持，就快到家了。"妈妈提了提嗓音，勉强振作，加快步伐。

"来吧，我来拿餐盒和水壶。"仔仔认真地说。

"不用了。妈妈没有手牵你。你自己好好走，照顾好自己。"

"妈妈，我可以的！"仔仔坚持，声音急促。

"好吧，好吧。"妈妈只得把东西给她。

她们走了一会儿，妈妈担心起来："沉不沉呀？"

"不沉，不沉，只要能帮妈妈干点儿活，我就开心了。"仔仔的眸子一闪一闪的。

妈妈呆在原地，感动得不知说什么好。

吃醋

"妈妈我饿……我想喝奶……"清晨，仔仔醒来，从小床上坐起来看着旁边大床上的妈妈，小声地说。

"好……"妈妈迷迷糊糊地应付着，用尽全力也没有撑开沉重的眼皮。

过了许久。

"我饿了，我要喝奶。"仔仔提高了音量。

"嗯……嗯？嗯……"妈妈闭着眼睛，应付着。

又过了许久。

"给我冲奶！我要喝奶，饿死了！"仔仔生气地嚷道。

妈妈被突如其来的声音吓醒，有点不高兴："好好说不行吗？真是的。"

"我已经好好说了，你不理我呀！"仔仔气呼呼。

"嗯？我怎么没听见你叫我呢？"妈妈自言自语。空奶瓶接水，舀两勺奶粉，摇摇晃晃，晃晃摇摇，放入凉水中冰一下。很快，香甜的奶就好了，妈妈递给饿极了的仔仔。

美梦被搅，爸爸却睡得正香。妈妈只能拿起手机，看了起来。仔仔喝完奶，随手把奶瓶扔到一边，她看着妈妈，生气地说："哼，一早上就知道捧着你那破手机。"

"那我捧什么。"妈妈反问。

"捧着我呗。"仔仔嘟曩个小嘴，撒娇道。

莫名其妙的醋（一）

"妈妈，我肚子有点儿不舒服。"仔仔从卧室跑到客厅，大声对妈妈说。

妈妈正在看手机，头也不抬："哦，你是吃多了吧。"

仔仔见妈妈反映如此冷淡，不乐意了："哼，关老师（学前班老师）都会蹲下来问我怎么了，你就'哦'的一声！"

"我……"妈妈瞬间无语。

"还有，为什么每次让我喝药的时候，关老师都问我'烫不烫'，而你就说'喝吧'！"仔仔气哼哼地讨伐妈妈，说的时候还不忘模仿关老师温柔上扬的语调"烫不烫？"以及妈妈凶巴巴语气的"喝吧！"

莫名其妙的醋（二）

晚上，妈妈像往常一样，盘腿抱着仔仔，来回摇晃着。妈妈忍不住亲了一下仔仔，用撒娇可爱的声音说："爱不爱妈妈？"说完就有点儿鄙视自己了，怎么又问孩子这个问题，这个问题应该去问孩儿他爸呀，可自己却从来没问过，因为自己知道这是不需要问的。

"爱！"仔仔柔声说道。妈妈每次都甜甜蜜蜜地等着这唯一的答案。可仔仔顿了一下，又说，"我也爱'大被小被'。"这次，竟多出了莫名其妙的竞争者，既不是爸爸，也不是其他亲人，而是从小每天陪小家伙睡觉的两条小毯子。

妈妈有些哭笑不得，假装生气地说："哼，哪个多一点？"

仔仔怕妈妈生气，神色略有胆怯，小声地一字一顿地说："爱妈妈多一点儿，因为妈妈把我生出来了。"

好家伙，妈妈原来有这个优势，才比"大被小被"多了一点儿。

懂妈妈

晚上，妈妈和仔仔在奶奶家吃饱饭后，往家走。

奶奶家楼下有一家新疆特产店铺，平时妈妈总去买杏干。好长时间没吃杏干了，妈妈有点儿想吃，于是领着仔仔打算去买。走近店门一看，虽然亮着白炽灯，但里面却没有人。

妈妈不死心，大声喊："有人吗？"

"没人。"仔仔失落地说。

妈妈遗憾地自言自语："唉！买不到杏干了，真可惜呀。"她舍不得离开，朝玻璃门里使劲儿张望着，脑袋都快贴上去了。看着货架上琳琅满目、五颜六色的食物，妈妈自顾自地念着："新疆甜葡萄干、黑枸杞、香脆巴旦木、浓香新疆奶茶……呀！还有奶茶！"

仔仔在一旁拽了拽妈妈的衣角，仰着脑袋盯着妈妈，认真地问："你是不是馋了？"

仔仔眼里的妈妈

妈妈近来换了化妆品，用了一阵，发觉脸貌似有些发黄，但她又不确定是不是心理作用。妈妈想，小孩子一定不会说谎，于是把仔仔喊到身边，认真地说："你帮妈妈看看，妈妈的脸是不是有些黄？"

"没有。"仔仔斩钉截铁地回答。

"你仔细看看，再回答我。"妈妈认为仔仔有些敷衍，回答得竟然那么快。

仔仔对着妈妈仔细端详了一会儿，一副认真的表情："你的脸一直是白的，没有变化，还是那么漂亮。"

妈妈听了仔仔的评价，立刻飞奔到了镜子前，自言自语地说："哇，真的吗？"

育儿遐思之二十六

养颜，也要养心

星期天，我和表妹逛街。商场化妆品柜台的促销活动花样百出，表妹趁着打折优惠买了一大堆化妆品。看着她买的十几盒面膜，不禁让我感叹，女人最爱是容颜！

其实我自己何尝不是呢，一堆一堆的化妆品，堆成小山一样的面膜。可是，作为女人，仅仅靠外在保养就想留住容颜是远远不够的。记得十多年前，我在公交车上遇到了一位白衣美女。那美女身材高挑，不禁让人想多看几眼。她站在我旁边，秀发顺滑亮丽，皮肤白皙。可惜的是，她总是一副不屑的神情，眉头紧锁，眼神中带有戾气，嘴角向下弯曲，摆成倒月牙状，让人觉得恶狠狠的。原本好看的面容，顿时失去了光彩。我的脑海不禁闪出四个字：相由心生。

古有"云想衣裳花想容"，又有"女为悦己者容"，女子爱美，始于基因。现代女人爱美，小到用什么化妆品，衣服鞋包的搭配，大到修修整整，去美容院在自己脸上动刀子。殊不知，当女人越注重外表时，便越会忽略自己的内心世界。

养颜、华服配饰，只是女人外在的美，但要想永葆青春靓丽，最重要的秘诀是养心。保持心情愉悦，心态平和，放开胸怀，宽容大度，由内而外散发出女性魅力和母性光芒才最动人。而小肚鸡肠、斤斤计较、心生不满和心情烦躁的女人很难美得起来。

苏东坡曾诗："粗缯大布裹生涯，腹有诗书气自华。"二十岁之前的样貌父母给，之后余生在于自己内心修炼。相由心生，那些心生善意的女人，通过岁月的沉淀会变得越来越有魅力，皮肤也越来越有光泽。

孔子曾说，人生有三戒，年轻时戒之在色，中年时戒之在斗，晚年时戒之在得。我所理解的人生，是从孩童期到青年期慢慢地学习生存技能，渐渐地被社会同化，学会入世，变为成熟和健康的社会个体。而后中年到晚年再由成熟、世故的个体慢慢转变成用孩童的眼睛去看世界，成为学会去追求内心宁静、豁达、能够舍弃和放下的一个"婴孩"。

看多年前作家刘墉的访谈录，当时的他差不多五十来岁，神采奕奕，面色红润，出奇的健康。他没有做过美容，没有做过"拉皮"，然而看起来却很年轻。看来"相由心生"这个词在作家刘墉身上就是最好的诠释。

看着表妹堆如小山的面膜，我拉着她说起了自己的养心之道。

参赛趣事

全家齐备赛

仔仔五岁那年冬天，大连传媒集团举办了首届"锵锵少年行小主播"大赛，妈妈想让仔仔锻炼一下，就毫不犹豫地报名了。

妈妈认为，成绩不重要，重要的是赛前准备过程和比赛时的临场锻炼。虽然得不得奖无所谓，但一定要"战略上藐视、战术上重视"，赛前准备马虎不得。妈妈请了楚婧老师单独指导，又和奶奶姥姥轮值训练仔仔。姥爷和爷爷则担任"后勤部长"，负责家庭后勤保障。爸爸则承担着帮助仔仔做好心理建设的重任，以及充当比赛当天的"压舱石"。

比赛当天，妈妈爸爸、爷爷奶奶、姥姥姥爷，还有大姨奶，阵容强大的亲友团去现场给仔仔加油打气。最终，仔仔不负众望，取得了好成绩：初赛第 69 名，复赛第 8 名，决赛第 10 名。可小家伙因决赛才拿到第 10 名而不满意，赛后当天闹了好久的情绪呢！

什么重要？

离初赛还有好几天，晚上临睡前，仔仔躺在床上一动不动。黑暗之中，妈妈摸了摸小家伙的胳膊，可她没有反应，这和平时的活泼好动完全不同，妈妈察觉出异样："你怎么了？"

"好紧张……"仔仔假装虚弱地说。

"紧张是正常的。你想想，除了紧张，还有什么感觉？"妈妈耐心疏导。

"没有了。"仔仔一字一顿。

"你不觉得，自己讲得比以前好太多了吗？而且，在学习的过程中，我们得到了很多呀，你的胆子更大了，也学会了很多主持技巧，你还和楚婼老师更亲昵了呢！"妈妈故作轻松地说。

"嗯，也是呀。"仔仔声音渐渐清亮起来。

"就是呀！你经历了很多比紧张更有意思的事情呢！赶快忘掉紧张吧。"妈妈边安慰边打气。

"嗯，嗯，嗯。"仔仔频频点头。

"晚安啦，仔仔。"

"晚安，妈妈。"

渴望自由的灵魂

小家伙马上就要去参赛啦，奶奶为了让她认真准备，答应如果取得名次，就带她去吃好吃的，以此作为奖励。

"你想吃啥，到时候和奶奶说。"奶奶满眼宠爱地看着仔仔。

"我要吃比萨！"仔仔一脸兴奋。

坐在一旁的妈妈听到了："不能吃比萨。因为那天比完赛，大家要一起去饭店，而且爷爷和姥爷，还有爸爸，他们不爱吃比萨。"

"我就要吃比萨！我请大家吃饭，那天我说了算！我说吃啥就吃啥！"仔仔的话像子弹一样嗖嗖嗖地发射了出去。

绕进去了

明天早上仔仔就要参加初赛了，这可是她第一次登台呢。晚上睡前她躺在床上，左翻一下，右翻一下，翻来又覆去，过了许久，说："妈妈，我好紧张。"

一旁的妈妈摸了摸她柔软的头发，温柔地说："紧张是正常的。可是，你不是一直想去大舞台吗？明天你就可以去啦！妈妈好羡慕呢！"

"我就是想去看看，我不想上去表演。"黑暗中，仔仔幽幽地说。

"我们不是去表演，其实就是去玩。"妈妈尽可能把比赛说得很简单，"而且，就是给你一个机会，让你去看看舞台。"

"其实，我的梦想不是这个。"小家伙一字一顿地说。

"那你的梦想是什么？"妈妈被突如其来的"梦想"话题弄得有些发蒙，不知道她想说什么。

"我的梦想是当一个画家。"

妈妈明白小家伙太紧张了，紧张到有些想要逃避了。借着黑暗的夜色，妈妈不用担心她口若悬河时的夸张表情被小家伙发现，所以尽情发挥："那画家也需要口才好呀，如果没有好口才，什么都说不明白。所以你得先学习当小主持人，把口才练好，学学怎么向大家讲你的画。"

"哦，也对哈！"仔仔恍然大悟。

"快睡吧。"妈妈故作轻松地说。

"好的，妈妈。"小家伙翻了一个身，不一会儿就睡着了。

准备笑脸

楚婂老师告诉妈妈，仔仔说得还可以，但就是面无表情。在台上要笑，要笑！要笑！！怎么办呢？妈妈也很发愁。仔仔在台上就跟背台词一样，一点儿都不像是在主持。

"你到网上下载一张笑脸图片，打印出来，比赛的时候举着，提醒她笑。"楚婂老师给妈妈想了一个办法。

"那是什么样的笑脸呢？台下距离台上有多远呢？打印多大的合适呢……"妈妈有些不明白。

“见过追星吗？你追一次试试。”楚娢老师偷笑道。

妈妈恍然大悟：“原来要像追星那般做一个醒目的牌子啊！上面不是某明星的名字，而是一个大大的笑脸！”

小试牛刀

初赛现场，快要轮到仔仔了，妈妈好紧张。她担心仔仔会过于紧张，把自己变成一条咸鱼干晾在台上。可她也相信，只要开场顺利，后面也会顺利，毕竟，小家伙的自我介绍已经背得很熟练了，就是在家练习时总忘记鞠躬和问好。于是上台前，她为仔仔理顺思路。

“上台走到固定的位置后，第一个事儿做什么？”妈妈一脸严肃地问。

“鞠躬。”仔仔答。

“第二个呢？”

“问好。”仔仔脱口而出。

“第三个呢？”

“开讲！”仔仔胸有成竹地说道。

加油甜食

初赛时，妈妈为了能让仔仔放松下来发挥出真实水平，就给她准备了平日爱吃的健达巧克力蛋、好利来水滴饼干和黄油曲奇。一家三口早早地来到了赛场，小选手们一个个很是精神、亮丽，一些小选手说话语气和神情大有舍我其谁的架势。

妈妈在观众席上找到了三个座位，她给仔仔倒了一杯温水，把甜食放在桌子上，然后和爸爸认真地看着比赛，时不时地点评一二。可仔仔却旁若无人地享受着自己的“大餐”。

她先是干掉了半袋好利来水滴饼干，接着又吃完了半盒黄油曲奇，最后小魔爪又伸向了巧克力蛋！就在她快吃完巧克力蛋时，妈妈转头看见仔仔满嘴巧克力的滑稽样子，又环顾四周，发现其他小朋友都在安静地观看比赛。如此鲜明对比，妈妈哭笑不得，蹲下来贴近仔仔的耳边，小声打断她："你不能再吃了。"

一直盯着手里巧克力蛋的仔仔听到如此噩耗，猛地抬头，不舍又委屈地看着妈妈，着急地压低声音说："不要！"

说完，她突然抱住了蹲在地上的妈妈，还顺势把头埋在妈妈的肩上撒娇。当然，嘴上的巧克力，也不知不觉地粘到了妈妈的头发上……

模拟立麦

仔仔成功入围复赛，经过半个月的准备，小家伙对比赛的两道题目都很熟练了。可妈妈忽略了一件事，那就是初赛用的是手持麦克风，平时练习也是手持麦克风。准备复赛时楚婳老师给仔仔加了手上的动作，改用了立麦。复赛当天，临出发前，爸爸发现了这个问题。小家伙从来没用过立麦，会不会影响发挥？做动作的时候会不会碰到立麦而影响成绩？

这可怎么办呀！正当妈妈用手比画什么是立麦的时候，爸爸把挂烫机从书房推到镜子前，把机器缩短，调整到和小家伙差不多的高度，用它来充当立麦！小家伙蹦蹦跳跳地对着镜子在模拟立麦前演练了一遍。

吃货一枚

决赛前，爸爸和妈妈带着仔仔到后台参观。可仔仔却一直吵着要喝随身带来的橘子饮料。妈妈一边说等等再喝，一边拉着她，从后台门口望向舞台。

好广阔的舞台！好绚烂的舞台！好让人眼花缭乱的舞台！金光灿灿的舞台背景，一道道数不尽的、亮白的、金黄的、水蓝色的灯光，有规律地、密密地交织在一起，像一张巨大的网。舞台中央的地面上，有一个高光圆圈，是小选手们的站位。一种强大气场掺杂着浑厚的压力扑面而来，一个成年人站在上面都顿觉渺小，更何况是五岁的娃娃！小小的人儿站在舞台中央，好像一个小豆丁。舞台对面是一排评委席，大连传媒界资深大咖们给小选手现场打分。妈妈立刻想起了曾经在电视机前看到的画面："去掉一个最高分，去掉一个最低分，1号选手得分是……"没想到决赛有如此大的阵仗，这就是电视机里常常播放的主持人大赛啊！没有舞台经验的妈妈开始有些紧张起来。

"仔仔，你看，这就是你梦想的大舞台。"妈妈按捺住心中的紧张，使劲儿咽了咽口水，"你终于可以上来玩啦！之前你表现得都特别棒，这次我们准备得也很充分，一会儿到了现场抽签环节，不管抽到什么题目，你就按照平时练习的说，想说什么就说什么，说五六句你就成功了，有爸爸妈妈在……"妈妈假装淡定，唠唠叨叨地说个不停。

仔仔心不在焉地看了看妈妈，然后认真地说："好的，妈妈，我知道了。现在，我能喝橘子饮料了吗？"

育儿遐思之二十七

上坡路和下坡路

记得有一次，我和朋友们相约周末徒步。

本以为会有蓝天白云，艳阳高照，可天公不作美，只见车窗外乌云压顶，狂风大作。到了徒步地点，郊外的风比市内大得多，山上的树被吹得张牙舞爪，树枝们也扭打在了一起。我们赶紧把冲锋衣、帽子、口罩、手套全都拿出来，全副武装准备徒步。

走山路，总有上坡路和下坡路。

每当走到上坡路，大风迎面而来，仿佛要把我们推倒一般。我低着头，顶住狂风的阻力，缓慢爬坡。因平时缺乏运动，走了不一会儿，双腿就像灌了铅一样，酸痛无比，浑身上下没劲儿，整个人累得上气不接下气，心中便有想放弃的念头。但我看见朋友们都在咬牙坚持，也只好强打精神走下去，那灌铅的双腿仿佛是惯性在带动它走着，生怕自己一不小心便会摔倒。

走了很长时间，我们遇到了下坡路。由于海拔高，我们可以俯瞰欣赏到远处辽阔的汪洋大海和伟岸绵延的山脉。看着眼前的美景，疲累的身体瞬间觉得轻松了许多，沉重的双腿也在下坡浅浅的步伐中调整了回来，就连风儿也变得温柔了许多。朋友们携手做伴，共赏美景，让人觉得惬意无比。

看着眼前的高山与大海、蓝天和白云，我突然发现眼前的这上坡路和下坡路就宛如人生路，有需要咬牙坚持让你辛苦的上坡路，也有顺风顺水让你舒服的下坡路。

这让我想起年轻时刚参加工作时的上坡路：所学专业和个人特长都与工作岗位不相符，连最基本的常识也不懂。于是，苦学、加班、熬通宵、谦虚求教。回首艰辛的上坡路，有泪水，有辛苦，有困顿，更有迷茫。但是砥砺前行走过上坡路后，便迎来了舒心与顺畅的下坡路。经过大半年的努力拼搏，我最终在新岗位上赢得了领导和客户的认可，可以独当一面。我知道，如今顺畅的下坡路，是因为曾经努力拼搏的上坡路。

我想，无论是走在让人痛苦艰辛的上坡路，还是走在可以俯瞰优美风景的下坡路，都不要让艰难困苦消磨掉斗志，更不要让安逸舒适侵蚀掉意志。

或许我们正执着于眼前的困顿，然而砥砺前行，任何困难都将过去；或许我们正得意于当下的顺风顺水，然而人生多变，要做好迎接困难的准备，以免心中落差而导致一蹶不振。人生遇到挫折、失意之时，更要学会以积极的心态面对，以进取的精神继续追求。春风得意之时，切莫骄傲自满，忘了来路的艰辛。

不以物喜，不以己悲，我们会变得从容不迫，淡然面对人生起伏。

白天不懂夜的黑

星期天，妈妈检查仔仔作业，发现数学作业错了很多，不少是因为马虎。看着一旁玩耍的小淘气包，妈妈有些生气，冷着脸说："你做作业怎么能糊弄呢！"

"没有啊。"小家伙一脸无辜。

"怎么没有，那么多题加减号都看错了，扣 1 朵小红花！"。妈妈生气地说道。

"哼，你就是要我达到你的目的。"仔仔低着头，小声嘀咕着。

妈妈惊讶她竟然这样想，便走到她身边，蹲了下来，用手环抱住她，问："我什么目的，题都做对了，是我被老师表扬吗？"

"你还是不懂。"仔仔声音更小了。

"那你说说看。"妈妈耐着性子。

于是，小家伙说了自己的理由，但妈妈依旧不太能理解。

"你还是不懂。"小家伙沮丧地说道。

妈妈确实没懂她到底在说什么，但仍旧耐着性子："那你再说说看。"

"哼，我不说了。"小家伙扬长而去。

要的太多

周日的晚上，仔仔躺在床上感叹：我希望时间不走、火车不开、妈妈不上班，每天都是星期六星期天！

妈妈心想：小小人儿，想法还挺多。

好想法

这天，仔仔表现很好，前前后后得了很多小红花，妈妈细细一数，竟然有 9 朵。妈妈打算乘胜追击说："今天晚上，如果好好睡觉还有奖励。十分钟之内睡着，奖励 3 朵。"

仔仔认真听着，想了想说："能奖励 1 朵吗？"

仔仔竟然想少要奖励，妈妈诧异："为什么呀？"

"我想凑成 10 朵，换 1 个玩具。"仔仔兴奋地说。

仔仔的甜言蜜语

又到了晚上睡觉的时间，可仔仔仍赖在妈妈的大床上。

"妈妈，我要听睡前故事。"仔仔撒娇。

"好吧，那听完一个就赶紧回小床睡觉啊。"妈妈说。

"我不要！"仔仔沮丧地喊。

"不能耍赖啦。"妈妈有些不耐烦地应付着，希望仔仔快快到小床上乖乖睡觉，这样妈妈就可以快快去干自己的事。

"妈妈！我一天都没见到你了，只有早上才和你在一起一小会儿，晚上我想多搂你一会儿。"仔仔撒娇道，水汪汪的"葡萄仁"中满是委屈和失落。

妈妈愣住了。原来小家伙是这么想要和妈妈亲近，这么需要妈妈的爱呀。妈妈非常感动，抱住了眼前的小家伙，在有着奶香味儿又吹弹可破的小脸颊上亲了亲。

魔障了

晚上，熄灯了。妈妈坐在大床上，盘着腿，抱着仔仔，慢悠悠地摇来又摇去。仔仔躺在妈妈怀里，美滋滋地说："妈妈，你的怀抱像摇篮一样。"

"是吗？"本来已经疲累的妈妈听到仔仔这样说，瞬间像充满了电，摇得更起劲儿了。

"双子亲亲。"仔仔调皮地对妈妈说。

"不亲了，赶紧把眼睛闭上，睡觉。"妈妈一改刚刚的温柔，严肃地说。

"双子亲亲嘛——就一次，就一次。"仔仔讨价还价，这是她惯用的伎俩。

"不行，赶紧睡。我把你放下来了哈，实在是坚持不住了。"话音刚落，妈妈就把"大石头"从身上抱了下来。

"好吧。"小家伙失落地躺在大床上，拽着妈妈的被角，翻来覆去，几个来回后终于睡着了。

过了一会儿，妈妈确定小家伙睡熟了，打算把她抱回大床旁边的小床上。只听见仔仔迷迷糊糊地说梦话："双子亲亲……"妈妈吓得缩回双手，赶紧作罢，头也不回地逃离了现场。

比喻恰当

星期三，仔仔学前班只上半天，妈妈不想浪费下午的时光，就给仔仔布置了思维题、识字和数学小卷子。只见妈妈眉飞色舞地说着，一旁的仔仔却皱着眉头不说话。

"好了，就这些。每做完一项奖励一朵小红花，没做完要扣5朵。"妈妈宣布。

"唉！"仔仔满脸愁云。

"你怎么了！"妈妈知道仔仔不想学习，只想玩。

"你能不能把手里的'绳子'给我放一放，让我松一点，别那么紧。"仔仔一脸怨气地说。

妈妈惊得呆在那里。

自己的就是香

清晨起床，妈妈睡眼惺忪。她走进卫生间，迷迷糊糊地刷牙。突然，爸爸拉开卫生间的门，一脸兴奋地对妈妈说："仔仔是我亲过的最好亲的小孩儿了，太嫩了！"

妈妈立刻睡意全无，不仅表示赞同，还担心爸爸的大嗓门吵醒仔仔，于是邀请爸爸一起在狭小的卫生间里，就仔仔为什么那么好亲的问题进行了讨论。最后，妈妈理智地得出结论：一是他俩没亲过几个孩子，二是别人家的孩子，也不能让咱成天使劲儿亲呀！

鉴定正确

星期天，爸爸妈妈一起收拾家。他们打算把朝南阳光充足的卧室让给仔仔，作为她自己一个人的房间。他们在卧室里一会儿走到这儿，一会儿走到那儿，讨论着房间的布置。

"可惜床围的套子找不到了，只有架子。"妈妈遗憾地说。

"没事，我们可以做一个。"爸爸说。

"之前的那个是网状透气的，用棉布的话会不会憋着孩子？"妈妈担心起来。

"不能啊！她都多大了，又不是小婴儿。"爸爸无奈地说，他觉得妈妈简直太杞人忧天了。

妈妈豁然开朗，觉得爸爸说得有理。在客厅吃麦片粥的仔仔不知什么时候跑到爸爸妈妈中间，大声地对爸爸说："这是亲妈呀！"

坐什么车

仔仔五岁半了，再过半年就要上小学了。姥爷心疼仔仔，餐桌上对爸爸妈妈说："等仔仔上小学，你们把我的车开走，送仔仔上学用。"

妈妈刚想说坐公交车也一样，下车就是学校，很方便。可仔仔却口快地插嘴："不用不用，我坐出租车就行了。"

替代品

晚上，妈妈加班，仔仔在爷爷奶奶家写作业。

仔仔在桌子上认真地写着，爷爷陪在一旁。看着这个娃娃白皙软嫩的小脸颊，他心生爱意，忍不住说道："让我咬一口吧。"

仔仔转头看着爷爷，认真地说："你还是咬苹果吧，苹果有维生素 C。"

出门时刻

早上，马上要出发去学前班了，妈妈一边忙着给仔仔的水壶装水，一边向卧室里大喊："快去穿鞋！要走了！"

"不，我得找印章。"仔仔从卧室里跑出来对妈妈说。

"什么印章？不都在那儿放着吗？"妈妈很着急，转身去装饭盒了，没瞅仔仔。

"哼，都是你把印章放起来了，我都找不到了。"仔仔抱怨。

"之前不是你自己放的吗？一个小盒子里，你忘了？"妈妈解释。

"就是找不到那个盒子了。"仔仔愁眉苦脸。

"等晚上回家再找，我们要迟到了，赶紧穿鞋。"妈妈命令道。

"不！我要找印章！"仔仔一溜烟跑回卧室。

"我走了，不等你了。"妈妈生气地向卧室喊道。仔仔却装作没听见，仍在玩具柜里翻来翻去。

"扣一朵小红花！"妈妈吼道。仔仔急忙从卧室跑到门口穿鞋子，气急败坏地说："妈妈，我讨厌你！"妈妈淡淡地瞥了一眼仔仔，轻轻地说："你确定吗？"

"嗯……我今天讨厌你。"仔仔小声地回答，完全没有了刚才的气势。

妈妈看着眼前这小小的人儿，语重心长地说："仔仔，等过几个月上小学了，这个时间都吃完饭到学校开始上课了。我们现在还没吃饭，还没出门呢，你得快点啊！"

"你就说现在，现在才最重要！"仔仔吼叫了起来。

仔仔的操心

晚上，妈妈哄仔仔睡觉。

黑暗之中，妈妈摸着仔仔的头温柔地说："妈妈明天晚上还得回来晚一点，你要乖乖听话呀。"

"妈妈，你别答应他们呗，在家陪我玩多好呀！"仔仔撒娇地说。

"别着急，我们五一劳动节就一起出去玩啦。"妈妈笑道。

"你说你领导找你，让你回去干活，你闹不闹心呀！"仔仔气哼哼地说。

"哈哈哈哈！不闹心。放心吧，放假领导不找我干活。"妈妈哭笑不得。

给妈妈想办法

这天，妈妈加班到晚上七点半才到奶奶家接仔仔回家。她刚一进门，仔仔就责备："你怎么这么晚才回来呀！"

"妈妈加班。"妈妈装作可怜的样子说。

回到家，妈妈和仔仔快快地洗漱完毕。睡觉前，仔仔再也忍不住了："你先别关灯，我有事和你说。"

"什么事？"妈妈感到奇怪，仔仔很少这样郑重其事。

"你在单位都在做什么？你说给我听听，我帮你处理呀！"仔仔一脸不高兴。

"妈妈今天写报告，所以回来晚了。"妈妈声音很小，像做错了事的小孩儿。

"找紫悦啊（动画片《小马宝莉》中的人物）！它写报告可厉害了！"仔仔兴奋地说。

教妈妈撒谎

晚上，仔仔缠着妈妈，让妈妈明天在家陪她玩。

"妈妈，你和领导请个假呗。"仔仔拽着妈妈的衣角，撒娇地说。

"你就说，我的家太乱了，我不能工作了，我得回去收拾家了。这样你就可以陪我玩了，哈哈！"仔仔为自己想出的好主意而兴奋不已。

妈妈忍住笑："那领导会说，等你工作完再回家收拾吧，收拾家也不是着急的事。"

"哦……这样啊！那不对，不对，我重新说啊。"小家伙皱着眉头，开始了冥思苦想。

"你说，领导啊，我家里出事了，我得请假回家。"仔仔一脸坏笑，还用小手捂住嘴发出"嘿嘿"的声音。

妈妈一听仔仔这个说法就来气了，嘴巴突然变得像机关枪一样："你当我像你呀，还撒谎，我可不撒谎。有事就是有事，没事就是没事！不可以撒谎！！"

仔仔见妈妈没有采纳她的"建议"，生气地丢下一声"哼"，耷拉着小脑袋走开了。

育儿遐思之二十八

发现每份工作的精彩

前几天朋友聚餐，大家纷纷谈起工作近况。其中一位吐露心扉说，自己虽然已跻身单位中层，但因为年轻时频繁换工作和行业，没有做到术业有专攻，导致发展受限，现在回想起来很是后悔。

换工作有换工作的好处。适当的工作变动可以消除职业倦怠期，学到新的技能和知识，新环境也会使人更积极。但凡事有度，如果变动过于频繁，就未免有沉不下心、不能吃苦的嫌疑了。频繁地更换工作岗位，将会耗费大量的时间去熟悉陌生的工作、环境以及人际关系，这对于自己经验的积累和知识的精进都有影响。

每份工作都有其优势和劣势。如果做一份工作时间还没多久，就满脑子认为太累、太琐碎、重复性太强，抑或觉得没挑战、太简单，也许是个人看问题的角度有偏差。机械性工作的另一面则是条理性的培养和毅力的磨炼；有挑战的工作风险与机遇并存，看似风光无限，其实背后辛苦万千。

这位朋友的自我反思倒让我想起另一位朋友。这位刚好相反，自从参加工作便勤勤恳恳、任劳任怨，一直是领导眼中值得信任的好员工，但他在一个岗位做了十五年，一直没有得到晋升机会。周围朋友都风生水起，大家也劝他换工作，他自己却不着急，依然故我，对待每一项工作都一丝不苟。最终，他因为踏实的工作作风得到重用，可谓是厚积薄发的典范了。

每份工作都可以做出精彩，但精彩的前提是对工作有着系统的掌握、长期的深耕厚植。其实，换不换工作，是个人的选择。但无论换还是不换，都要做到一点，即对自己的能力有一个客观的把握，尽快找准自己的位置，瞄准自己的目标，铆足劲儿，深扎根，撸起袖子加油干！

来了个助兴的

晚上，妈妈一进家门，热闹的音乐就扑面而来。爸爸在厨房里大喊："洗手吃饭啦！"

看到满桌子好吃的，妈妈提议喝两杯。他们一边吃饭，一边把高脚杯碰得"叮叮"直响，还热烈地讨论着最近发生的趣闻，把仔仔晾在一边。

"妈妈，我也要吃……"仔仔走到妈妈身边，拽拽妈妈的袖口。妈妈点了点她的小鼻子说："你想吃什么？你晚上在奶奶家吃得太多了，不能再吃了，不然会肚子疼。"

"爸爸，你陪我玩会儿呗。"仔仔又转身去缠爸爸。

"你等会儿，爸妈吃口饭。"爸爸说。

妈妈提议："你去弹琴吧。"

"不要！"仔仔生气地喊道。

"那你去听会儿火火兔讲故事"妈妈又说。

"不要！"仔仔仍旧不肯。

"那你去看会儿书吧。"妈妈想把仔仔支开。

"不要……"仔仔噘起小嘴，开始撒娇。

"来，干杯！"爸爸对妈妈说。妈妈举起酒杯，刚想喝，小家伙抱怨道："你们开开心心的，就我不开心。"说完，她生气地白了爸爸一眼。

爸爸匆忙地一饮而尽，拉住小家伙把她抱在腿上问："那你想干吗？"

仔仔牵强地遮掩自己白了爸爸的那一眼，装作可怜兮兮的样子说："我刚刚就是眼睛不舒服，其实我就想陪着你们。"

"哈哈哈！好吧好吧，不许捣乱啊。"爸爸哭笑不得，不得不投降。

得到陪吃的允许，仔仔高兴坏了，她从爸爸的腿上跳下来，站在餐桌旁，伴着美妙的音乐转着圈圈，手舞足蹈地跳了起来。

"你们吃你们的，我给你们伴舞。"仔仔开心地说。

心里有

夜晚，空旷的马路上行人寥寥，妈妈牵着仔仔往家走。突然，头顶斜上方竟有大朵烟花绽放，那五彩斑斓的花儿在夜空中飞舞了好久。

母女俩相拥欣赏这突如其来的惊喜。烟花绽放结束后，妈妈笑着问仔仔："哇，我们好幸运能看到烟花呀，开不开心？"

"不开心……"仔仔闷闷地答道。

"为什么？"妈妈感到奇怪。

"因为爸爸没看到。"仔仔失落地说。

安排惊喜

一天下午，仔仔剥了一小堆瓜子仁放在面巾纸上，打算给爸爸妈妈一个惊喜。

"奶奶，你也帮我剥。"仔仔发出命令。

"你给爸爸妈妈的瓜子仁，你让我剥？"奶奶反问道。

仔仔皱着眉头，急急地劝说奶奶："哎呀！你就替我剥吧。"

出其不意

周末，妈妈陪仔仔玩贴纸。突然，一股臭气飘来。

"谁放屁了？"仔仔严肃地看着妈妈。

"我没有啊。"妈妈如实回答。

"嗯？"仔仔变得更严肃了。

"我真的没有！"妈妈有些着急，抬高了嗓音。

"嘿嘿，是我放的。"仔仔嬉皮笑脸地小声说道。

学着点

早上，妈妈要带仔仔出门。刚想穿鞋，妈妈突然发现仔仔的脸上干干的，一定又没擦香香。于是她利索地打开雪花膏瓶，挤出了一个小豆丁大小的膏体，麻利地在仔仔的两个脸颊、下巴和额头上各点了一下，像点在蛋糕上的小奶油。

"这么少呀……"仔仔不满意。

"不少了，这些就够了。"妈妈解释。

"你看妈妈是怎么给你擦的，你学着点。"一旁的爸爸对仔仔说。

可仔仔根本不看，她把眼睛眯成了一条缝，嘴巴微微咧着，歪着脑袋侧着脸，迎合着妈妈擦香香的部位，一副好好享受的表情，嘴里还不忘发出四声"嗯"的声音，以示满意到了极点。

有杠精的潜质

早上，妈妈从厨房拿了几个空碗，打算把爸爸做好的面条盛到碗里凉一凉。她刚把自己的专用碗放在桌上，就被仔仔转身拿走了。

"啧，别动。"见小家伙出手如此之快，妈妈有些不高兴。

"这是你的碗吗？"仔仔幽幽地问，口气中还带着不服气的调调。

"当然了。"妈妈理直气壮地说。

"这是全家人的碗行不行！"仔仔大声说道。

曾经的曾经是现在的现在

仔仔已经五岁半了，家里的奶粉都喝完了。考虑到仔仔快上小学，也到了可以喝鲜牛奶的年龄。于是，妈妈打算给仔仔换鲜牛奶尝尝。这天，晚上睡觉前，妈妈为仔仔煮好了牛奶，将乳白香甜的奶液倒入小碗中，放在厨房靠近窗户的台面上凉着。大约十分钟后，一层隐约泛着晕黄的厚厚奶皮形成了！妈妈很满意鲜牛奶的质量，用小勺轻轻地剥落这人间美味。要知道这是她小时候最爱的吃食，每次这样香甜的奶皮一入口，整个人都觉得幸福无比。

妈妈拿着小勺，飞奔进了卧室喊道："快快，快吃奶皮！"

"哇！奶皮？"仔仔兴奋地大叫。

"快吃吧，可香了，这是妈妈小时候最爱吃的！""大孩儿"一脸兴奋地介绍着。

仔仔开心地咬了一口勺子里的奶皮，大声喊道："真是太好吃了！"

"那快吃吧，一口都吃完。"妈妈高兴地说。

"奶皮分你一半，满足你。"仔仔跟妈妈眨眨眼。

后来，她们互相谦让着，最终，在小孩儿的坚持下，另一半奶皮进了"大孩儿"的肚子里。

妈妈好像又回到了小时候。

各自的比喻

仔仔弹古筝遇到了困难，她哭哭唧唧不肯努力，妈妈只能把老师示范的视频拿出来，陪她一起研究。妈妈没有乐理基础，对乐器也是一窍不通，可为了陪仔仔渡过难关，只能硬着头皮学了。

"放心吧，没那么难，不是还有妈妈在吗？我会帮你的。"妈妈坐在仔仔身边，伸手搂住仔仔小小的肩膀。

妈妈像警察盯着监控录像一样看着课堂上自己录的视频，一帧都不想放过。有时老师弹得太快，妈妈眼睛跟不上，恨不得慢放，可惜手机没那个功能，只能一遍遍地回放。她们像细细啃骨头一样，认真地弹了几天，仔仔对谱子掌握得也差不多了。妈妈高兴地对她说："你看，刚开始感觉要弹好它像爬大山一样，经过这么多天的努力，你现在回头看看，还像'大山'吗？"

妈妈静静地等着"不像"的回答。

可小家伙却眉飞色舞地说："对呀！像小石头一样，一脚就踩过去了！"

到底是有多想

周末，爸爸在家陪仔仔玩积木，妈妈在电脑上写作。父女俩玩了许久，眼见太阳落山，爸爸提议出门买些青菜回来给仔仔做晚饭。吩咐妈妈在家里陪仔仔，可妈妈却仍旧沉浸在写作的乐趣之中，仔仔围着她走来走去，不高兴地说："妈妈，你陪我玩一会儿。"

"爸爸不是刚陪你拼了乐高积木吗？你先自己听会儿故事。"妈妈目不转睛地盯着电脑。

仔仔一屁股挤在妈妈的凳子上幽幽地说："还是爸爸在家有意思。"她拉着小脸，满脸幽怨，一直坐在妈妈身边，唠唠叨叨地说这儿又说那儿，妈妈"嗯嗯嗯"地应付着，不一会儿爸爸买菜回来了。

小家伙看见了爸爸，像一个受气包，眼睛一红，满脸委屈地小声嘀咕："爸爸，你怎么才回来。"

"爸爸去买菜了，你怎么眼睛还突然红了。"爸爸温柔地问，"爸爸也没走多久呀，你怎么就这么想爸爸了……"

"一秒就想！"仔仔高兴地喊道。

"哈哈，看来'一秒'已经不足以形容了。"爸爸开怀大笑。

"半秒！"仔仔也大笑。

"老"

一天，爷爷陪仔仔玩。仔仔摩挲着爷爷粗糙有力的大手，疑惑地问："爷爷，你的手怎么这么老？"仔仔总喜欢用"老"字来形容皮肤的粗糙。她认真地看着爷爷，眼睛像紫葡萄一样，清澈明亮。还没等爷爷回答，她又问："怎么才能不老？"

"你听话就不老。"爷爷笑眯眯地说。

仔仔认真地看着爷爷，若有所思地点了点小脑袋。

仔仔的陪伴

周末，妈妈在电脑前忙碌着。仔仔从客厅跑到妈妈身边："妈妈，你陪我玩一会儿啊！"

"你先自己去玩儿一会儿，过会儿妈妈陪你。"妈妈目不转睛地盯着电脑。

"唉！那还是我陪着你吧。"她边说边爬上凳子，挤在妈妈身后温柔地说，"妈妈，你肩膀好点了吗？我陪着你写作。"

育儿遐思之二十九

却话业余时间

前几天，我坐地铁上班。发现大家都是"低头族"，有的看微信，有的看"肥皂剧"，有的玩游戏。而角落的一个年轻人格外醒目，他正专心致志地看书。我仔细一看，竟是多年不见的初中同学。我们热情地互问近况，后来彼此加了微信。

我本打算考职称，可大半年过去了，书没翻几页，每天除了睡觉、工作、照顾家庭、休闲娱乐，时间所剩无几。老同学在地铁里抓紧碎片时间看书，而我在地铁上抓紧时间看电视连续剧，相比之下，我的碎片时间都用来娱乐了。

有人说，人与人的差距在于业余时间。

业余时间用来做什么，将决定一个人的情趣、素养，乃至精神世界。数十年如一日地读书，与数十年如一日地看娱乐节目，对人的精神滋养必定不同。很难想象，每天业余时间用来看娱乐节目或"肥皂剧"，十年后的精神世界会有多丰富。更难想象，每天将业余时间沉浸于放松、娱乐的各类电子游戏，十年后的情趣能有多高尚。

其实，短暂、适度的消遣并不可怕，可怕的是把娱乐当成生活中不可缺少的一部分，把娱乐当成每天业余时间的固定消遣，过度地沉迷于此，逐渐地陷入泛娱乐化却不自知。五年、十年过去了，那些占用生命、花费掉大量业余时间的娱乐节目，除了博得当年一笑，其余的，什么都没有留下。

翻看老同学的微信朋友圈，发现热爱文学的他，一直在追梦的路上。看到他发表的文章、获得的奖项，无不是他的梦想。当我知道他的业余时间都用来阅读写作时，让我更加深刻地感受到，同样是工作、照顾孩子和家庭，由于利用业余时间的方式不同，几年下来，我们已是不一样的结果。他虽是一个普通职员，但自律、自省、谦虚、努力，可谓身边人守初心、追梦想的典范。

利用好业余时间能让我们收获不一样的自我。如果业余时间用来读书，时间久了见识将会更广博；如果业余时间用来健身，多年后体魄将会很健硕；如果业余时间用来看"学习强国"，政治素养将会逐渐提升。其实，在业余时间里能够自律自省，其内生动力是对青春有抱负、对梦想有憧憬、对人生有追求，是不忘初心又有恒心的执着与坚守。

没 get（领会）到那个点

周末，妈妈给仔仔买了鹌鹑蛋。一进家门，妈妈手里的东西就被爸爸接了过去。

"呀，你买鹌鹑蛋了呀！"爸爸惊喜。

"是呀，总吃鸡蛋，偶尔调剂一下。"妈妈说。

"这个是熟的还是生的？"爸爸迷惑。

"当然是生的了！"妈妈诧异，她奇怪爸爸为什么会这么问。

"也有可能是熟的呀，你看它能转起来，而且这只这么软。"爸爸肯定地猜测道。

妈妈耐着性子说："这和鸡蛋不一样啊。"

"我就买过熟的、五香的呢，可好吃了。"爸爸回想起曾经买过的五香鹌鹑蛋，感叹道。

"人家卖蛋都是用塑料筐装的，而且有的蛋上面还带鹌鹑毛，明显是生的，我要是再去问生的熟的，人家会觉得我脑子有问题吧！"妈妈哭笑不得，极力证明自己买的蛋是生的。她想了想，又补充道："你之前买的熟鹌鹑蛋，是为了买五香口味，不是为了买熟的蛋。"

爸爸执拗地要确认，他剥开那只软软的鹌鹑蛋皮，确定地说："嗯嗯，是生的。"

午饭后，仔仔在妈妈身旁，她拉着妈妈，小声地说："你选的男人，是不是有点懒呀？"

妈妈惊呆了，保持镇定且一字一顿地问："我选的男人是谁？"

"是爸爸呀！"仔仔一脸不耐烦。

妈妈小心翼翼地追问："为什么有点懒？"

仔仔皱着眉头，气哼哼地说："鹌鹑蛋买生的回来煮就行了，他还要熟的干什么？"

贴心

星期天，爷爷带着仔仔去公园玩。走了许久，爷爷有些累了，他对奶奶随口说道："我这膝盖怎么有点疼呢。"

仔仔听了连忙跑到爷爷身边，问："爷爷，你怎么了？"

"爷爷没事，就是有点累了，走不动了。"爷爷边走边捶了下大腿。

"爷爷，我扶着你走。"仔仔皱着眉头，一脸心疼地说。

"争风吃醋"

这天晚上，妈妈给仔仔洗澡。她放了一澡盆的热水，还加了调理身体的中药。小家伙躺在澡盆里只露个小脑袋，舒服极了。妈妈坐在大澡盆旁边的小板凳上，用手指来来回回一点点地在仔仔身上搓呀搓。搓了好久，好不容易才把小脖子、小胳膊、小手指、小身板、小腿肚、小脚丫搓干净了。最后又用香香软软的洗发露泡泡洗了头发。仔仔洗了个舒服的热水澡，可妈妈就惨了，洗了个劳累的"汗水澡"，而且给仔仔搓后背和洗头发时，她必须得站起来一直弯着腰洗，只有那个高度才合适。

吹完仔仔的头发，妈妈拉开卫生间的门，随手伸了伸胳膊，捶了下腰，这时爸爸正好路过。

"累坏了吧，腰疼吗？"爸爸说着便用有力的大手给妈妈按摩。妈妈一身的疲惫瞬间散去。她心想，真是开门有惊喜呀，腰瞬间就不那么疼了。

一旁的仔仔瞥了一眼爸爸，只听"哎哎哎……"的声音从小嘴里传出来。

"你怎么了？仔仔。"爸爸停下给妈妈按摩的大手，环抱住了仔仔。

"我这儿疼……"仔仔声音虚弱地回答，用小手摸了摸自己的后背。

"腰疼？"爸爸诧异。

"对对对。"仔仔继续装虚弱。

"那爸爸给你按按啊。"爸爸抬头看了看妈妈，哭笑不得。

妈妈欲哭无泪，送上门的按摩师就这么没了。

神逻辑

这天，仔仔跟着学前班的老师和小朋友去春游。照片里，仔仔竖起两根小手指摆出胜利的姿势，另一只手却拿着一小袋绿色包装的蟹黄味青豆。这零食不是妈妈买的呀，看来是小朋友给的。

回到家，妈妈先是和仔仔聊玩得开不开心，有没有和小朋友分享食物之类的话题。突然，妈妈坏坏一笑问道："你的小青豆是谁给的？"

仔仔愣住，一脸紧张诧异："你怎么知道的？"可随即定了定神，松了一口气，说，"你看到照片了！"

"哈哈哈……"妈妈大笑。

"那个是小明给我的。"仔仔一脸不在乎。

"你的饼干给他了吗？"妈妈问。

"没有，我可讨厌他了。"仔仔说。

"为什么讨厌他？"妈妈惊呆了。

"他太淘气了，总欺负别人，有时还推小朋友。"仔仔说。

"你讨厌他，那你还吃人家东西！"妈妈倍感不解。

"我讨厌他，也不影响我吃他东西呀！"仔仔满脸不在乎。

妈妈突然不知道说什么，心想：这逻辑……好像……也没什么问题。

挑剔娃

睡前，妈妈问仔仔："你要听什么故事，《木木和木儿》？"

仔仔："不不不，这个太感人了，睡前不能听，我做梦会梦到他们的。"

妈妈："《一只蜘蛛开商店》？"

仔仔："不不不，这个没意思。"

妈妈："《河马的蓝宝石戒指》？"

仔仔："不不不，这我都听够了。"

妈妈："……"

摸大树

这天，爸爸妈妈带仔仔到公园玩。公园里有一棵树龄四百多年的参天大树。妈妈边感叹边对仔仔喊道："快过来摸摸这棵大树，它已经四百多岁了！"仔仔闻声蹦蹦跳跳跑来，抬头仰望着这棵大树。

"快摸摸，长得快。"妈妈催促。

仔仔一脸迷惑地说："谁长得快，是我还是大树？"妈妈听了哈哈大笑，坐在树下休息的路人叔叔也笑了，他认真地看着仔仔："小朋友，你的这个问题很深奥啊！"

别废话

这天，妈妈买来青团给仔仔尝鲜。小家伙吃了半天才啃破绿油油的青团皮，里面的金黄色蛋黄还没有露出来。妈妈知道她吃不完这么大的青团，便说："你快点吃，吃不完把剩下的给爸爸。"

仔仔直接把手里的青团递给了身旁的爸爸："爸爸，给你。"

爸爸："你先吃。"

仔仔不耐烦地瞥了一眼爸爸："啧，你就说你要不要吧。"

打提溜

从小，仔仔就喜欢打提溜。这是她和爸爸之间的专属游戏。

什么是打提溜呢？爸爸站在仔仔身后，把她举过头顶，边举边飞过井盖子，整体做抛物线状。家门口有两个井盖子，它们挨得很近。仔仔三岁的时候，爸爸为了逗小家伙开心，便用双手把她举起来，一下子飞过两个井盖。第一次，仔仔飞了一下便惊呆了，等爸爸把她放下来的时候，才开心地哈哈大笑，说再来一次。后来，每晚回家，仔仔一定会要求爸爸带她打提溜。

随着年龄的增长，仔仔也越来越沉，打提溜的难度也逐渐增加。小家伙不再满足于单纯地飞过井盖，她还要求设计"飞行路线"，不仅如此，还要求妈妈拍照录像。

这天晚上，又走到家门口。仔仔伸出胳膊，三步并作两步小跑到爸爸面前，拦住了去路："打提溜！"

"怎么打？"爸爸问。

"这样……"仔仔在空中用小食指画了个 M 形，示意爸爸要一起一落逐个飞过两个井盖；她紧接着又在 M 形上画了个半圆形，示意爸爸接着要一下子高高地飞过两个井盖；最后又在 M 形侧面画了个半圆形，示意爸爸要再接着斜着飞过两个井盖。

爸爸有点发蒙，看着"三连跳"的"飞行路线"，又想到仔仔现在三十多斤的重量，一咬牙答应了，说："就一次啊！"

就这样，按照仔仔设计好的"飞行路线"，父女俩玩起了"人肉过山车"。过山车一发车，满院子便充满了仔仔清脆欢乐的笑声。一旁拎包、充当摄影师的妈妈，嘴里还不忘模仿西游记里孙猴子翻筋斗云时的声音，她觉得眼前的这只"小猴子"和那"斗斗斗"简直太相配了。

斗作业

跟吃饭一样，仔仔做作业东张西望的毛病又犯了。自习课时，小家伙不写作业，看看这儿，又看看那儿，东瞅瞅，西瞅瞅，最后把作业带回了家。

可是回家她也不认真，还是写一会儿玩一会儿。爷爷奶奶对此也很头疼。妈妈认为学习初期，学多少不重要，重要的是养成良好的学习习惯。要知道，动作快的小朋友在学校完成作业，回家就可以弹琴、画画、练舞蹈。而动作慢的，就只能回家做作业，更有甚者要点灯熬夜才能做完。妈妈一想到以后念小学要点灯熬夜，就觉得很恐怖。

可妈妈也怕冤枉了孩子，万一是因为作业多呢？于是她私下里询问了关老师。原来班级里绝大部分孩子都可以在放学前完成作业。

为了能提高仔仔写作业的速度，妈妈想了好多办法，例如，和仔仔约定，在规定时间内写完作业就可以看一集动画片，或者写完作业可以出去骑车，再或者写完作业可以去小公园玩。可惜，仔仔油盐不进，自习课仍不肯快点儿做作业，仍东张西望。

一天，妈妈突然想到，自己还有小红花这个利器啊！之前什么规定多长时间内写完，什么写完可以回家看电视之类的跟小红花比都弱爆了。

妈妈宣布："从明天周一开始，在学前班做完作业，奖励 10 朵小红花；周二接着在学校做完，奖励 20 朵；周三接着做完，奖励 30 朵；以此类推，周四做完有 40 朵，周五做完有 50 朵。"

仔仔瞪大了眼睛，一脸惊讶，不相信自己听到的喜讯。

妈妈见到仔仔如此反应，心想：终于能够打动她了。于是又得意地说："如果有一天没做完，对不起，奖励就中断了，再次做完就要从奖励 10 朵开始，不能依次递增了。"

"好！明天一定在学校全部写完！！"仔仔斗志昂扬。

从那以后，仔仔写作业拖延的毛病终于不见了，她再也不把作业拿回家写了。要知道，奖励不仅逐日递增，而且 10 朵小红花可以换一个小玩具，20 朵可以换大玩具，30 朵可以换大大的玩具呢！

分屋趣事

仔仔五岁半了，爸爸妈妈想着她快要念小学了，不能再和爸妈睡一个屋了，他们打算分屋睡。一家三口现在的卧室朝南，日照时间特别长，阳光铺洒的面积也很大，非常暖和。而相比之下书房差太多，日照时间短得可怜，屋里两面都是玻璃窗，透冷又透寒，到了冬天立刻变成了储藏室。可另一个屋子也不暖和，除了窗户，还有一面墙是把边的，故而到了冬天也很冷。

妈妈爸爸几经商量，决定把温暖舒服宽敞的卧室让给仔仔，他们去住另一个屋，然后把书房变成健身房。如此安排，所有的家具都要重新放置，一场家具物品大洗牌就要开始了。

说干就干。晚上妈妈早早哄睡仔仔后，拿着尺子量来量去。她先是量了所有屋子的长宽，然后又挨个量了所有家具的尺寸，最后找出白纸，在上面画着"规划草图"，依次画好了主卧、次卧、健身房的空间，又在里面像摆积木一样，填充着每个屋子需要的家具。夜灯下，妈妈兴奋地写写画画，感觉仿佛要搬家。

爸爸制作了详细的"搬家"计划清单，分步骤地、一步一步地安排好，先掏空哪个家具，再掏空哪个家具；先把哪个家具挪到家里哪处空地，再把哪个家具挪到刚刚腾出的空地。例如，他们先是计划把卧室大床床下储存的东西都搬到另一个屋的窗台上，床上的被褥枕头搬到沙发上，然后把再把大床肢解，挪到想挪的位置。诸如此类，逐一安排，一环扣一环，可谓详尽周密。

"搬家"那天，爸爸妈妈请了四个工人协助他们，他们把家里翻了个底朝天，所有的床、衣柜、书柜、茶几等里面放置的东西，按步骤逐一被掏空，沉重的家具从这边挪到那边，再把东西都塞回去。经过一天的艰苦奋战，爸爸妈妈终于把家安顿得差不多了。

仔仔有了属于自己的温暖且阳光充足的大床房，大床、衣柜、书桌、古筝、玩具收纳柜，一应俱全。为了让小家伙肯自己单独睡，妈妈可算下足了功夫，不仅腾出最暖的卧室，还给她换了云朵形状的、可调节冷暖色调的卧室灯，又让她自己挑选了窗帘及床上用品。为了显示单独睡是一件很开心并且重要的事，趁周末，妈妈带着她到商场买了一个大大的 Kitty 猫玩偶，这个玩偶手里还拿着仔仔最喜欢的冰激凌呢！

就这样，万事俱备，只差仔仔自己睡了。

晚上，妈妈和仔仔商量自己睡的事。

"我觉得仔仔长大了，长大的表现是什么呢？去学前班学习，可以看电视，可以吃零食，还有一样是长大最重要的表现，你知道是什么吗？"妈妈故意引出话题。

"是什么？"仔仔满脸疑惑。

"是自己睡。"妈妈揭晓答案。

"我不要！"仔仔小脸一下子拉得老长。

妈妈把仔仔领进她的卧室，开心地说："你看！这是你自己挑的粉色、上面有 Kitty 猫图案的窗帘，这也是你自己买的粉色、上面有 Kitty 猫图案的床单和被子，还有个拿着冰激凌的 Kitty 猫玩偶陪着你，你还不自己睡呀。"

仔仔四处打量着，没有说话。

"这样吧，一开始还没有养成习惯，为了鼓励你，妈妈奖励你小红花。"

"几朵？"仔仔问。

"2朵。"妈妈答。

"不要。"

"3朵。"

"不要。"

"4朵。"

"不要。"

"5朵。"

"不要。"

"8朵！"

"……不要。"

"10朵！！"妈妈一咬牙，说多了，可她发现仔仔正在犹豫，于是赶紧又说，"10朵不要，就没有啦！"

"好——吧——。"仔仔耷拉着小脑袋不情愿的样子。

"妈妈，你给我哄睡了再走呗。"仔仔一脸胆怯。

"当然了，妈妈等你睡着后再回屋。"妈妈摸了摸仔仔的头，安慰道。

仔仔乖乖地爬进被窝，等着妈妈哄睡。她很乖，一会儿就睡着了。没想到分房睡这件事竟然进行得如此顺利，妈妈兴奋地跑回自己的卧室和爸爸感叹，终于有自己的卧室和空间啦，再也不用担心脚步声重或者说话声大而吵醒仔仔了。

可到了爸爸妈妈睡觉的时间，妈妈变得不安起来。她先是跑到仔仔的卧室，看看小家伙有没有踹被子，而后又回来躺下。不到十分钟，她又下床跑到仔仔卧室去看个究竟。爸爸则淡定微笑，静静地看着妈妈上来又下去地来回折腾。

反复几次，见仔仔睡得安稳香甜，妈妈终于放下心来。妈妈知道自己睡觉沉，细细碎碎的动静都不会醒，所以总是在睡觉翻身的时候下意识让自己起来给仔仔盖被子。这回小家伙开始自己睡，没人给盖被子了。怕她着凉，妈妈只得在半夜三更频繁地跑下床，到仔仔卧室看看她是否蹬被子。幸好，卧室里温度适宜，被子又大又轻，小家伙来回翻身总在被子里打转，不需要时时盖被。妈妈终于松了一口气。

这天晚上，爸爸妈妈都加班，他们很晚才回家。爸爸买了凉皮和鸡架，妈妈买了酱牛肉，一家人围在桌前一边吃一边聊天。一转眼，到了仔仔睡觉的时间。

妈妈坏笑，计上心来："仔仔，今晚你自己睡吧，爸爸妈妈还没吃完饭。"

"不行！我等妈妈！！"仔仔一脸严肃。

"等我得到什么时候呀，现在很晚了。"妈妈说。

仔仔急了，眼睛微红："不行，我不要一个人睡，你得把我哄睡了才行。"

"妈妈今晚不哄你，你试着自己睡吧，成功了就奖励你5朵小红花。"妈妈笑。

"不行！"仔仔坚决反对，神情坚定。

"奖励10朵。"妈妈把"老K"丢了出去。

"不行！"仔仔看看妈妈，坚持着自己的想法。

"奖励20朵。"妈妈又甩出"小王"。

"嗯……不行。"仔仔慢慢摇头，痛苦地拒绝。

"奖励30朵。"妈妈微笑地把"大王"递了过去。

"啊——不——我到底是自己睡呢，还是让妈妈哄呢？"仔仔挣扎着自言自语。

爸爸妈妈在一旁忍住笑，都没吱声，给小家伙一点空间，让她自己想明白。

"这样吧，妈妈，我自己先试试，要是睡不着，你就过来陪我。"仔仔妥协了。

一直没说话的爸爸终于发话了："那咱可事先说好了哈，九点之前睡着了才能奖励 30 朵。九点之后，你妈就进屋陪你，30 朵小红花可就没有了。"

"啊？！"仔仔恍然大悟。

"那我得赶紧自己睡着，得 30 朵小红花！"仔仔信心满满，急忙跑到床上脱下衣服，闭上眼睛。

等到九点，妈妈推开门一看，小家伙已经睡着啦！

育儿遐思之三十

女儿的快乐

傍晚，我和五岁的女儿走在家附近。前几天便利店大门紧闭，如今终于开了，女儿迫不及待地冲了进去。

"你好，阿姨、大大呢？"柜台前换了生面孔，女儿诧异地问。

"他们回老家了，过几天回来。"那个长相很年轻的小伙子说道。

一连好几周都不见老板。我先生判断他家换人了，而我心里却仍有一丝丝他们会回来的期盼与渴望。

"阿姨好。"年轻小伙不在，他女朋友在。女儿蔫头耷脑，一改往日对"阿姨、大大"的热情劲儿。

"以前的老板呢？"我终于忍不住问。

"以前的老板不干了。"小姑娘笑着说。

"什么时候走的？"我一脸惊讶。

"多好的人呀！"在一旁买东西的阿姨叹气惋惜。小姑娘有些尴尬，却仍旧不失礼貌地微笑着。

女儿低头走出便利店，小声问我："妈妈，阿姨大大去哪了？"

我望着远处清冷的天色，慢慢地说："他们回家了。"

"那他们什么时候回来？"女儿失落地问。

我沉默了一会儿，轻轻地说："他们不回来了。"

女儿一脸苦相。

这个便利店以前的老板和老板娘都很热情。老板娘四十来岁，大眼睛，圆脸盘，爱说话，个子虽不高，但中年发福的样子让人感觉很温和，薄薄的近视镜后面透出憨厚的神情。老板瘦高，小圆脸，小眼睛，话虽不多，却总是笑意盈盈。我每次去，老板娘总坐在柜台里，张罗着给客人结账。而老板则勤快地擦擦货架，抬抬箱子，总是在便利店里忙活着。

我们是从什么开始熟络起来的呢？

一想起他们，老板娘那张温暖和善的脸庞便浮现在眼前，那句甜甜的"宝宝来啦！"像一条无形的细绳，轻轻地牵动我心。

一天晚上，女儿跑到冰柜前，大喊："妈妈，给我买个冰激凌！"因隔得有些距离，我便没有理她。可小家伙不依不饶，跑到柜台边，揪着我的衣角晃来晃去，撒娇道："妈妈，我要冰激凌。"看着她讨好卖萌的样子，我耐心地说："不行，现在天气太凉了，吃完会肚子疼的。"

"就一个，我太喜欢了。"女儿耷拉着个脸，皱着眉恳求道。柜台里的老板娘插话："小宝宝是不能吃冰激凌的，太凉了。"老板娘面带笑意，认真地看着女儿，语调柔柔，像是在哄一个小婴儿。

"那太可惜了。"女儿见卖东西的阿姨都这么说，这才相信了。我笑着跟老板娘点点头，对她的贴心举动表示感谢。

"妈妈，那我再去看看，我不吃。"女儿一改刚刚的愁眉苦脸，一脸期待且兴奋地说。

"你要干什么呀？不吃还看？"我觉得奇怪。

"你等我一会儿，我用目光把它们（冰激凌）都扫射一遍，就当我都吃过了。"女儿话还没说完，就一溜烟跑了。

我和老板娘哭笑不得。她一边给我结账，一边看着小家伙在冰柜前跳来跳去的小身影，自言自语地说："小孩儿啊，天真的小心思。"

"是啊，每天一进来就想吃冰激凌。"

"就那么点儿小心思，你还不得让人家满足一下，不让吃，还不让看呐！"她扶了扶眼镜，一脸真诚。

女儿跑回我身边，又好奇地指着五颜六色的小零食问："阿姨，这是什么？"

"这是糖，你不能吃。"老板娘坏坏一笑。

"好吧。"女儿失落地撅起小嘴。

"等长大再吃吧！真可爱。"老板娘大笑。

"小的时候都可爱！"我也笑。

就这样，我们便渐渐熟络起来。几乎每天晚上，女儿都会趁我结账时，向我撒娇，跟我要这要那。而老板娘也总是甜蜜蜜地逗她："哎呀，你又来啦！""总吃糖对牙齿不好。""宝宝下次再买吧。""小孩子吃冰激凌会肚子疼的。"

一来二去，活泼的女儿也和他们熟络起来。"阿姨好！大大好！"声音清脆淘气得如同一只小麻雀，阿姨和大大也甜甜地回应她"小宝宝，你来啦"！有人喜爱她，她当然也享受其中。一见阿姨、大大，她立刻化身一只冲进门的小白兔和在雪糕柜边飞来飞去的小黄鹂。每晚，我去拿酸奶，女儿则飞一般地跑去看雪糕柜。

"和阿姨、大大说再见吧。"每次买完东西，女儿都舍不得走，非得我喊很多遍，才肯离开。有时，即便家里有酸奶，女儿路过便利店也要和他们聊几句才肯罢休。有时只见老板不见老板娘，女儿便会失落地问，阿姨去哪了，每每这时，好脾气的老板娘便会从仓库钻出来喊："我在这儿！宝宝。"看着他们之间的"深情厚谊"，竟让我有些哭笑不得。我猜想老板两口子对我热情，很可能是因为女儿。

那天晚上，一进门，还没等我走到货架跟前，老板娘一脸惊讶地说："就你自己呀？宝宝呢？"

"今天去姥姥家了。"我被这突如其来的热情温暖到了，感觉好像到了自家亲戚开的店一样。

"这下你们两口子可以放松放松了。"老板娘笑道。

"是呀，难得的清闲。"我拿了饮料放到柜台上。

"你家这个小家伙真幸福，姥姥家也疼，奶奶家也疼。"老板娘一脸羡慕。

"嘴甜，把老人哄得一愣一愣的。"我又拿了几包薯片。

"嘴甜好啊，天真可爱。"老板娘感叹，"你们这是趁她不在家，偷偷买零食吃呀！"老板娘话锋一转，笑了起来。

"可不是嘛！平时她在家，我们都不敢吃。"我对老板娘的"火眼金睛"感到佩服。

"正好孩儿不在家，吃点哈。"在一旁扫地的老板，抬起头看着我笑眯眯地说。

"我儿子小时候跟你家这个一样，活泼，嘴甜，可长大了却不爱吱声了。"老板娘转过头一脸惋惜地看看身边的儿子。

"现在的孩子学习太累，都不爱吱声。"我打着圆场。

"可不是累吗，马上要高考了。"老板说。

"孩子这么大了啊！"我吃惊地打量着这个男孩。他坐在柜台后的桌子上，一米八的个头，厚厚的镜片后面躲着一双小眼睛，显出一丝丝呆滞的神色。我点头朝男孩笑笑，他面无表情地瞅了我一眼，就又低头看书了。

一来二去，我们和老板一家算是熟络起来。平时在家门口碰到便会亲切地称呼他们为大哥大姐。偶有朋友送些吃的，又恰好我们不在家，便让大哥大姐代收。有时买了一堆东西回来，却紧接着又要出门，懒得上趟楼，东西就放在便利店里。如此一来，省却了许多麻烦。后来久了，我觉得他们更像是亲密的邻居，有事可以时时照应着我们。可能是周围的邻居们都得到了照应，有事没事总爱往老板"家"跑。

遛弯的老奶奶、遛狗的老大爷、隔壁经营服装店的女人，还有我们楼里独居的大哥，他们来便利店不为买东西，只为歇脚、聊天、打发时间。因为老板和老板娘的宽厚和善，邻居们就成了便利店里的常客。三三两两，或坐或站，围坐在柜台前，好似多年老友一般，非要畅谈一番才心里舒坦。就这样，春夏又秋冬，冬春又夏秋，一年又一年，老板和老板娘变成了大家可以说知心话，可以相互照应的好邻居。

可现如今，他们却不辞而别。我心里不舍，竟也生出了一丝丝埋怨，怎么不和我们这些老邻居打个招呼再走呢，简单说几句也好呀。我猜其他邻居也是这么想。在我和女儿的心里，已经把他们当成亲密邻居，每天一见，已成习惯。

如今我再进便利店，里面冷冷清清，大家买了东西便走，都没有多逗留一会儿的意思。听邻居们说，老板的儿子考上了外地的好大学，两口子照顾儿子去了。可后来又听说，老板儿子高考失利，一病不起，两口子带儿子回老家调养身体去了。离开的原因究竟是什么，对我们而言仍旧是个谜。但有一点是可以肯定的，那就是与我们这些老邻居道别，会给下一任老板带来困扰，只能徒增伤感罢了。

再看看我们周围，离别的事每天都在上演。

前些日子，女儿学前班的同学突然转学了，那是女儿最要好的朋友。女儿因为好朋友的离开伤心难过，每每想起，总要流一会儿眼泪。为了纾解她的相思之苦，我甚至找了学前班老师，想要那个孩子父母的联系方式，可惜没有联系上。

有一次女儿情绪低落地告诉我，她已经梦见小花四次了，还多次不断地追问我，什么时候才能再见到小花。我着实不好回答，只能以"以后你还会遇到更好的朋友""或许过一阵子就能遇见她"，诸如此类的话来搪塞。每到此时，深深的无力感便涌上心头。因为，作为母亲的我也不知如何面对这样的追问。我也真是不忍心告诉她残酷的真相，人海茫茫，很有可能你再也见不到她了。

看着女儿伤心的泪水，我又不由得想起"珍惜"二字。回头看看那些离别，那些逝去的，那些被湮没在岁月长河之中的情谊，静静地问问自己，有无珍惜？有无尽力？

后来，我想明白了这些，便告诉女儿，你们相处的时候快乐吗，如快乐，便也就够了。

跋

　　身边很多朋友问我，为什么想到以这种形式记录孩子的成长？其实，这本《童言趣语》的绝大部分内容都是在仔仔一岁以后才动笔写就的。

　　决定动笔，也是一次机缘。

　　那是仔仔人生第一个六一儿童节，身边很多爸爸妈妈都给孩子买好吃的，带孩子去游乐园，带孩子出去过节。可当时仔仔还不满一岁，话不会说，路不会走，怎么过儿童节呢？如何让她人生中的第一个儿童节变得有意义呢？

　　我突然想到，仔仔刚出生的时候，我也像其他妈妈一样，为她写过成长记录，还煞有介事地用黑色卡纸和银色彩笔做了一个漂亮的册子，例如，什么时候抬头，什么时候翻身，什么时候出牙、发声之类的记录。但那些都较为简要和笼统，不如找一找平日里有意思的事，写下来，等她长大后给她看，让她知道自己小时候有趣的样子，我想那一定很有意义。于是，我苦苦回忆，搜肠刮肚好不容想出了十件小事，六一当天发布在自己的公众号上。没想到，得到了家人朋友们的喜爱和鼓励，尤其是家里的老人们，非常喜欢。

　　后来，在和仔仔相处时，我便格外留意小家伙的一举一动，用心记录。爷爷、奶奶、姥姥、姥爷、大姨奶也拉着我频频提供素材，不肯放过一丝一毫，我就及时记录在手机里，空闲时再统一整理。等周六、周日我写好发在公众号上。没想到，仔仔竟收获了许多"粉丝"，很多素不相识的网友给她留言点赞。偶有懒惰懈怠更新慢的时候，身边的朋友和网友们便催促我快快更新。

这几年里，在家人们、朋友们、"粉丝们"的合力推动之下，我便坚持了下来。随着积累越来越多，我又渐渐萌生了为仔仔出一本书的想法，作为她的成长留念。

就在书要快完结之时，因为缘分，我们结识了女画家梦禅。梦禅老师不仅传道授业，还传承中国传统文化，教孩子们茶礼、读诗和做人做事的道理，深受家长、孩子们的喜爱和信任。在一次次的相处中，仔仔很快就爱上了梦禅老师。每次陪仔仔学国画、学毛笔书法的时候，我们家长也坐在一边旁听学习，感受着国画的气韵与唯美，也享受着中国文化的熏陶。这既是梦禅老师的胸怀和善举，也是家长们的偏得呀！很快，我也深深爱上了梦禅老师。我想，在仔仔的成长记录里，如果能有梦禅老师为她插图作画，那将是多么有意义的一件事！

梦禅老师为人宽厚和善，得知此事便一口答应下来，更是再三坚持分文不收。可插图创作颇费功夫，每章节不仅要根据仔仔不同的成长时期而巧妙变化，封皮封底更需高度凝练，与全书文字融为一体。梦禅老师沉心酝酿，秉持对艺术的极致追求和对本书负责任的态度，熟读书稿，又对画作几易其稿，最终佳作问世。从此，我们便结下了更为深厚的缘分和情谊。

一转眼，仔仔六岁要念小学了。对她来说人生正式进入了求学读书阶段，上学前的《童言趣语》也随之完结。最后，也希望这本书，能给即将为人父母、刚刚为人父母，或盼望孙子孙女外孙子外孙女，渴望隔辈亲的长辈们带来一丝丝乐趣。

葛少文
壬寅年正月初一